中国专业作家
小说典藏文库

中国专业作家小说典藏文库

警校生

王鸿达 著

中国文史出版社

1

又该到我去取信件、报纸的时间了。

自从班长发现了我有读报的习惯后，就把这份"殊荣"分配给了我。从我们住的灰色宿舍楼到学校门口那间红砖房收发室，步行需要七八分钟，我必须在午休时间前走进那间收发室里，否则那个爱睡午觉的收发员任我怎么叫门也不会给我开门了。而提前走到那里时，他往往还没有把当天新到的报纸、信件分发完。我要傻傻地站在那里等上半天。

今天是周末。学校规定新生的信件每周末才允许取一次。据说（不知哪个家伙想出的主意）这样做是为了能使新生在军训期间不分心。想想看，他们还把我们当成中学生呀。入学以来，学校这些莫名其妙的规定早已让我们感到了厌倦。学校的校规就是让每个人都对我们新生拥有权力，包括那个小小的收发员。我曾经偷偷买过一盒烟塞进他的口袋里，试图请他把每天到的我们班的信件分发给我。"不行呀，新同学，不行呀，你难道不知道学校的规定吗？"独眼收发员像摇拨浪鼓似的摇晃着他的脑袋说。我放进他衣兜里的那盒烟他装作浑然不觉收下了，而我却不敢声张，校规规定学生是绝对不允许抽烟的。好在那是一盒只有两毛一分钱的葡萄牌香烟。

我踽踽地朝那里走去，校园这会儿寂静得有点儿可爱，我稍稍放松了一下摆动了一上午的手臂和有点儿麻木的大腿，只是头上的烈日烤得我这张已经晒黑的脸腮有点儿轻微的灼痛。

门开着。那个独眼收发员果然手忙脚乱地在里面分发着。做这样的工作，对他来讲真是一件遭罪的活计。他尽力睁圆一只右眼珠，另一只左眼不时地翻白着，露出的白眼珠像一只劣质卫生球生硬无光。在我们家乡把有这样一只眼睛的人叫"驴马眼"。此刻，驴马眼脚下堆着厚厚一堆小山一样的信件，他大概有两三天没有分发了吧。谁知道这里面有没有我们急切盼望的信件呢？

"簸箕山……学校。看来这是一封弄错了的信，得退回去了。"

驴马眼对手里一封字迹潦草且没有注明详细校名的信件产生了疑问，嘴里不由得喃喃自语道。在我们这里除了警校，还有一所商业学校。

我扫了一眼那天蓝色的信封，收信人的名字让我辨认出来了。这个人的名字我好像在新生榜上见到过。

"是投寄到这里来的，邮递员没有弄错。"

驴马眼听了，抬起那只独眼望着我——

"你能肯定收信人是我们警校的学生吗？"

"没错，这个叫徐连业的人是三班的。"

驴马眼犹犹豫豫放下了手里"地址不详退回"的收发印章，让我在他的一个本子上签了字。这是一封挂号信。而后，他又破例恩准我爬到那堆信堆前找起我班的信来。我想他是想尽快把信分完，好躺到铁皮信箱墙隔着的后面那张舒适的木床上睡个午觉。

我从收发室走出来时，胸前已抱起厚厚一堆信件、报纸和杂志，简直像个大肚子孕妇。我想同学们见了我这个样子一定会大吃一惊的。

果然刚刚走到宿舍里的楼梯口前，他们就一窝蜂地蹿上来，把我怀里的一抱东西抢光了。他们手脚轻灵又无声溜回去的身影，简直就像一群躲在树后伺机偷袭的长臂猿。我满足地笑了。

这个中午剩下的事情就是大家躲在宿舍里读信了。外面的燥热依旧，有几只老家贼（麻雀）躲在楼顶屋檐下的阴凉处久久不肯飞走。我们寝室里住着七个人，除了两个家在市内的新生，差不多人人都得到了两三封信。达一奇又收到了一张汇款单，入学不到两个月，他已两次收到家里的汇款了。这真是件叫我们羡慕的事情。我躺在靠窗户的上铺床上，先拆开了家里的来信。

索林吾儿：

见字如面。你八月二十日的来信家中已收到了，勿念。此后给你写过两封信，都没收到你的回信，这到底是怎么回事呢？今去信有几个问题望你回信答复。

一是你来信索要的布票家里已给你邮去了，你收到没有？还了人家没有？你们学校为什么要搞规格化买统一的白床单呢？

二是家中大人对你生活费状况不太清楚，你们学校每月给你发多少助学金？

三是你的胃病要注意饮食，并要抓紧治疗；粮票如果不够可以马上写信来，咱家现在有八十斤粮票是给你和久林准备的。看来你大哥是用不着了，他来信说他们那里学校伙食好得很，天天吃白面馒头呢。

四是你三弟明年准备报考中师学校，因为其他中专

3

学校招收面太广，况且林业子弟只准许报考林校。中师招收应届初中毕业生，要求是吃商品粮的。报什么好，现在全家也未定下来，你看怎么办好呢？

父　示

××年×月×日

第二封信我一看信封下面写的地址"宝泉岭农业机械化专科学校"，就知道是大哥久林来的信。他也是今年刚被录取到那所学校的，先我一个月去了那里报到。我撕开了他的信：

索林弟：

你好！

收到你的来信非常高兴！当从家人那里得知你被公安学校录取了时，我的心情就非常激动，真想马上写信给你，然而因为地址不清的关系，使我急不可待一直等到现在。此时此刻，满腹的话语从何谈起呢？

索林弟，对于你第一年参加招考就能被录取，老实说我们（我本人、家中父母、弟妹）都是没有想到的，尤其是听说你将成为一名公安战士时，当时的心情更是无法形容的。我相信这种心情不亚于你本人在正式接到警校录取通知书时的心情，因为这既是你的光荣又是我们的光荣，这我怎能不高兴呢？这个机会真是千载难逢啊，这为你今后的人生道路铺设了一块光彩的基石……

请来信告诉我你们所学的课程吧。另外，我把我们这学期开的课程告诉你一下。我们学校第一年开设的课程有高等数学、高等物理、动力学、制图及英语。你知道我对数学和物理有兴趣。我会好好学的，我的理想是将来做个工程师。而你呢，索林，我记得我们以前好像谈论过……不过做一名公安战士是一件更光荣的事，而且更实际些。

好啦，由于时间关系，加之心情激动，使我有许多话要说，但又不知说什么好，先说到这里吧。快来信谈谈你们那里的情况吧。

此致

敬礼！

兄：久林

××年×月××日

我放下了信，头向墙里转去，微微叹息了一口气。该向他回信说些什么呢？难道向他说我们每天踢正步踢得腿发木，还是向他说我们摔倒功摔得胳膊生疼，有的人胳膊都摔骨折了？我们二班的一位同学至今还躺在医院里呢。这就是我们每天要学的课程，入学五周来我们仅仅开设了这样三门课程：队列、走正步、擒拿格斗。

睡在我下铺的乔力又轻微地打起了呼噜，这个一心一意想上警校的家伙，似乎对这里的一切都很满意。我俩是从同一所林区中学考入警校的，都刚刚十九岁。

上铺床头挨着我的是黄立春，他是从乡下农村考上来的。除了他妹妹和家里的果园，他什么也不想。为了他能考学，他妹妹初中没读完就退学在家干活了。每天晚上临睡前，我俩总是头挨头睡的，可是到了第二天早上，我的头上变成了一双臭烘烘的脚丫子。我开玩笑地对他说："黄立春，你怕我夜里谋害了你吗？"他有些歉意地对我说："我也不知道怎么掉过去的。"更加倒霉的是他的下铺，黄立春每晚临睡前都有坐在床上搓脚丫子的习惯，这样搓下的泥球有时就要掉到下面那个人的脖颈里甚至嘴里。"如果我不是看在你是我的老乡分上，我一定会揍扁你的鼻子。"大个子冯炳义从床上坐起来嘟囔道。冯炳义是我们寝室年龄最大的，二十二岁。他在考入警校前曾做过铁匠，他一顿可以吃掉五个馒头，还说刚刚吃了个半饱。他虽生得膀大腰圆，可心挺细。他是我们寝室长。他家住的市郊那个县的镇子据说和黄立春家住的村子相距有八十多里路，不过总归是一个县的。

睡在我对面铁床上铺的是苏克，人生得白白瘦瘦的，戴着一副二百度的近视眼镜。他报到那天把高中数、理、化课本都带来了，他还梦想着考大学。今年高考他考得离大学录取分数线只差了五分，真是件叫人遗憾的事情。他在我们几个中间年龄最小，只有十七岁。此刻，他正安静地躺在医院里。

苏克的下铺是达一奇，他是外省一座大城市里来的，与我们似乎格格不入。他很会保养自己，每天早上起来都为自己冲上一杯麦乳精或奶粉什么的。他总有办法躲开学生会干部的目光，一个人钻到校外的小饭馆里去。

靠门边铁床下铺是班长。班长和我们同岁，也是应届高中毕业生。他是个有思想、心地善良的人。我们屋子里只有他和苏克是本市人，可是在他眼里从没见过瞧不起我们几个山里人和乡下人的神色。入寝室的第一天，他第一个把行李放在了靠门口边上的下铺上，这是一个谁也不愿意睡的位置，夜里谁起夜都会惊动他，而冬天还会从走廊里灌进来刺骨的寒风，会叫人吃不消的。

别的寝室都是八个人，我们寝室本来还应该有一个新生来报到的，可是过了不久，区队长就把他的名字从铁床头上揭去了。"他不来了，每年都有这样的胆小鬼。"他嘟囔着说。我们听了心里黯然，谁愿意到这里来吃苦呢？我和乔力试图把我们那两只笨重的红松木箱子放到那张空床上去，刚刚放上去的第一天就被区队长命令拿掉了，"你们不懂得内务条令吗？"林宝臣瞪着眼珠训斥我们道。

糟糕的是我们的愿望没有实现，这张空位反倒被林宝臣利用了起来。他常常神出鬼没地睡到我们中间来。学校规定区队长每周轮流在宿舍值班室住宿。可是他往往在我们意想不到的时候（不该他值班的日子）半夜睡到这张床上来。"你们会习惯的。"他喝得脸色微红，笑眯眯地对流露着怯生生眼神的我们说。那样子很像一只老谋深算的猫，对一群战战兢兢的耗子玩赏着。这件事的结果是我们寝室改掉了两个人的毛病，一个是夜里乔力的呼噜声消失了，再一个是黄立春掉头的毛病改掉了。有一天夜里，黄立春重重地从床上摔了下来，半夜里他睁开眼睛时，看见床前立着一个黑乎乎的人影，他一下子惊吓得翻了白眼。这件事弄得我们大家都很紧张。我神经衰弱的毛病也犯了，只要他住在寝室里，我常常要陪他俩失眠到天亮。

……

下午集合的铃声响了。我们无精打采地朝操场上走去。远远地，我们看到泛着热浪的操场上，一个皮肤黑黑的人影已早早站立在那里了。这就是私下里被我们称作"黑瘟神"的林宝臣。从他那熟悉的严厉眼神里我们读出，他是不会轻易放过周末下午这两个小时操练的。

我们紧张起来，小跑着集拢了过去。

2

　　每周星期六下午三点半到吃晚饭前这段时间是自由活动时间。我们甚至可以离开学校到小镇上去逛逛了，到商店、邮局里买些需要的小玩意儿和邮寄一下信件。而家住在市内的学生则在整理好内务后，向区队长报告一声，就可以回家过星期天了。望着他们一个个离去的身影，我们心里总是有些空落落的，这就是新生的"思家症"。

　　宿舍里，我和乔力坐在床头桌前写信。黄立春坐在床上缝他的一件旧衬裤，从那条旧衬裤缝里不时挤出一些小动物来，听到轻微的"咯嘣"响声，我们厌恶地皱皱眉头。这大概是这个乡下人的"传统"，无论他洗得多么干净，总会有小动物从衬裤缝里溜出来。

　　达一奇对着镜子在梳理他那一头微微卷曲的淡黄色头发，他那件让我们好奇的西服已换在身上了（周末出校园允许不着警服）。这个家伙，上午刚收到汇款，看来有些等不及了。

　　"这么说，你晚饭是不打算在学校吃啦?"

　　黄立春目光警觉地盯着他问。

　　"是的，你以为我愿意让他们当一头猪来喂吗?"

　　"你订的饭菜呢?"

　　黄立春放下手头的衬裤。

　　"随他们倒掉喂猪好啦。"达一奇一摆脑袋。

学校食堂是这样规定的，每个学生必须在头一天订好第二天要吃的饭菜。如果发现有谁订好的饭菜不吃被倒掉就要被扣分（助学金）。因此在外面吃饭被发觉是受双倍损失的。达一奇早就对学校这项规定有些恼火了。而黄立春巴不得有这项规定呢，此刻他迅速地眨巴了一下小眼睛说："我会替你解决这件事情的。"

黄立春为了省钱，有时只订半份饭。常常听到他肚子里饿得发出的"咕咕"叫声。如果有谁因故不能去吃饭，黄立春就会挤到窗口对那个掌勺的炊事员说："我替他打了。"这样，他就得到了双份饭。瞅着他饿瘪的肚子吃得像臭虫一样溜圆，一些同学就会讥笑他："你这头上食的猪。"

我和乔力走出校园，向苹果园邮政所走去。多么温馨的名字啊，自从我们到了这里以后这是唯一让我们感到亲切的去处。邮政所下午四点钟下班，可是那个像妈妈一样慈祥、可爱的四十多岁的女邮政员会等着我们的，一直等到四点半以后才会下班关门的。

去邮政所路过一片果园，果园四周被土篱笆墙圈着。果树枝头上的苹果已经半红了，透着一种迷人的诱惑。刚入校时，曾有两个新生跳进去偷摘苹果，被果园主人抓到后告到学校去，以后再也没有人这样做了。这使我想起一件往事来。那会儿我还小，有五六岁的样子，那年秋天，家里修火炕，妈妈带我和久林晚上到小镇的商店办公室去睡一晚。妈妈当时还是小镇商店里的店员，父亲是那里的会计。商店里当天卸了一批苹果，有几筐就堆放在那间屋子里了。从筐子里散发出来的苹果清香味，闻得我和久林无法睡着觉了。等母亲睡下后，我俩偷偷溜下床去，到筐里一人摸了一只苹果出来，蹲在地下"咯吱咯吱"吃了起来。一定是我们的咀嚼声惊醒了母亲。母亲拉亮了灯，我俩的样子一定像两只偷吃东西的老鼠瞪着惊吓的目光，刚想把苹果藏到背后去。但是已经晚了，母亲走下地来看了我们一眼，拍拍我们的头轻声说："吃吧，吃吧，吃完了快去睡觉。"第二天父亲得知了这件事向母亲大发雷霆。尽管母亲说她已向商店里交了这两只苹果的钱，并向那个商店主任做了检讨，可是一向胆小怕事、规规矩矩的父亲还是怕因为这件事在工作上受到什么牵连。而我和久林则在很长的日子里为这次偷吃苹果替母亲难过。

走过这片苹果园林，就看到了露出的那幢邮政所的红砖房，此刻红晕晕的夕阳把余晖涂在漂亮的红瓦上和干净得能照人的窗户上。

"孩子们，孩子们，请你们不要拥挤，我会一个一个都给你们办理完的。"

屋里果然挤满了人，都是我们警校的学生，急切的叫嚷声、汗酸味充塞了这间光线暗淡的小屋。谁也不肯谦让，好像大家是在车站里等着验完票后赶火车回家去，晚了怕登不上火车。有几个班级的班干部也不例外。

"瞧瞧你们这些孩子……"女邮政员无可奈何地摇摇头。看来她今天得工作到更晚了。

从邮政所出来，看看时间还早，我们向校园东边岗坡一片野地里溜达过去。一阵凉风吹来，将土路两边果园里的苹果树枝叶吹得拂动起来，"哗哗啦啦"微微轻响……

"为什么叫簸箕山呢，这里也没有山呀？"乔力眼睛瞅着远处说。

放眼望去，方圆几十里开阔地带，除了东面一处高岗草坡地和西面的一片果树林外，四周全是平坦的庄稼地，玉米已长得齐腰高了。田野地头稀稀落落歪长着几棵柳树和粗细不一的杨树。而在我们的家乡则有着茂密的红松树林。这个季节松塔（一种红松果实）快下来了吧。我似乎嗅到了一股松仁的清香味哩。

我们在一面斜坡草地上停下了脚步。在我们脚下伸展着一片盛开着小黄花、小蓝花的盐碱草地。青草摇摆着成熟的散穗花絮，白蝴蝶、黄蝴蝶翩翩翻飞，飘浮在残夏那柔和的暖风上面。我和乔力摘下了大盖帽，脱掉了军胶鞋，把它们放在身边，我们躺了下来。这傍晚温和的风拂弄着我们的头发，也拂弄着我们的语言和思想。

"彭国艳来信了吧？"我嘴里嚼着一根青涩的草棍，眼睛望着天空，这样随意问道。

"是的，她来信了……"乔力极力掩饰着什么，他脸红了。

彭国艳和我、乔力是高中的同学。她是我们班上的班花，当着文娱宣传委员兼语文课代表。她常常把腿上的涤卡裤子裤线压得像刀切似的笔直。新流行款式的衣服总是在她身上最先穿起来。彭国艳和乔力在高二时就谈起了恋爱，这已经不是什么秘密了。

"她报的是中文系吗？"

"是的，汉语言文学专业。"

我心头掠过一丝嫉妒。彭国艳曾经抄过我的作文。我是幻想过当一名作家的，这都是读高中时受那个常向报刊投点小稿的语文老师影响。这位语文老师是北师大毕业"下放"到我们林业局来的，我的每篇作文差不多都被他拿来当范文在班上朗读。在我家靠北墙那张老式的桌抽屉里，至今还珍藏着我那时写的一些诗稿。我们地区林业局今年只考上了三名大学生，除了应届的毕业生彭国艳、蒋旭外，往届毕业生就只有我哥哥了。而我的哥哥连续在家复习报考了三年才考上，要是让我再复习一年又会怎么样呢？

"……不过，这件事是绝对不能叫校方知道的。"乔力突然神色严肃起来，紧张地抬起头来叮嘱了我一句。

我点点头，说："我会注意的。"

警校最严厉的处罚一个是打架，一个是谈恋爱。

想到校规，我们心情有点儿压抑沉闷。

一阵哨音从校园那边传过来。我看了一眼腕上的手表，学校开晚饭了。我俩站起身来，朝学校里走去。

晚饭吃的是包子，这在学校是破天荒的事，尽管是猪油渣儿（猪板油烤过的油滋啦）拌的大头菜馅，可还是让我们人人感到了满意，味道香极了。

吃过晚饭一回到宿舍，黄立春就跟进来。他手里拿着一个包子，嘴里吞咽着另一个包子，鼓着腮帮子，有些结巴说："他、他走啦……"

我们已经知道他说的是谁，仍故作镇定、不动声色地问道："什么时候？"

"晚饭前……我亲眼看见他坐上回城里的通勤车离开学校了。"黄立春结结巴巴地说道，他已经开始消灭另一只包子了。

"看来我们明天会过个像样的星期天了。"冯炳义思索着说道。

"我想是这个样子的。"黄立春赞同道。

我们随意地往床上躺去，再也不用担心他会突然推门闯进来朝我们喊"立正"了。有一次，我和乔力训练完毕刚在床上躺了一会儿，他看见了，足足让我们趴在地上做了一百个俯卧撑。而且还立在门缝外面监视我们，看我们是不是偷懒，等着训斥我们。

这个有点儿让我们惧怕的人，就是八○级二区队长林宝臣。他有着一米八的个头，黑黑的肤色，身体结实。他今年三十七岁，服过十一年军役，当过副排长，转业后分在看守所里当管教。

我们弄不懂，警校怎么会把一名管教调来当我们军训课教官呢？大概是看中了他的十一年军龄和别出心裁的训练手段。而他也颇以此为自豪。他有些歧视我们这些山区、农村来的学生。特别不喜欢黄立春、冯炳义、乔力和我，因为他认为我们身上有种天生的散漫和愚笨。

连续五个星期天他都留在了学校里，这对我们来说可不是件太好的事情。每逢星期日都轮到乔力到校门口去站岗；而寝室长冯炳义则留在屋子里整理五个人的床铺，每次他都要找些差错，把叠好的被子又抖乱了，有一次足足让冯炳义整理了十一次床铺。他对每个人的"优点"都了解得一清二楚，很会因材施教。黄立春被派去洗五个人（包括他）的脏衣服，等黄立春满头大汗抱着一大盆洗好的衣服上来时，他常常皱着他的蒜头鼻子，嗅了一阵盆里的衣服，故作惊讶地对我们几个说："你们难道闻不出一股汗酸味吗？"我们诚惶诚恐地望望他，又望望黄立春。黄立春的脸立刻像大便干燥一样憋得紫红。他慌里慌张又赶紧把那一大盆衣服抱到楼下水房去了。这个乡下人，可能他一辈子也没洗过这么多的衣服。用林宝臣的话讲，这会养成他讲卫生习惯的。

林宝臣对我的单兵教练则是从那个谁也不愿早起的星期天早上开始的。军训三周后身体疲劳期开始了，觉总是不够睡的，恨不得头扎在被窝里再不起来。"王索林，起床！跑步下楼，到操场上去，正步二十圈！"林宝臣是坐在床上下达他的命令的。大家都没有起来，只有我一个人着装跑下楼去。无论是刮风、下雨，我都得在操场上练习走正步。两个小时后，当我拖着麻木僵硬的大腿走上楼来时，他又会下达新的命令："王索林同学，向后转，跑步二十圈！"我又重新回到操场上去，一圈一圈跑起来，直到精疲力竭、身子变成一团烂泥为止。他站在楼上窗后看见了，当着别人的面轻松地说了句："我想他会改掉他顺拐的毛病的。"

想到最近两堂军训课，我又因为顺拐被林教官罚站，这个星期天不知他又会想出什么新花样来。当听到他这样不辞而别离开了学校，我轻松地打了一声呼哨，松下一口气来。

"他的老婆一定是个又厉害又能干的角色。"

冯炳义在床上思索着什么说了一句。

"为什么？"乔力问。

"想想看，他已有五个星期日没有回去了。"冯炳义意味深长地眨眨眼睛说。

我们都会心地笑了。

星期天一早，我们几个一起到医院里去看苏克。早就想去看看他啦，只是一直没有抽出空儿来。和我们一同去的还有班长宋子健，他打算看完苏克再搭车回城里去。

穿过两条尘土飞扬的土路，土路上有农民开着小四轮车"突突"跑过，将一群正在路中间摇摇晃晃走着的白鹅"呱呱呱……"冲散了。车斗里载着沙果、西瓜或蔬菜什么的。又穿过一片土墙围着的果园，墙头上插着荆棘刺枝，果园里苹果树上的苹果泛着青涩的光，而另一片果园里，沙果树上的沙果则红红的熟透了。穿过这片枝叶碧绿的果林，就看见那幢褪色的黄砖房了。

这是一家镇级医院，卫生情况很差。走廊里落满了灰尘和苍蝇，还弥漫着一股来苏水味和尿骚味，闻了叫人有点儿不舒服。我们向一个穿着脏兮兮白服的胖护士打听苏克住在哪里，她告诉了我们，我们朝走廊最里头的一间病房走过去。门上的玻璃打光了，好在这是夏天。

苏克正孤独地躺在里面靠窗户的一张铁床上，眼睛无神地朝窗外天空望着。见到我们，他勉强地从床上坐起来，苍白的脸上露出一丝茫然的表情。他的右胳膊上缠着一块夹板，垂吊在胸前。床上铺着的床单不知有多久没有洗过了，黑黢黢的，脏得我们都不想坐上去。

我们将在路上给他买的两个西瓜和一兜水果放在床头柜上，问他："觉得好些了吗？"

他苦笑着说："医生说还得半个月左右才能出院。"

看他有些难过，冯炳义笑着说："这样也好，这样你至少可以少上两周的军训课了。"

苏克的对面床上，住着一个乡下的中年农民，他的一只手五个手指头齐刷刷让割草机割断了，由于没能及时送来医院救治，看来那只手要废掉了。他不住声地痛苦抱怨："老天爷为什么不长点儿眼，今后的生活该怎么办？少了一只手该怎么干活呀？"他妻子，一个瘦小的女人在唉声叹气劝慰他，要他安心治伤，不要去想以后的事情。可是他丝毫没有得到半点儿的安慰，紧锁着眉头，依旧痛苦地摇着头说："这个季节躺在医院里真是一件遭罪的事，地里有一大堆活需要去做，而且还要白白花掉一大笔住院费。"小女人依旧在安慰他，不过声音却像蚊子声一样小了下去："住院费我会想办法找人去借的……"

他们的情绪感染了我们，好半天我们不知该说点儿什么好。冯炳义一会儿出门看看，一会儿又走进来。最后一趟进来时，他眼睛里眨动着一丝不易察觉的满意神色。

"需要我通知你家里吗？他们会来看你的。"宋子健开口说话了。

"别——不要——"苏克脸上的神色慌乱了一下。他好像在担心什么。他转过头去，脸背向墙壁，过了一会儿，我看到枕巾上有点儿洇湿的泪迹。看来他非常想家，只不过他不想让家人看到他现在躺在医院里的样子。

停了一会儿，班长说只跟他父亲说一声，叫他下星期日过来看看他，他才没再表示反对。是呀，出院结账的时候总是要通知家长的。

他的父亲我们见过，是一个中学教员，清清瘦瘦的样子，戴着一副眼镜。入校报到那天，是他把苏克送到学校来的。在寝室里，他极谦卑地几乎挨个同我们每人握了一下手说："好同学，请你们照顾一下苏克同学，长这么大他还从来没有离开过我们身边……"我们去看苏克，他正有点儿畏缩地坐在自己的床上，怀里抱着一个大书包，苍白瘦弱的面孔有种病态的倦容（也许是因为刚刚参加完高考还没有恢复过来的缘故），嫩嫩的唇边还看不到一点儿茸茸的髭须。他小心打量我们的目光中，流露出陌生、惶恐、迷茫的神色。他还是个孩子，也许他不该来这种地方。我们差不多谁都在心里这样认为。

那天的军训课我正挨在他身边。科目是倒功。"扑倒！"的命令下达后，我们一个一个像木桩一样直挺挺向前倒去——两掌着地，震得手臂发麻。我注意到一向畏惧迟缓的苏克也同我一样直挺挺扑倒在地上。不过我却清晰地听到"咯吧"一声，顿时，黄豆大的汗珠从他额头上冒了出来，他紧紧咬着嘴唇没有叫出声来。

"报告区队长，他摔伤了！"我慌张地报告了一声。

"你慌什么？"林宝臣恶狠狠瞪了我一眼。

那天，正有校长站在场边观看。这个家伙，直到队伍解散了，他才允许我们把苏克送到医院去。送去时他的嘴唇都已经咬出血了。

要是让他的父亲知道他当时摔骨折的情景会怎么样呢？我不敢再想下去。

班长从一个书包里拿出给他带来的书，一本高中物理书和一本高中语文书。苏克眼睛里流露出一丝惊喜和感激。不等我们离开，他就躺在那里看了起来。从窗外射进来的阳光，温和地照在他那张安静的孩子般的脸上，白皙的额头上蓝色毛细血管清晰可见……这个景象以后好长时间都在我心头重现。

　　"医院这个鬼地方，我一辈子也不想住过一回！"走在路上，大个子冯炳义咂咂嘴道。

　　"可是现在我倒想，住在这里未必是一件坏事情。"我反驳他。我在想只要能躲开林宝臣的"训练"，我倒甘愿住在医院里。

　　"你们注意到他床上那些小动物了吗？"乔力插了一句问我们。

　　我皱皱眉头说："多得让人恶心。"继而又担心起来，"如果虱子钻进他胳膊绷带里，可就麻烦了，会痒死他的。"

　　"别担心。"冯炳义摇了摇脑袋说，"我已告诉那个胖护士了，叫她按时给他换洗床单。"

　　"可是她会听你的吗？"我犹疑地问。

　　"我把那个蝴蝶发卡给她了，她还以为我看上了她呢，她会乖乖去做的。"

　　开始我们谁也弄不懂他买发卡做什么，现在明白了。"真有你的，大个子！"连班长也不由得称赞起他来。

　　在镇路口，班长与我们分手了。他搭上了一辆往城里送菜的卡车，回城里了。我们三人返回学校。

　　走进校门口，看见在那里检查学生岗哨的学生会主席佟立群，他眼睛紧盯着我们问：

　　"你们去医院看望苏克了吗？"

我们点点头。佟立群和我们是一个区队的。显然他已从学生岗哨那里知道了我们的去向。

"他的情况怎么样，什么时候出院？"

"情况还不太好，医生说还得住上半个月才能出院。"

他转动了一下他那双精明的小眼睛，沉吟了一下道："不过，你们最好劝他早些出院，否则我们的缺勤分都会被他一个人扣光的。这可对我们大家都没有好处。"

冯炳义听了气愤起来，嚷道："这话还是你自己去跟医生说去。"

说完，我们离开了那里。

"这个一心向上爬的乡巴佬……"乔力往地上唾了一口吐沫。

佟立群是从乡下农村考入警校的。竞选新生学生会主席时，他曾在竞选演讲时说过，他在家一次放过九十只羊、三十头牛。而这恰好是我们这届新生的人数。我们大家听完都笑了，戏谑地说他："你打算把我们当成你家的牛、你家的羊来管理吗？"后来，我们就在学生食堂吃到了他家的羊，不过是喝的羊骨头汤，一连喝了三天。背地里就有人知道了，他把一车宰好的羊从乡下家里拉来后，羊肉剔好，他挨家挨户给学校领导和教官家每人送去了一份。羊骨头就作价卖给了学生食堂，当然那个不太讨人喜欢的管理员也得到了一份。有知道内情的学生故意与他开玩笑："你们家的羊咋光长骨头不长肉呀。"他听了，阴沉着脸说："我会让你记住你说的话的。"

果然，他当了学生会主席后，那几个开他玩笑的学生都被他找碴儿扣了分。扣分是学生会的权力，我们是害怕扣分的。每扣一分就要核算扣掉一份助学金。而我们每月的助学金只有十九元钱，这对于我们普通人家的学生来讲是一笔不小的损失，所以我们很畏惧学生会的人，而当初我们是都不愿申请干这份得罪人的差事的，总觉得这和小爬虫差不多。

吃过午饭后，天气开始闷热起来，待在屋子里就像待在蒸笼里。在睡过一个长长的午觉后，我们依旧懒散地躺在床上，打算继续睡下去。除了睡觉，我们想不起该干什么来打发这个下午。也许我们真叫林宝臣管傻了。

"喂，伙计们，你们打算像猪一样度过这个难得的自由星期天吗？"黄立春怪声怪气叫道。

"那你说我们该干点什么呢？"冯炳义认真地盯着他问。

"我可发现了一个好去处……"黄立春神秘兮兮地眨着眼睛说，他上午没有跟我们去医院看苏克，不知一个人去哪里了。

他显然想和我们卖关子，但还没想出交换的条件时，冯炳义的大手已像老虎钳子似的捏住了他的胳膊，他疼得"哎哟，哎哟"叫唤了起来……接着，他就说出了他发现了一个可以洗澡的野泡子，就在离学校不远的一片野地里。

我们听了都兴奋地坐了起来，学校的浴池坏了，我们差不多有一个多月没有洗澡了，人人身上都可以闻到一股怪味儿。而我们住的这个郊外镇子上附近也没有别的公共浴池。

"走。"

一个小时后，我们来到了黄立春说的那个野泡子边。这是一个天然的芦苇泡子。我们这边岸上是一望无际的野草甸子，荒草已没到我们腰部。对岸是一大片玉米地和向日葵地，已长熟的茂密玉米和向日葵完全把它遮盖了起来。从我们警校驻地到这里大约有十几里地的路程。真不知黄立春这个家伙是怎么发现它的。

"嗬嗬——噢噢——"我们兴奋地扯着喉咙冲着水面吆喝起来。

从我们附近的野地里扑棱棱惊飞起一群野鸭、水鸟，它们"啾啾——"叫着垂直向天空中飞去。大概是我们打扰了它们的好梦吧。

我们惊讶、兴奋，为了抑制这种激动，我们并没有急于跳到水里去，而是蹲在岸边，将冯炳义兜里带来的一盒烟统统吸光了，烟屁股撒了一地。

"来吧，伙计们，别像个娘儿们似的扭扭捏捏的。"冯炳义第一个脱光衣服走下水去，他冲我们摇晃着脑袋说。他的一身腱子肉让我们羡慕，发达的胸大肌像气吹的一样鼓着，皮肤呈古铜色。这除了他年龄比我们大以外，还与他跟他父亲打过铁有关。

我们小心翼翼走下去，站在清澈的水里时，我们才发现我们光滑的身体是那样单薄。与冯炳义比起来，我们像没完全发育好的孩子，幼嫩的唇髭像汗毛一样柔软，四肢瘦弱。我们知道这是经过紧张的高考复习生活而又进入警校刻苦训练，营养跟不上造成的。我和乔力除了一张晒黑的脸，身上还保留着细嫩的白皮肤，这让我们多少觉得难为情，我们仰泳向深水里游去。在我们家乡那条汤旺河里，我俩都是在上小学时就学会游泳了。

岸上，黄立春不知为什么磨磨蹭蹭还没有下来。也许他是个旱鸭子。

四周庄稼地里十分安静，蓝天、白云，碧绿的玉米叶子，黄色的向日葵，还有稍稍凉爽下来的夏末凉风，这一切都叫我们觉得十分的惬意。那一刻，多日以来笼罩在我们心头郁闷压抑的感觉，被这凉爽的风吹散了，让我们开起轻松的玩笑来，谈论起女人来。我们忘记了紧急集合，忘记了早操，忘记了校规，忘记了林宝臣。

黄立春在岸上冲我们招手，我们走上岸去。一股烤苞米的煳香味钻进我们的鼻孔，顿时勾起我们的馋虫来。更加了不起的是，他还不知从哪里捡来了五六只野鸭蛋，这会儿也烤好了，并且撒上了精盐和胡椒末儿（这两样东西一定是他从食堂偷偷弄到手的）。我们简直有点儿吃惊地对他刮目相看了。

"干得不错。"冯炳义吸了吸鼻孔说。我和乔力也感激地冲他点了点头。

他对我们表现出来的惊奇装作丝毫没看见，叫我们趁热赶紧把他的野味吃了去。他已经很仔细地把烤苞米和野鸭蛋分成了四份。我们只有坐下来，慢慢地享用了。这真是一顿很美味儿的野餐。

再次下到水里去，我们比赛谁在水里待的时间最长。

黄立春也走下水来了，他扑打着两下狗刨朝我们跟前游过来。这个家伙，为了避免把短裤弄湿（他没带来替换的短裤），竟然光着屁股。

我们各自嘴里叼着一根芦苇秆向水下潜去。这个样子有点儿像潜水艇，我们不必露出水面换气，在水底里很自由地游来游去……

夕阳渐渐向西边移去，将西岸上苞米叶子、向日葵叶子的倒影投到水里。这一刻，水面静谧极了。为了赌赢别人，我们待在水下的时间越来越长，不到最后一刻，谁也不肯先露出头来。

等我们露出水面时，都惊呆了。在距离我们七八米远的水面上站着四个妇女。她们显然是刚从地里干完活到泡子边来冲凉的。她们光着上身，用手往胸前背后撩着水揉搓着，丰满的乳房白花花地在我们眼前晃动，还有她们的花裤衩。我们互相看了一眼，脸惊慌地红了，呆傻地张大了嘴，发不出声音来……

她们中间那个年轻一点儿（二十多岁）的青年妇女最先看见了我们，她张开嘴巴惊叫了一声："啊——"

她们随即回过头来，望着我们……

那个身材纤细、皮肤浅黑的青年妇女迅速背过身去，伏身趴进水里，向对岸向日葵地那边跑去。她的行动提醒了我们，我们动作敏捷地朝我们放衣服的这边岸边游过去。

"美英，回来，他们还是孩子，看哪，那里还有一个光屁股的。"留在水里三个年纪稍大的妇女，前仰后合地哈哈大笑了起来，溅起一片欢腾嘲弄的水花。

别提我们有多狼狈了。我们没再敢朝水里望一眼，上了岸，顾不得穿上衣服，抱起衣服朝没腰深的草甸子深处跑去。直到跑得我们上气不接下气，累得弯下腰来才停住了脚。而她们的声音已一点儿也听不到了。芦苇和青苞米秆叶子划得我们身上深一道浅一道的。

拧干了短裤，穿好了衣服，我们朝学校方向走回来。我们像做错了什么事，一个一个低着头。这一刻我们很想找根烟抽抽，可是烟早让我们抽光了。

晚上，回市区探家的班长宋子健返回来了。他给我们带来了满满一书兜葱花油饼，还有几块腌制的腊肉。

"你们好像兴趣不大。"班长有点儿狐疑地盯着我们的脸色说。

每次回家，宋子健总能给我们带回来些好吃的东西。可是往往不等到他走进寝室门口，就被我们像狼一样抢光了。

想想看，入学几个月来我们吃的多半是高粱米、大楂子饭……当然这一天一下子让我们尝到了这么多好吃的东西，连我们自己都觉得不好意思了。

"你母亲的手艺不错。"冯炳义用葱花油饼卷了一条腊肉嚼了一口说。

"嗯，是的，她的手艺不错。"班长有点儿含糊地说。

我们也跟着吃起来。

想起下午在野泡子见到的情景，我们的脸又偷偷地红了。

1

说来有些奇怪，我们这些人里除了宋子健外，最初并不是人人都想来上警校当警察的。宋子健参加高考考了 420 分，这样的分数超过了专科生录取分数线，可是他却留了下来，第一志愿就报了本市的警校。

"如果我是你，我就不会那样傻了，我会报个好一点儿的财经学院，将来做个金融家。"达一奇摇晃着他肥大的脑袋说。他的这份天才在计算着买食品时就充分显示了出来。

"不过，要让我再去读四年大学，我会宁可待在这里的。"大个子冯炳义哑哑嘴不太赞同地说。他一直为放弃父亲乡里的铁匠铺子而有点儿可惜，他是想当个出色的铁匠咧。

黄立春的想法是当个园艺师，他家里今年刚刚承包了村里一片果园。苏克的理想是做个工程师。一想到他那苍白瘦小、文质彬彬的身躯，我们差不多都在想他不是块做警察的料。入警校体检时医生真是瞎了眼。

我的好朋友乔力在家时曾经动过报名参军的念头。我们读高中最后一年的冬天，中越边境战争爆发了。他有一个哥哥在南方的部队里，是一名连长，参加了对越自卫反击战。所以，每天都能从他嘴里听到一些战事的消息。当然，这些战事消息的来源，我看出大部分都是他从收音机里和报纸上获得的。为了应付高考的时事政治内容，有时我不得不偶尔翻翻报纸，听听收音机。

那年冬天，我们应届高二毕业生没有放寒假，从高中部灰楼三楼里搬出来，集中在学校的低年级平房教室里复习（据说在平房里是为了演练战时防空袭）。当然南方的战事也弄得我们人心惶惶的，担心七月份的全国统一高考会不会如期进行。除了乔力，我们每个要参加高考的同学都觉得有点儿压抑和恐惧。

乔力认为赶上了好时机，他显得很激动，我俩每天上学放学都走在一起，我看得出来他在酝酿着什么。

"索林，你还有心思复习吗？"那天在放学的路上，走在"嘎吱、嘎吱"的雪地里，他瞪着眼睛问我。

"你以为战事会扩大吗？"我反问他。

"这可说不好，不过我觉得这种时候，作为一个青年人是应该为国家着想，应该做点什么。"他思索着说。

我俩在雪地里站下了，风吹得他脸蛋有些通红。他头上戴着一顶旧羊剪绒棉军帽，我想是他哥哥乔铁给他的。在我们高中生中很流行戴军帽，大多是从家里有当兵的人手里弄到的。

"做什么呢……"我问他。

"参军！我打算过些日子就去区武装部报名试试看。"

他果然去了区武装部，那里的人热情地接待了他，不过却不肯收下他的申请书，要他等毕业以后再说，并说如果需要提前应征，他们会第一个通知他的。他写清了自己的家庭住址和所在的街道办事处，就回来了。

他再也无心思坐在教室里复习了，每天都盼着区武装部里有应征的消息通知他。彭国艳也很支持他的想法，帮他到街道上去打听，街道办事处主任据说是她的一个表姑父。"姑娘，姑娘，那小伙子是你什么人？""他是我的一个同学……"彭国艳脸红了，小声地回避着姑父的询问。"要知道现在可是人人都不想参军哪，你想今后再也见不到他了吗？""不，我要见到他，而且还是一个出类拔萃的英雄。"彭国艳口气坚决地说。

彭国艳就在这天从办事处回来后，在乔力家的门洞里第一次叫乔力吻了她。这是乔力后来告诉我的。我当时心里嫉妒得要命，脸上却装得很平静。

"索林，你想象不到那种滋味的，就是现在叫我死那也值了……"乔力瞪起眼珠、脸涨得通红地对我说。

其实，我能够想象得到：彭国艳那张白净的脸蛋，被风吹了以后一定像一只红透了的诱人苹果。乍暖还寒的风吹得他们身子一阵一阵发抖，他们就拥抱在了一起，他们做得笨手笨脚，可这对少男少女还是兴奋得要命……乔力叫我对天起誓不要说出他告诉我的这个秘密。我答应了他，直到中学毕业我也没向任何人讲过这件事。

事情并没有像他们想象的那样发展。

乔力先是在这年开春的时候接到了乔铁的一封来信。乔铁的来信是从老山前线的战地医院里写来的。他在一次阵地上发起的冲锋中击毙了两个敌人，还咬下了一个压在他身上的越军的耳朵。不过他受伤了，敌人的一个炮弹片钻进了他的大腿里，伤了骨头，不过这没什么……两个年轻人读到这封信时激动极了。以前他们从电影里和小人书里看到的英雄打仗的画面仿佛就在身边，与乔铁的伤势比起来，他们更关心的是战场的形势。乔铁后来在医院里写来的信中说，战场的形势并没有像他们想象的那样扩大，这场自卫反击战很快就要结束了。这多少叫他们有点儿失望。

那会儿，区武装部和街道办事处并没有应征的消息传来。

转年春末，南方的战事平息了下来。他哥哥也从部队复员回来了。他哥哥的一条腿齐刷刷从膝盖处截肢了。战争的结束，也结束了乔力参军上战场的梦想。他和我们一样开始了紧张的高考复习，这个时候离高考仅剩下三个月的时间了。他功课基础不错，再加上彭国艳的帮忙，他复习起来并不算太吃力。

高考的前几天，他向我谈起了报志愿的打算。他说他想报考人民警察学校。"在和平的日子里，警察也许是最好的职业哩。"他这样解释说，也动员我和他一起报警校。

我摇摇头，说我想报考中文院校。

"我明白了，你想当个作家。"他嘲讽地说。

我脸有点儿发红，反唇相讥他："那么你呢，我看你是受宋海英革命英雄主义教育影响太深了吧。"

他听了，没有再反驳我。我知道除了他哥哥外，他还有点儿崇拜宋海英——我们的班主任兼政治老师，一个二十七八岁的老姑娘。她满嘴的政治概念和她身上那件经常穿的青灰色上装一样让我讨厌。

我当时的确在做着当作家的梦想，认为那是一种很体面的理想职业。我的作文在六年级时就被语文老师当作范文在全班同学面前朗读了。我清楚记得我第一篇作文题目是《我和雷锋叔叔比童年》，许多同学都结合当时开展的批林批孔运动，用一副批判稿的腔调去写，而我的作文却充满一种温情，我记得我的作文第一句话是这样写的："一群鸟儿从天空中飞过，我们就像鸟儿一样自由地飞翔在祖国的蓝天下……"在我家里那张老式的桌抽屉里，还保留着许多这样打着红墨水"优秀""百分"的作文本和一叠诗歌稿。不知有多少个夜晚，我曾在那张老式的桌上偷偷写下了这些"杰作"。

高考结束了，我焦急地又有些忐忑不安地等待着发榜的日子。政治卷叫我答得一塌糊涂，连宋海英教给我们的一些背时事政治的诀窍都叫我忘得干干净净。史、地是一张卷子，对历史知识我还有些把握。我曾想过了，考不上明年再考一年，可是一看到母亲为我担忧的目光我又犹豫了。父亲说哪怕走个中专也比待在家里复习一年强。他更关心的是我最终会不会被中专学校录取走。

乔力和我不一样，他显得很放松，每天傍晚都和彭国艳结伴到镇东边的汤旺河边去散步。晚霞映照在他们身上，这真是一对叫人又羡慕又嫉妒的年轻人。在那里瞧见他们，我都有意无意地避开了，他们还不希望他们的事情让家里知道和在同学中传开。

他们要在河边的石头上坐到很晚。有一次在黑影里，我无意中听到了这样几句耳热心跳的悄悄话，叫我动弹不得，身子只好在那块河中的卧牛石后伏了下来。深黑的水里有小鱼在我腿上乱撞，痒痒的。

"你知道我昨天晚上看见了什么吗？"彭国艳略带沙哑腔的声音传来。

"看见了什么？"

"我的妈妈……我以为她生病了……"彭国艳住了口。

"生病了？到底是怎么回事？"乔力追问下去。

"你最好什么也别问了。"彭国艳突然不想说下去了。这更加激起了乔力的好奇心，停了一会儿，他一下子抱住了彭国艳，双手伸进了她的胳肢窝里，彭国艳嘴里爆发一阵大笑："嗯，别闹……嘻嘻……痒死我了！"

"快说，不然我把你扔到河里去喂鱼。"

"我说，你这个坏家伙，不过我警告你不许和任何人讲……"彭国艳的声音小了下去。

我听起来有些吃力。

"……我睡到夜里醒来了，听到西屋里传来了妈妈的呻吟声，我以为她发烧了，我跟你说过我爸爸前两天出差了，吃晚饭时妈妈还跟我念叨爸爸该回来了，可是……我赶紧走下床走过去，他们的房间门虚掩着，我一推就推开了，屋里亮着灯。妈妈的呻吟停止了，她轻轻惊叫了一声就拉灭了灯。我站在门口呆住了……足足停留了有一分钟才转身走回到我的房间去。"

"后来呢?"

"第二天早上起来，我们三个人都不敢正视。我没有问爸爸夜里是什么时候回来的，他把出差给我带回来的好东西一股脑儿倒在床上，叫我吃这吃那。这在以前他出差回来是从来没有过的，以前他总是把旅行兜里的东西一点一点掏给我吃完，差不多能吃到下次出差前。他还给我买了一件花格裙子，喏，就是这件。再去看妈妈，她眼神尽管有些慌乱，可脸色还是红得像樱桃，比平时漂亮了许多……"

过了许久，又听到彭国艳"扑哧"笑了一声说"你坏!"就再也听不到什么了。汤旺河里温热的河水在这个躁动不安的夏夜里静静流淌……

高考分数榜发出来了，贴在了百货商店的门前墙上。百货商店门前围得人山人海，就像到了什么紧俏货。久林被他的一个同学报了信赶来，从人群中挤了进去，他先看到了自己名字，随后又在下边找到了我的名字。

我的分数和乔力的差不多，在中专录取分数段上录取还是有希望的。

回来，久林压抑着激动对不敢去看的父亲说："你的两个儿子都可以被招生走了！这在全区也是破天荒的事。"一脸哀愁的父亲脸上炸出一团不敢相信的惊喜。

他起身走出家门去，摇摆着身上披着的那件白衬衫，撩开大步走到镇百货商店，进去在副食柜台前买了半斤肉、二两酒。走出来时，他故意在围看红榜的人群旁停留了一下，就有认识的邻居过来向他道喜。他装得很矜持，那张脸却像刚刚喝过酒一样，微醉酡红着。这也成了过后几天邻居们谈论取笑他的话柄。

在乔力一再劝说和恳求下，我填报了警校，中专学校可选的专业少得可怜。警校录取通知书提前寄到了学校，入学通知书上注明，为了迎接 C 城警校五周年庆典校阅，让我们这届新生提前报到参加军训。

离开家乡走的那天，班主任宋海英带着全班应届毕业同学到车站上为我们送行，这是我们没料到的。

傍晚徐徐的凉风吹散了白天的燠热，从河边稠李子树丛中飘来了阵阵稠李子熟了的清香。火车站在镇东水泥桥头东侧，我俩走上月台，宋海英和彭国艳等一些女同学已等在那里了，我已经知道彭国艳的分数是能够被大学录取的，她正等着录取通知书的到来。走过她们前面，我故意挺了挺胸脯，故作正经地板起了一张面孔。宋海英从初中开始就是我们的政治老师，国家、警察的概念正是第一次从她嘴里知道的。

她微笑着走上前来，握了握我和乔力的手，说："我真为你们感到骄傲！"她的眼里流露着少有的兴奋。

在她看来，我俩能够被公安警校录取，比被某所大学录取还叫她感到荣光。望着热情送行的师生，我羞愧得脸红了，为我不太体面的想法。是啊，我们刚刚经历了一个崇拜英雄的年代，就像我们都从心底里崇拜乔力的哥哥乔铁一样，脑子里充满了糊涂的浪漫主义想法，把英雄和生活都理想化了。

老式的蒸汽机车头列车徐徐开进站来，送行的人挥着手在做最后告别。乔力躲在人群里在和彭国艳说着悄悄话。直到火车拉响了最后一声长笛，他才慌张地跑上来。车厢里人并不多，许多座位都空着。

我并没有像乔力一样一直把头向车窗外伸着。其实，列车拐过了那道山弯就什么也看不见了，夜幕很快笼罩了车窗外面的一切。

咣当、咣当……我的头随着车厢颠簸在硬木靠背椅上摇晃，思绪渐渐沉入一种假寐中，对眼前、对未来的一切都感到茫然，只好什么也不去想，想也没用。

"索林，你在想什么？"

不知过了多久，我被这个家伙弄睁了眼皮，我看了看他，摇了摇头，又闭上了眼皮。我真奇怪是什么东西让这个家伙如此兴奋，是班上那个最漂亮的姑娘，还是未来的警察职业？我不得而知。总之我是闷闷不乐地坐了一夜又半天的火车，来到这个叫人充满幻想的地方——C城簸箕山警察学校。

5

自打我们来到这儿，来到警校，中学时代的生活就完全被割断了，没费吹灰之力。

我们常常试图回顾过去，想找到一种解释，可是并不怎么成功，对我们这些十八九岁的年轻人，对被林宝臣称为"未来的公安战士"的人来说，偏偏这一切特别模糊，我们所知道的，只是眼下我们已经以一种特殊的忧伤方式在与单纯的中学生生活告别。

为了摆脱严格的苦不堪言的军事训练和严明的不近情理的校规带给我们的精神压力，私下里我们学会了讲粗话，学会了抽烟，学会了喝酒。而这些，在几个月之前，对我们来说，还是一件不可思议的事情。

入校两个多月来，我们仅存的这点热情和幻想被他们毫不客气地从我们身上打了下来。这九个星期所进行的军训和思想品德课教育，比从小学到中学的九年教育更具有决定意义。我们懂得了，一个标准的敬礼，一条"三点成一线"的内务规格化，要比数理化教科书和流行的时事政治小册子更为重要。我们先是惊讶，接着怨恨，最后是无奈。我们不得不承认这一点，在这里起决定作用的不是思想，而是操练，不是自由，而是制度。一个穿着制服的管教，对我们来讲，要比从前我们的父母、我们的中学班主任，以及从居里夫人到鲁迅我们崇拜的偶像有着更大的权威。每天从早到晚敬礼、立正、正步走、分列式、向右转、向左转，鞋跟相碰的咔嚓声不绝于耳。原来设想的警校生活怎么会是这个样子呢？

当然这些事情中有一部分是必不可少的，但其余部分却是毫无必要的。在这方面，老生倒是有着敏锐的嗅觉呢。我们看到老生并不像我们十二个小时待在操场上（夜里往往还有紧急集合），而是每天夹着书本走进教室去。我们就去找那个黑瘦的教导处主任，问他什么时候开别的课目。他严厉地斥责我们说："你们为什么提这样愚蠢的问题，难道你们还没有学会见到教官要敬礼吗？"因为疏忽，我们进来忘记了敬礼，这样他叫我们在屋子里做了二十遍敬礼。我们的胳膊都举累了。

出来，乔力垂头丧气地说："看来我们不会成为一个出色的刑警啦。"我问为什么，乔力"啪"地打了个立正，说："因为我们敬礼做得太好了，这一点连监狱里的犯人都做得到。"

有一次在操场上，他背着手站在那里看我们操练，看我们像耍猴一样一遍一遍摔倒在地上，最后龇牙咧嘴爬不起来时，他走过来微笑地伏下身来说："学校的军训课这样连续安排正是让你们度过生理和心理上的疲劳期，懂吗？"我们不知道如何才能度过这样的疲劳期，我们只知道再这样下去，我们人人都希望像苏克一样躺在医院里。

随着校庆五周年校阅的日子临近，我们军训科目陡然变得紧张起来。有时老生也和我们一起操练队形，操练分列式。当然他们可做得比我们标准得多。

这天下午，一辆北京敞篷吉普车停在了校园里。从车上敏捷地跳下来一位四十五六岁的中年男人，他是本市的公安局长，是来看我们操练的。过了一会儿，他在校长的陪同下朝操场这边走来。他迈着标准的军人步伐，魁梧的身材腰板拔得笔直。他留着寸头，两道浓重的眉毛透着一股威严气。有位同学看过《巴顿将军传记》，认为他无论是性格还是相貌都有点儿像巴顿将军。因此我们私下里也称他为"巴顿将军"。据说，我们这所警校就是在他当本市公安局长之初提议成立的。警校成立后，在开学典礼上，他对那些来送孩子的新生家长讲的第一句话就是："如果是我的儿子，我也会把他送到警校来的。因为这里是锻炼年轻人的好地方。"这话让我们有点儿赏识他。

"立正！"

"稍息！"

本周值星教官林宝臣向他跑去，"咔嚓"打了个立正，"报告首长，我们正在操练，请指示！"

宋局长挥了一下手，示意继续操练。旁边的校长低声说了一句："请继续操练。"

不知道他没有听到，还是因为他觉得宋局长应该说点什么，他一时有些发蒙地立正站在那里没动，足足有两分钟。直到校长皱了皱眉头，又低声说了一句："继续操练。"他才脸红着跑到队伍前来，可是他又忘记了下达"立正"的口令了。鸦雀无声的队伍里有了喊喊议论声……

中间休息时，宋局长冲他招招手，他走了过去。

"你原来在哪里工作？"

"市第一看守所。"林宝臣两手垂直放到裤线缝上规规矩矩地回答。

"什么时候调到警校来的？"

"两年零三个月了。"

"嗯……"

又开始操练时，他总是有点儿走神。看得出他心里还是有点儿发慌。想到他平日对我们威风凛凛的样子，我们都很开心，故意把步子踏出很大的声响来。打擒敌拳时，他也没走进队列来纠正我们的差错。

下午的训练全部结束时，宋局长才离开。

"他简直像个霜打的茄子。"傍晚，我、乔力、冯炳义和黄立春我们四个人向校园外那个草坡地走去，黄立春边走边学着林宝臣下午发呆的样子，逗得我们都笑了。

"听说他老婆在和他闹离婚，他上周正是为这事回去的。"冯炳义不知道从哪里听到的消息，这样跟我们讲。

"换了我，也会离开这个讨厌的家伙的。"我有点儿幸灾乐祸挤挤眼睛说，听说他妻子和别人好上了。

到了草坡地，我们席地坐下，凉风习习，很快吹透了我们汗湿的身子。冯炳义又卷起了一根纸烟，叼在了嘴上。我们也分别各自卷起了一根，这样蚊子会躲开我们远点。

"你们不觉得奇怪吗，局长大人足足在班长跟前站了有一个钟头。"黄立春吐了一口烟圈说。

"这有什么好奇怪的，他的擒敌拳打得比我们好。"乔力说。

"……也许你说的对。"黄立春不再思索下去了。

不过，到了第三天晚上，吃过晚饭后，黄立春回到寝室来，神神秘秘眨眨眼睛说："我知道是怎么回事啦，原来他是他的儿子！"

我们听了，不觉一愣，"你在说什么'臭虫'，是谁的儿子?"

"巴——顿——将——军。"

"啊——"我们吃惊得差点儿从床上掉了下来。这么说入校三个多月来,他一直在隐瞒着我们,而我们则像傻瓜一样无所顾忌地把一切都暴露在我们未来的顶头上司公子哥面前。一种受欺骗的感觉在我们心头油然而生。

"你听谁说的?"倒是冯炳义冷静,盯着黄立春问。

"吃完饭路过区队长的屋角,听见林教官在找班长谈话,我就偷听了一会儿,他在向班长求情,要他星期天回到家中时转告他父亲,请他原谅那天小小的失误。因为他那天情绪不好。"

"班长怎么说的?"

"班长要林教官放心,说他父亲不会记得那天的事的。因为他父亲每天有那么多的案子需要过问,他不会记得他忘了喊一个口令这件小事的。林教官为此又说了一堆感激讨好的话……看来林教官是一个很会溜须拍马屁的家伙。"黄立春鄙夷地说。

我们没有必要再听下去了,各自去干自己的事情去了。等班长走进屋来时,黄立春在摆弄他的一双臭脚丫子,乔力、达一奇在装作睡觉,冯炳义在躺着看一本武打小说。我在翻看着看过的本市报纸,谁也没抬头看他一眼。

"有什么消息吗,索林?"他和平时一样随意地问了我一句。

"如果我是公安局长的儿子,就不需要从报纸上打听任何消息了。"我讥讽地说。

他一下怔住了,脸红了红,有些狐疑地挨个向我们看了看说:"你们听谁说的?"没有人回答他,屋里一时沉默了下来。

"立正!集合!"他突然喊了一声,我们纷纷慌张翻身跳下床来,在地中间站成了一排。

他板起了面孔，用我们从没听到过的口气说："我不想把今晚你们知道的消息传到别的寝室去……"他转动了一下眼珠，口气缓和下来，"当然如果他不想再从我这里吃到半块甜饼和腊肉的话……"

我们虽然相互瞅瞅，挤眉弄眼地笑了，但是我们心里明白，我们再也不能像从前那样和他"亲密"相处了。

6

区队长林宝臣的情绪又恢复了常态。

早晨，我们朝操场上走去，我的右眼皮莫名其妙地跳了几跳，我在心里告诫自己：千万要小心！站到队伍里，果然看见林宝臣那张黑脸绷得紧紧的，传来的口令声凶狠阴沉而有弹力。

"立——正！"

"稍息！"

"向后——转！"

"向右——转！"

"前排第二个同学，后排第四个同学、第七个同学，出列！"

我、黄立春、冯炳义小跑着跑出队列来，刚才练习分列式时，我们又转错了方向，这丝毫没有逃过他的眼睛。我们三人跑到他右前侧两米远处放下手臂站下了。他凶狠地扫过来一眼，随后喝道："立正！""向右看齐！""向右转！""向左转！"……我们在原地转了起来。他的声音令我们发抖，往往他喊出"向右转"时，我们三人中总有一人向左转去。

他有点儿恼火，要我们三个人轮流喊口令，其他两人来转，我们不是碰到了对方的脚尖，就是脸对脸碰到了对方的鼻子，样子很有些滑稽。

队列里传出了一阵压抑的"哧哧"笑声。这个家伙并没有停止他的游戏，而是又走过来亲自喊口令，而且越喊越快。我们三个人像三只迷失方向的木螺，原地团团乱转了起来。直到他喊累了，队伍里已有人捂起了肚子，他才停止了这种游戏。我和黄立春已转得满脑门是汗了。而可怜的冯炳义一只胶鞋已咧开了前嘴。

他走过来，盯着我们看了一眼，而后低声说了一句："蠢货，大脑反应迟钝！"

我们顿时涨得满脸通红。他叫我们回到队伍里去了。

接下来练正步走，我又出尽了洋相。往往在走到第三步时，我又走顺拐了。我真怀疑大腿、胳膊是不是我自己的了，它们总是不听话地顺向了一侧。这样我又被叫出了队列。

"王索林！正步——走！"

越是在众人面前单人走，我越是紧张，肌肉都僵住了，连步子都不会迈了。他走过来，狠狠踢开了我的脚尖。"你想偷懒吗?"

课间时，别的同学都坐在一边的树影里休息了，我还在操场上练习。陪着我的是军体委员周培林，这个一脸粉刺的家伙，做得丝毫不比区队长林宝臣逊色。他用一根树棍拨动着我迈出去的右脚尖和后摆的左手臂。叫我练习单腿抬步，说这样我们都可以"休息"一下了。

我在原地单腿抬步停立了三四分钟，他才下达换步的口令，这样做比练习正步走还累。

有一回，在日头歹毒的操场上，他让我练金鸡独立，我单腿立着立着就摇晃不定晕倒在地上，可这个家伙还在一边阴阴地瞅着我笑哩。后来班长过来严厉地制止了他，他才慌慌张张去把校医喊来。

一天下来，我累得腰酸腿疼，床都爬不上去了，要知道我整整一天没有休息过。过了不久，新生、老生中差不多都知道了我的外号"王顺拐"。

"我真想躺到医院里去。"一天，训练结束我绝望地对乔力说。

"别这样索林，你会坚持下来的。"乔力知道我在想什么，安慰我说。

"可是再这样下去，我会受不了，也许会神经错乱的。"

"再坚持一下索林，听说这样的军训课到冬天就会结束的。"乔力已向老生打听清楚了。

我不知道我能不能坚持到冬天，我每天夜里都在做噩梦，为了应付夜间的紧急集合，我都是穿着衣服钻进被窝里的。

望着寝室窗外刚开始泛黄的杨树叶子，我希望十九岁这个秋天快点儿结束。

我曾经产生过退学的念头。那是苏克刚从医院里出来不久，他的脸庞比原来更加苍白瘦弱了。不过，他带回的一个消息倒叫我动了一下心思。他从那个胖护士嘴里听说上届有个新生因为忍受不了军训的生活，住进医院后就办"病退"退学了。

"真的吗，学校同意了吗？"

"同意了。"

"那么你呢，你有什么想法？"我盯着他白皙的面孔问。

"我、我还没有想过，不过我打算一毕业再接着考大学。"他躲躲闪闪地说，白皙的脸上姑娘般羞涩地红了。

我想，这件事我必须先得同家里商量一下，征得我父亲，那个供销联社小会计的同意。我给家里写了信，说明我们学校现在的军事训练科目比原来想象的要严酷得多，并向他保证明年我一定会考上大学的。

信发出两周后，我接到了家里的来信。父亲在信中并不赞同我的想法，这一点没有出乎我的意料，并说那么多同学包括你的好朋友乔力都坚持了下来，你为什么不能坚持下去呢，叫我虚心向老师和同学学习，严格要求自己，不要有这样糊涂的想法。听他的口气简直和林宝臣教训我们的口气差不多。可我知道他的真实想法是怕我在家复习一年会给他带来家庭经济负担。尽管我们每月只有十九块钱的助学金，可在他看来也比白白在家供养的情况要好得多。

过了不久，他又鼓动大哥久林来了一封信，劝我打消这个念头，说不管怎样退学也是一件不太光彩体面的事情，希望我能够坚持下去。这两封信如同两盆冷水，把我刚刚冒出的这个念头熄灭了。

校园操场旁的杨树叶子一天一天黄了起来，天气渐渐凉了。

据说为了迎接市长的检阅，我们的军训课被延期了。老生嘲弄我们说，这是对我们这届新生的"优待"。而我们的身体、心理承受能力达到了极限。八○·一班有两个同学故意摔断了胳膊，这样就可以躺到医院里休息去了。黄立春已有两次半夜里从床上爬起来往校园外跑了。好在校医那里有给他开的夜游症证明，否则又要被学生会那帮家伙扣分了。

周末下午，我们四个人朝校园外那块草坡走去。

秋天的天空是那样可爱，鱼鳞状的碎云淡淡地飘过水洗一样蓝得透明的天空。大地里，有农民的身影在忙碌秋收劳作……一阵爽爽的凉风吹过来，送来了一股清香的烤苞米和烤白薯的焦煳味。我们不由得吸了吸鼻孔。

"这个时候，在我们家乡也该收苞米、起土豆了……"黄立春的脸上陶醉在一种往事的追忆中，这么艰苦紧张的训练也没打掉他对土地的思念。这个农民的儿子！

"喂，我说伙计们，你们想吃点什么吗?"冯炳义冲我们眨眨眼睛。

"你想去偷吗，这可是在学校附近，他们会告到学校里去的。"黄立春咽了一下口水警告他说。

"我想他们会送给我的。"他的目光已落在了一块土豆地里，那个农民已坐在火堆前一块石头上休息了。他起身走过去。

我们没有再去注意他，各自开始读手里带来的信。乔力一下子收到了四封信，从笔迹上看出都是彭国艳写来的。他的神色里露出按捺不住的欣喜。黄立春也收到了一封家里来信，他默默地蹲在那里看着。

我手里拿着两封信，一封是大妹来的信，一封从字迹上看我还看不出是谁来的信。我先打开了大妹的来信：

想念的二哥：

你好!

从你的来信中得知你们学校的训练很艰苦，真没想到你们中专生还要吃这样的苦，读书有什么用呢。你能吃得消吗？我们兄妹几个顶数你的身体最差，小时候得过肺结核。咱妈很担心你，担心你会受不了。她常常偷着抹眼泪，请求父亲允许你退学回来。可父亲说你会坚持下来的。你能坚持下来吗？

另外，关于你提到的手表"偷停"的事，父亲叫你把弦上满看看，但要注意别上断弦，不行就问问别人。父亲说那块"英洛特"表在他手上走了二十年了，走得挺好的，没啥毛病。

家里一切都挺好的，请勿挂念。

此致

敬礼！

大妹

我下意识地瞅了一眼腕上的手表，它又停了。为了它，我已出晚了两回早操，挨了两回林宝臣的罚站。我轻轻叹了一口气，摘下来上满了弦，它又走开了。想起在家时高考的那天中午，父亲拿着一块新买的上海手表，换到大哥的手上，叫他把这块表给我戴。久林显得有些犹豫，当时我在窗外听见父亲说："别管他，你考好就行了……"看来那时大哥就发现了它有偷停的毛病。而父亲则认为我第一年参加高考肯定考不上任何学校的。

第二封信打开后，我先留意了一下写信人的落款：张五四。我想了半天才想起来他是我的一位小学同学，只不过他是留级到我们班的，所以印象不深。他的字也很潦草，看来小学毕业后他就不大写字了。

索林老同学：

你好！

还记得我吗？我们有很多年没有见面了。前些日子从你家里得知了你考上了公安井（警）校的消息。作为老同学真为你高兴！你将来就是一名人民井（警）察了，不向（像）我在学校时不好好学习，现在只能和大木头打交道。我现在在贮木场当装车工，虽然苦些累些可我觉得我是在平（凭）力气吃饭，不向（像）某些人靠头（投）机取巧混饭吃。

说起来有些生气，你还记得于天杰吗，初中毕业靠走后门去当了兵，复员后分在河北镇派出所当民井（警）。前几天我去找了他，说出来有点儿不好意思，我找了个农村姑娘结的婚，我是为我老婆落户口的事求他帮忙的。可是他不但不帮忙，还讥笑我说：不行啊，老同学，你怎么找了个农村老婆？难道镇上姑娘都嫁光了吗？瞧瞧他说的，这叫什么话？索林，但愿你以后当了井（警）察后不会向（像）他一样。

放假回来，到我家来喝杯酒吧。

老同学：张五四

算起来这个张五四比我大三岁，在小学就长得五大三粗的，别的同学欺侮我，他曾经保护过我。想不到他现在都结婚了，时间过得可真是快啊！

那边，冯炳义走回来了。他的两只衣兜里鼓鼓囊囊的，不用说是烤土豆了。令我们有点儿惊奇的是，他还变戏法似的从背在身后的手里甩出几棒苞米来。

"……那个农民咋会这么大方？"

"很简单，他的二齿子弄坏了，正打算拿回村里去修。我要过来看看，原来是二齿子把断在头里面了。我给他用火烧掉了，重新把木把装了上去。他为了感谢我，就送了几棒青苞米和一些烤好的土豆。"他不经意地说。

冯炳义又去附近找来断树枝和干草，我们拢起了一堆篝火，将土豆埋在炭灰里，苞米用棍子挑着在上面烤，一会儿就烤熟了。我们香甜地吃起来，只有黄立春显得有点儿郁郁寡欢。

"喂，'臭虫'，家里有什么不太好的消息吗?"冯炳义又转过头去问一边的黄立春。

"是的，家里来信说，今年村子里的地大旱，种的几垧地只收回点口粮，明年恐怕连种子都没有了。"

"这真是件糟糕的事情……不过，你家里不是承包了果园了吗?"冯柄义安慰地问道。

"果园遭到了虫灾，原指望秋后果子下来能卖个好价钱，好还上当初承包果园时借村子里人的钱，那可是很大一笔钱哪。现在看来没指望了，村子里人都遭了灾，会等钱用的。真是雪上加霜。"黄立春发愁地叹了一口气，紧锁着眉头蹲在那里一言不发了。

"别太难过，总会有办法的……让我来替你想想办法。"冯炳义离开火堆走过去，他走到黄立春身边蹲下来。接着他俩在那里像在谈论一件大人的事情，黄立春的脸上渐渐展出宽色来。我们不再去注意他俩了，各自又吃起苞米来。

后来我们的话题又谈到训练上来。大家的脸色都有点儿不自然。我们已听说市长要来警校视察了，这并不能令我们兴奋。我们只希望那个没见过面的市长早点到来，这样我们的军训课就能早点结束了。

"但愿他老人家这段时间别生出什么病。"冯炳义眨眨眼睛说了一句，大家都笑了。

傍晚，成群结队的蚊子围拢了上来，我们熄灭了篝火，离开了草坡，走回学校里去。

7

市长终于来警校视察了。校庆五周年校阅的那天下午，天空有些阴沉。市长坐的那辆黑色上海牌小轿车停在了操场树林边上。

黄立春不错眼珠地盯着那辆轿车，小声对我说："真奇怪，那么矮的车门人可怎么走进去呀。"他是第一次见到小轿车。他从乡下到警校来上学也是第一回坐火车，他认为世界上再也没有比坐火车更让人舒服的车了。

"别担心，不会让你坐进去的。"

"别出声！市长开始检阅了。"周培林小声严厉地制止了我们。

市长在市公安局宋局长、校长的陪同下，从老生队列前朝我们新生队列前走过来了。队伍里鸦雀无声。市长有五十三四岁的年纪，头发花白着，步子有些老迈。

"同学们好！"

"首——长——好！"

"同学们辛苦啦！"

我们按照教官事先教给的口号一齐喊："严格训练，严格要求，爱警习武，报效祖国！"

寂静的广场上空，我们的口号声像一阵滚雷从阴霾的天际中隆隆响过。市长点点头，走过去了。

老天爷好像真被我们打动了，下起雨来，接着又飘起了雪花。我们在雨夹雪中列队挺立着，纹丝不动。凄冷的雨点、雪粒抽打着我们的脸。有人在前面给市长的头上打起了伞。

接下来，我们班进行的是擒拿格斗和警察战术表演。"跃进——出击！"一声令下，我们一齐扑进泥水泥泞的地里，滚打起来。

雨夹雪越下越大，渐渐模糊住了我们的视线，也模糊住了我们的头脑。我们发疯似的对打起来，恨不得让冷得发抖的身子多挨上几拳，用脚狂暴地朝对方身上猛踢。

我和黄立春是一对儿，这家伙龇牙咧嘴怪叫了好几声。他张大的瞳孔里流露出的是紧张、恐惧、不解和气愤。我的肚子上也重重地挨了他两脚，这更激起了我愤怒的情绪，我一个勾拳向他面部扫去。"啊——"他仰面栽倒在地上，泥泞的地上已趴下六七个同学了。

我们忘记了此刻是在进行表演，忘记了市长在观看。事后，那个女校医说，这是长期心理紧张造成的暂时精神失常。这得感谢林宝臣教官。我们班的表演让所有观看的人都惊呆了。包括林宝臣自己，他目瞪口呆站在那里，忘记喊"集合"的号令。我们个个像泥猴子一样呆呆地站立在原地上。黄立春等人是叫我们踢着屁股勉强从地上爬起来的。

市长推开别人为他擎举的伞，淋着雨、雪，朝我们走过来。他走到黄立春面前，抚摸着他精湿的头发沙哑着嗓音说："孩子们，孩子们，你们辛苦了……"他的眼角潮湿了，这一刻他像个慈祥的老父亲。

林宝臣终于醒过神，慌慌张张朝我们喊了一声："集合！"

我们拖着疲惫不堪的身子和满身泥水朝主席台集拢了过去……

校阅结束了，我们回到班级教室里。意外的是我们竟受到了林宝臣的表扬，他说市长说了，小流氓看到我们这个样子一定会被吓跑的。他语气里流露着颇为自负得意的神情。可我们却不想再干这么一次了。黄立春的眼眶乌青了，乔力的鼻子出血了，苏克的眼镜打碎了，达一奇腮帮子像馒头一样肿了起来……这天下午，林宝臣破例准许我们早早回到宿舍里休息去了，并说晚餐是可以让我们少喝点啤酒的。这样我们就忘记了伤痛。

晚上会餐，我们每个人都喝得有些微微醺醉，包括林宝臣自己。原因是市长走到我们班桌前来向我们敬了酒。看着林宝臣诚恐诚惶接受市长敬酒的样子，我们心里有点儿好笑。

晚餐是我们入学以来吃到的最丰盛的伙食，有炒鱿鱼、红烧排骨、炸花生米、清炖鸡……那个一向不怎么大方的食堂管理员还在我们打着饱嗝离开时，亲自掌着那个长柄勺子招呼每一个走过的人，把盆里剩下的菜肴舀进我们空着的饭盒里，这样半夜里我们又可以吃一顿了。如果在平常，他会把头天剩下的菜重新作价卖给我们的。

当然这一切都是因为市长的到来。那个老头儿还亲自到厨房里查看了。

走在回宿舍的路上，黄立春一边嚼着一块鸡大腿，一边说："嗯，真不错，这个老头儿真不错，他还问起了我的名字。"这个贪吃成性的家伙，胃囊好像是胶皮做的，别人都吃不下去时，他往往还能塞进去一些东西。

他突然转动了一下眼珠，问宋子健："班长，你说市长比我们村长大几级？"

宋子健认真想了想说："大六级。"

"哇，这么说，他是我们村长的爷爷辈了。"

"嗯，差不多是这个样子的，他不会知道你们村长的名字的。"

达一奇瞧着他得意的神色，讥讽地说："但愿到毕业时他还会记住你的名字，那样你就会走运了。"

"可是他为什么要记住你的名字呢，当官的不过是做做样子罢了。"冯炳义说。

"你说得对，在村子里村长也不会记住我的名字的。"黄立春一点儿也不觉得灰心，似乎觉得这是件理所当然的事情。他将嘴里的一块鸡骨头吐了出来，走进寝室后就坐在自己床上想别的事情了。

这是一个很不错的夜晚，除了肚子里没有消化掉的美餐，还有想到从明天开始军训就结束了。我们人人都松了一口气。

屋里一时宁静下来。

过了一会儿，我和乔力走出来到校园里散步。夜色笼罩的操场上，孤寂、冷漠、萧条。广场四周的杨树叶子都掉光了，黄黄的树叶积落在潮湿的泥地里，上面又覆盖着一层薄薄的没来得及化掉的清雪。

我们刚来到这里时，操场上杨树叶还是一片碧绿，想想看，整整三个月过去，我们每天都是在操场上度过的，这里的每一粒沙土都记录着我们的汗水、泪水、屈辱和自尊。这是怎样的三个月啊！我的眼眶控制不住潮湿了，背过脸去。

"你挺过来了，索林。"背后乔力对我说。

我半晌没说话，过了好久才有一个声音冷冰冰在黑暗中响起："是的，我有一种死去的感觉。"我又在心里默默对自己说：索林，你战胜自己了，还有林宝臣。

"彭国艳又来信了吗？你应该写信告诉她，我们做得绝不比一个军人差。没准她还以为我们天天像他们一样参加校园舞会呢。"

"我不能把我们的校规和训练告诉她，不过她倒是在信中问起过你，问你还写诗吗？"

"写诗？"我怪笑了两声，"这纯粹是一个大学生的浪漫，而在我们这里却是不适合的。"我摸了一把自己的脸，忧郁地说。感觉自己好像老了几岁。

校园小卖部里亮着灯光，门前影影绰绰走进走出一些警校生。出来的人们脸上都泛着微醉的红润。

我和乔力也走进去。这个夜晚不用再担心学生会的人会来找我们麻烦。坐在那里我们要了五瓶啤酒，直到喝得身子发软了才离开那里。

回到寝室，大家还没有睡，还在谈论着什么。床头柜上摆着晚上带回来的吃剩下的菜肴和几个空酒瓶。连苏克也喝多了，苍白的脸泛着红晕，他显得很兴奋，目光在镜片后面不停地闪烁着。

"说说看，你们在谈论什么？"

黄立春突然涨红了脸，急忙向苏克使眼色，这个一向腼腆的小伙子今晚显然是喝晕了头，顺嘴说了出来："我们正在动员黄立春把他的妹妹嫁给大力士呢。"

乔力拿眼睛去瞧黄立春："你妹妹今年多大啦？"

黄立春不知所措张口结舌道："她十七岁啦。"

"这个主意倒不错，你们是怎么想到的呢？"乔力冲我挤挤眼，全然不顾冯炳义已红了脸。

苏克说，黄立春最近收到家里一封来信，告诉他家里秋天时听从了他的劝告，用他寄去的一笔钱买了两只奶羊。两只奶羊喂养得很好，有一母羊最近还产下了四只羊羔崽，这样到明年夏天家里就可以产下羊奶卖了，能还上欠下村里人的钱。黄立春说，这个主意是冯炳义替他出的，而且汇到家里的七十块钱也是借冯炳义的。他真不知怎么感谢他才好。

"这是再合适不过的方式了，他仅仅比你妹妹大五岁。"乔力认真地说。

"我可娶不起人家，我一个人会吃掉两个人的饭量的。我娘早就跟我说过了，我即使娶了媳妇，也会把人家饿跑的。"冯炳义开口了。

我们听了哈哈大笑起来，苏克捂着肚子蹲在地上笑出了眼泪。这一下总算给黄立春解了围。

停了一会儿，苏克直起了腰，问道："'臭虫'，你警校毕业后打算去哪里呢？"

"回到我们乡下去，当个乡村警察。"

"为什么？"我们有点儿诧异。

"因为我们村长只有见到乡里警察时才会变得规矩些，而村子里的男人都害怕村长。我想将来有一天，我站在村长面前，他一定会大吃一惊……而村长的一些事情我是再清楚不过了。"

冯炳义对这个问题发生了兴趣，他往嘴里扔了几颗花生米，嚼了一下说："你不妨等放寒假回去时就先去村长家里喝他个酪

54

酊大醉，然后指着他的鼻子对他说：'喂，你要小心点。'我想现在他就会对你家里人乖点。"

"这个主意不错，等放了假我会回去试一试的。狗日的村长！"

"那么你呢，乔力？"苏克又指着乔力问道。瞅他蒙眬的笑眼，是打算轮流问下去了。这一点他倒很像个老师在提问题。

"我嘛，我当然想留在这个城市里做个刑警了。"说完他又意识到什么问题，不好意思地看了我一眼。我知道他在想什么。

"为什么要当刑警？"

"这还用问，在警察里面，刑警是最能代表警察行业特点的警种了。"乔力嗔怪地说。

"索林，你呢？"

"我还没有想好……再说我这个笨手笨脚的样子，不知哪个部门肯要我。"我有些灰心地说。

宋子健朝我看了一眼，口气温和地说道："别担心，索林，警察并不只是靠手脚灵活才行，还要靠有品德有思想才行……"

接着他向我们讲起了这样一件事情：有一个公安局副局长跟着刑警队一起出现场，抓捕一名持枪杀人犯。在被害人家里，这位副局长和刑警队长一同指挥人勘查现场。据说这位副局长很有点儿拳脚功夫，早年跟人学过轻功。当时他俩都站在这家平房屋子的中央，正勘查中，忽听一个刑警队员走过来贴着他耳根说："这个人就藏在这家的地窖里。"那个副局长听了，"唰"地变了脸色，"嗖"地做了个轻功，飞身从窗口轻跳到院子里。而刑警队长却没有动，沉着地向屋子里的人使了个眼色，暗示大家该做什么做什么。待勘查完了，悄悄退到外面埋伏了下来。那个躲藏在地窖里的杀人犯以为没被发现就没开枪，天黑下来了，他从下面钻出来就被抓住了。如果当时乱跑，一定会被下面的人犯察觉，就会开枪打死人的。我们都知道了宋子健的父亲以前做过刑警队长，相信他讲的是真的。

达一奇不知是喝多了，还是困倦了，早已歪在床上睡着了。苏克走过去把他推醒，贴着他的耳边说："达一奇，假如现在毕业了，你打算干什么呢？"

"对准你的屁股踢一脚，为你这个样子说话。"他不满地说，"毕业还早着呢。"他并没有睁开他那惺忪的睡眼，转过头还想睡去。

"我是说假如，假如现在毕业了你会做什么呢？"苏克并没有放弃他的追问。这可叫达一奇受不了，他摇晃了摇晃脑袋，试图赶走困意，睁开眼睛见我们都在盯着他，才没有发火，而是温和地呓语般地问：

"你是说等到两年毕业以后吗？"

"一点儿不错。"

"我嘛，到那时，"他认真地想了想说，"我现在倒是乐意当个警察了，当然是回到我们那个大城市里去做一名警察了，不过不是做刑警，我可不想把自己的脑袋整天掖在裤腰带上。我只是想做一名街头治安警察，那样就可以整天逛来逛去了。这是很舒服的日子，不是吗？"

由于想到这幅美景，他觉得心里热乎乎的，"你只要想一想，你会受到什么样的待遇呢，这家酒店会给你一杯葡萄酒，那家小酒馆会给你一杯扎啤，街头的小吃摊会争着让你品尝他们的手艺的。跟一个警察，人人都愿意搞好关系的，不是吗？"

他说得快让自己流口水了，舔了一下嘴唇，转着那双淡黄色的眼珠瞅着我们。

"不过，那样你就不会是个好警察了。"冯炳义插嘴道。

达一奇惶惑地望着他，不再言语了。他的脑子里这会儿仍徘徊在夏天那迷人的夜晚，城市的酒店，霓虹灯闪烁的街头，各种风味的小吃，在小酒馆里闲聊瞎扯逍遥自在的时光……

他不可能把这些幻想猝然抛开，因此，他气哼哼地嘟哝道："你提出的都是些多么愚蠢的问题呀，谁知道两年还得怎么挨过去呢。"

说完，他将头又放到枕头上，并且用被子蒙住了头。

我们张皇失措地瞅着他，沉默了一会儿。我们人人都差不多在想这个问题，两年还得多么漫长啊！假如明天就让我们去当警察，我们都会毫不犹豫愿意的。那张中专文凭对我们这些人来讲是一张毫无用处的废纸。

苏克的话题并没有问完，他换了一个方式问冯炳义："大力士，你是怎么想到来上警校的？"

"原因很简单，有一天我家铺子里来了几个混混儿，他们要我给他们打几根三节鞭。我对他们说：喂，伙计，你们找错地方了。他们就张牙舞爪上来了，要跟我动硬。结果全叫我给打趴下了。有一个家伙还伤得挺重住进了医院。第二天乡镇上派出所来人把我找了去。与我打架的那几个家伙也在派出所里。派出所所长审问了我们一通，要我负担那人的医药费，我与所长辩论起来，说我这是正当防卫。你听那个所长说啥，他说这种事情应该由警察来管，我应该到派出所来报告。结果我与那几个家伙一起在派出所关了一天，交了罚款和医疗费才放我出来。出来后，我就动了当警察的念头。"

"我想你毕业后打算分到那个派出所去?"

"没错,而且还要当所长。"

我们听了,都轻轻地笑了起来。

最后轮到了宋子健,苏克这样对他说:"班长,我看你的理想是想当个公安局长。"

"不过我想先当个好刑警。"

"为什么?"

"免得像我刚才说的那个副局长似的在他下属面前丢脸。"

我们再一次笑了起来。

苏克的问题问完了,他叹息了一口气说:"达一奇说得对,两年还早着哪。"

我们都沉默了,开始铺床上的被子,关灯躺了下来。

苏克似乎忘了说他自己的分配志向了,可我们都知道他的想法,就是一毕业就参加高考。我们毫不怀疑他一定能考上。想到这一点时我们感觉失去的东西太多了,青春、欢乐、志向、大学。

8

军训结束后，我们陆续开设了一些这样的课程：哲学、化学、刑法、英语、公安应用文写作、枪械，除了刑法和枪械课外，这些课程对我们这些高中生来说简直轻松得很。特别是苏克，英语流利得叫那个英语教官都很吃惊。"Your English is wonderful, Mr Su."（你的英语学得很棒，苏先生！）他常常叫苏克在课堂上给我们朗读大段的课文，而自己则走到走廊去吸支烟。他戴着一副瓶底厚的眼镜，方脸上长着粗重的连鬓胡子，常常刮得泛着青光。

并不是每个人对这些课程都感到轻松的，比如说冯炳义，他入学时考的分数刚刚够警校录取分数线。小考时，他私下里来找我：

"索林，写作课我需要六十分。"

"那你想怎么样呢？"我笑着问他。我懂得如何与他们这些人讨价还价。

"十支烟换你一份应用文答卷怎么样？"

我摇摇头。

"那么二十支。"

"不，我要十个苹果。"

"那好吧。"

我事先写好了一份公安应用文给了他。看着他照着我那篇应

59

用文一字不落死记硬背的样子，我又有点儿于心不忍，他毕竟是"新三届"（"新三届"：指七四届到七七届恢复高考前的高中生）。临到他兑现"条件"时，我忽然说我的胃里一次消化不掉十个苹果了。

"那么你想吃几个？"

"五个。"

他很痛快地买去了。

如果说这个铁匠功课跟得吃力是因为他基础太差，那么达一奇则是因为懒惰了。这个家伙不到考试是从来不肯翻一下书本的。英语小考时，他找到了苏克。

"密斯特苏，我英语卷需要六十分。"他学着英语教官的口吻说。

"你要我帮你吗？"

"是的。"

"可我怎么能够帮你忙呢……"胆小诚实的苏克还没有学会讨价还价，为难地说。

"你只要把你的卷子让开一点儿就行了。"

"但是你得为此付出六瓶啤酒的代价。"小个子黄立春插进嘴来说。

"为什么？"达一奇吃惊地恶狠狠地瞪着他。

"因为考试时我们几个都有可能坐在苏克的身后，你只有答应了条件，我们当中任何一个人才会让出这个位置来。"

达一奇明白了，最后望了我们一眼，见我们无动于衷的样子，只好答应了这个条件。当然，在那个高度近视的英语教师眼皮底下调换位置，我们是很容易做得到的。

英语小考结束后，我们去了校园小卖部。在那里我们一人举起了一瓶啤酒，津津有味地喝起来。只有两人显得不太开心，一个是达一奇，这次英语小考题出得出奇的简单，他觉得付出的代价太昂贵了；再一个是苏克，分配给他的啤酒，他一口没动。

"苏克，你怎么不喝呢？"

"我在想后天的枪械课测验，谁来帮我的忙呢？"苏克的脸忧愁起来。

这的确是个让人头痛的事情，枪械课小考可没有办法让别人"帮忙"了。而且枪械课的教官是我们人人惧怕的林宝臣。这个家伙巴不得让我们出点难堪呢。上了这么久的枪械课，只有一个人是叫他满意的，那就是冯炳义。这个铁匠的臂力出奇的结实，练习瞄准时，手腕上吊上十块砖头还一晃不晃地坚持二十分钟以上呢。尽管我们会把五四式、五九式、六四式手枪性能当作化学公式背下来，可是轮到拆卸、组装枪机部件时，我们又显得笨手笨脚的了。刚刚装完，林宝臣又一遍一遍不厌其烦地让我们拆掉，有时还把五四式手枪和五九式手枪部件混合起来叫我们挑选组装。看着他嘲弄地监视我们的样子，我想他捉弄我们的老毛病又犯了。做这种事情，冯炳义倒是得心应手的，他总是第一个装完。看着他坐在那里熟练地摆弄零件的样子，嘴里还轻哼着一支流行小曲，简直就像坐在他自己家的铁匠铺里哩。

学校实弹射击靶场在校外五公里外的一片空旷的野草地里。

入冬以来下了两场雪，将靶场地里枯衰的黄草都覆盖住了。一眼望去，皑皑白雪延伸到高岗坡处，高岗上插着两面警示红旗。在五十米开外的雪地里，竖着三个墨绿色的胸环靶，不知是白雪的反光作用，还是心理作用，怎么看也是三个阴森森的真人

61

在盯着我们。在来靶场的路上，我们人人还在嘴里默背着射击口诀，可到了这里心里还紧张得要命。黄土岗后面有两名验靶员挥动着小红旗站在那里。

苏克第一个被叫到前面去的。他脸色突然紧张得如同地上的白雪一样苍白，冷冰冰的空气使他的镜片积了些寒雾。他拖沓着步子踩着积雪走到靶位前。

队伍里顿时安静下来，林宝臣指挥他站定，检查了一支五四式手枪，然后把枪递给他，又看着他哆哆嗦嗦把两发子弹压进枪膛里，说了声："你可以开始了，头两发是试验弹，持枪准备——射击！"

"啪！啪！"眨眼工夫，两发子弹朝前面射了出去。苏克惊呆了，随着他"啊"的一声蹲下身去，扔掉了手里的枪，滚烫的枪管"哧——"在雪地里烫了个黑洞。

"站起来，拿起枪！"

苏克呆怔地摇摇头。

"胆小鬼！"林宝臣有点儿恼火，但他控制着没有发作，在考核本上苏克的名字下边画了个"0"环，随后抬头朝队伍里扫过来一眼：

"下一个。"

又有一个学生把两发子弹射进了脚下的地里，溅起几块零碎的冻土块和雪尘。轮到我走过去时，林宝臣阴沉的目光盯住我："你不会把枪也扔在地上吧？"我没有理会他的嘲讽，把子弹压进了枪膛里。

"可以开始了吗？"我扭过头来问他。谁知话没等说完，食指轻轻一碰，朝天的枪口"啪"的一声震耳响，一发子弹蹿上了天空。

我一哆嗦，下意识地垂下手腕来，没想到第二发子弹又"吱溜"一声射进地里，雪地里立时烫出一个黑洞来。

我惊魂未定，转眼看林宝臣。他的脸"唰"地白了，直盯盯地望着我，僵直的身子一动不动。

我镇定下来，退出子弹壳，又压上五发子弹，重新装了上去。

"林教官，可以开始了吗?"

"啊，可以、可以开始了……"呆若木鸡的他稍稍缓过神来，退缩着步子向后面退去。

"胆小鬼。"

我在心里说了一句，回过头来，举枪对准胸前靶，平静地瞄着，靶心、准星、眼睛，三点成一线。屏住呼吸，手指轻轻扣动扳机。

"啪啪，啪啪啪!"我连击五发，把规定的子弹都打了出去，待一阵青烟散去后，负责报靶的教官向这边跑过来："五枪共四十一环，两个九环，两个八环，一个七环。"

林宝臣踏着积雪"吱嘎、吱嘎"走过来，走到我面前盯了一会儿说："四十环以上就是优等射手了。"学校考核规定二十环以上是及格，三十环以上是良好。

没想到我刚刚从惊讶中露出喜色来，他立刻沉下脸来说："我看你是瞎猫碰上了死耗子。"

我顿时索然无味起来。

"索林，你今天干得真不错。"吃过晚饭回到宿舍，冯炳义向我咂咂嘴说道。

我淡然地"哼"了一声，就坐在那里看报纸了。

从窗外校园广播喇叭里传来了《打靶归来》的歌曲声。临近期末，学校广播室每晚都在反复播送那几首革命歌曲。学校的用意很简单，是想用革命歌曲来缓解我们新生的思乡情绪，可是这几首老歌丝毫没有打消掉我们想家的念头，这种情绪反而像传染病一样在我们中间漫延开来。这从每天突然增加的大量信件中可以看得出来。那个驴马眼收发员准许我每天到他那里取一次信了。

中午，我把信件从收发室里取回来，分发给大家。黄立春又拿到了一封信。他很少有信来，乡下人一般懒得动笔，除非有最要紧的事情需要告诉他。

果然，他看过信后神色失常地喃喃说："真糟糕，家里的四只小羊冻死了一只。"

我们听了抬起头来望着他。这对他来讲的确是个不幸的消息。

"别难过，'臭虫'，也许那只母羊明年还会给你家生出四只小羊来，你就当它从来没托生在你家好啦。"冯炳义安慰他道。

黄立春摇摇头，蒙头躺在了床上。

傍晚，天气骤然降起温来。西北风呼呼地刮着，伴有雪粒"沙沙啦啦"拍打在窗户上。一会儿，每块玻璃上都积了半面雪尘。除了这点白色外，外面蓝幽幽的则像个不见底的黑洞世界了。

窗里，暖气管子里不时响过一阵阵"咕咕噜噜"加热水的声音。坐在屋子里的几个人在埋头干着自己的事情。黄立春在翻看着那封一下午不知翻看过多少遍的信，苏克在看数学书，班长坐在自己的铺上拿笔往一个小本子上记着什么，他大概在想着期末总结的事情，他刚才同冯炳义交换了一下意见，征询地问他班级三好学生应该评给谁。乔力和达一奇分别坐在桌子的两头写信。他们两个信的内容一个是精神上的，一个是物质上的。他们信里的隐语恐怕只有我能够弄懂。达一奇是在给他表哥写信，他表哥开着一家什么公司。他的信里通常有这样一句："团结紧张，拉兄弟一把"，过不多久，他表哥就会给他汇来几张大团结。而乔力的通常称呼是"表妹"，开头写道："转眼又是一周过去了，你的学习情况怎么样呢……"除了我还没有谁能看出他们这个"破绽"，他们都暗地里表现出对我的谢意，比如留一截风干的腊肠，送几块大白兔奶糖给我。对于达一奇我是来者不拒，不客气收下的，还一边嚼着腊肠或糖，一边嘲弄地教训道："团结紧张，严肃活泼！""是，牢记他老人家的教导。"他滑稽地举手打了个立正道。对于乔力的讨好，我一般都会以老同学的名义谢绝的。我很关心地问起她，他们学校的外国文学课开到哪儿了。乔力结结巴巴说出一些他很陌生的外国作家名字，而这恰恰是我所熟悉的。在中学时乔力是偏重理科的。

"她打算放寒假到我们这里来一趟，来我们警校看看。"乔力显得紧张地说。

"这可不行，乔力，这你是知道的。"

"是的，我心里清楚，可我不知该怎样写信来打消她这个想法。"

乔力有些为难地看着我。这我可帮不上他的忙，我扭过头去。

这会儿，我眼睛正盯在当天的报纸上，对天气预报一栏发生了兴趣。上面说受西伯利亚寒流的影响，今夜有暴风雪，气温下降到零下三十五摄氏度，风力在六级以上。在我们山区，冬天是无论如何也不会有五级以上的大风的，而在这个平原地区，大风则像一群无遮无拦的野兽一样时常刮来。窗外的风在起劲地刮着……

黄立春烦躁起来，他扔掉了手上的信，一会儿走到窗前，一会儿又拾起我丢下的报纸。

"这个星期天，我无论如何得请假回去一趟了。"他心神不宁地说。

"再有两个星期就放假了，你为什么不能等到那时再回去呢？"冯炳义盯着他的脸说。

按照规定，除了本市学生外，外地学生星期天是不准请假离校的，况且黄立春家住的那个乡下回去一趟至少需要三四天的时间，学校在这个时候是不可能准许他假的。

"有烟吗？谁有烟给我一支？"黄立春焦渴地问。

冯炳义不知从哪里找出一支烟，递给了他，并把寝室门反锁上了。

"别再胡思乱想了，再有两个星期你就可以回家了。"

黄立春吸了几口烟，情绪渐渐安定下来。

冯炳义也点了一支烟，一边吸着，一边沉思着慢慢说道："这样的夜晚，待在我那间铁匠铺子里是最惬意不过的了，你想想看，呼呼叫着的北风吹动炉膛壁里的火苗，通红的火焰蹿动起来，一闪一闪的，如同鲜红的狗舌头舔着你，你会觉得这个寒冷的夜晚是世界上最好的时刻，暖融融的炉火微微烤着你红扑扑的脸，你会坐在那里甜甜地不知不觉睡着了的……这个时候，你再一个人喝上一点儿酒，真是再美不过的事情了……"

我们仿佛看见，冬夜里，那间被寒风吹得呼呼作响的铁匠铺子，从敞着的门缝里露出一缕蹿动的火光，一种温馨得如同望见家里油灯的亲切感觉涌遍了我们的全身。包括黄立春，他这会儿正吃惊地睁大了瞳孔往这边注视着，眼里痴迷地流露出母羊一样安静的神色。

半夜里，突然响起了紧急集合的哨子声。我们从睡梦中惊醒，迷迷糊糊穿好衣服从房间里往外跑。

刚跑出楼道口，寒风猛地灌进来，一下子把我们激醒了。像有无数把尖刀隐藏在黑暗的外面，猝不及防地刺进我们的袖口里、脖颈里、裤筒里。坚硬的操场雪地里站立着林宝臣，他的黑脸冻得青紫。这个家伙，只有他才会在这样的夜里搞紧急集合的。

报过数后，我们忐忑不安的心一下子提到了嗓子眼里。队伍里少了一个人。我们几个不约而同地想到了他，可又不敢相信是他。拼命回想刚才下楼时他跟没跟在身边，结果是令人失望的……

"黄立春！"

冰冷的人群里没有人回答。

"黄立春！"林宝臣又喊了一声。

仍然是死了一样的沉默，沉默得让人心里发慌。

等林宝臣打发人去寝室找过之后，我们的庆幸就彻底变成绝望了。

他走了，没有请假甚至没有等到星期天的到来就回家去了！

这个蠢猪，这个愚蠢的乡下人！我们为他暗暗担心起来。

林宝臣冷冷地从我们面前走过，他那张冷酷的脸在夜色里急剧地变化着。

"他去了哪里，嗯？"他阴沉地挨个向我们寝室的人问道。

我们皆摇摇头。

"那好，我会把他找回来的，我会找人问清楚这件事情的。"他威胁地盯着我们几个人冻得通红的脸说。

随后他解散了队伍，命令班干部带着学生，几个人一组分头向校园外找去。狰狞的寒风呼号着朝我们穿着单薄的身子扑来，我们浑身打起了寒战。他难道打算这样让我们找到天亮吗？

一走出校园门，冯炳义悄悄拉住我们几个说："我知道在哪里能找到他，这会儿没有去乡下的车了。"

等我们赶到市区长途汽车站时，已是风雪弥漫的下半夜了。候车室里空荡荡的，只有几个过夜的流浪汉和乞丐躺在炉边的长椅上，炉火光映着他们睡熟的脏脸。售票窗口关着。黄立春呆呆地一个人垂头坐在靠门边的长椅上，脸上现出一种古怪的表情，一半是痴呆，一半是销魂。

看见了我们，他脸上的这些表情都扫去了，现出了可怜巴巴的绝望。

"你在做傻事，'臭虫'，你得跟我们回去。"冯炳义不动声色地说。

他乖乖地从椅子上站起身来。

黄立春受到了警告处分。依林宝臣的意见是要给他严重的留校察看处分的，并要扣掉全月助学金。林宝臣带着学生会的人来调查这件事时，我们都否认了他动了逃学回家去的念头，说这是他的夜游症发作。林宝臣满脸狐疑地看着我们，怀疑我们在私通作弊。后来学生会的人把那个女校医找来了，女校医那里有他夜游症的诊断证明，我们也证实说他以前也在半夜里出走过两次了，这一点连林宝臣也不怀疑。女校医说这是精神压力太大造成的，并在走时给他开了几粒安定白药片，这件事才算结束。

黄立春很感激我们，答应明年夏天他家果园里果子下来的时候放假回去给我们带来些。

我们开玩笑说，不知有人会不会活到那时候吃上他的果子。

他就搓着一双手坐在那里不吱声了。

这个乡下人，想法总是那么天真而又简单。

9

两周以后我们放寒假了。

说好是和乔力一起结伴回家乡汤旺河镇上的，不过临到放假的前几天他还有些魂不守舍的，我知道他这样的原因是什么。他给彭国艳去了信，叫她先不要来了，警校是有纪律的。随后彭国艳又给他来了信，她想放假后在省城等他，一起在省城玩儿两天再回家。可是她们比我们提前两周就放假了，乔力怕她等那么多天会寂寞的，就写信要她先回去。信发出后他就又像丢了魂儿似的，他当然是希望和她能在省城玩儿两天。

那趟在省城中转开往我们家乡山里去的火车只有一趟，是在夜间十一点。

傍晚我俩在省城车站下了车后，乔力还在空荡荡的月台上张望了一下，偌大的冰冷的月台上有许多趟列车在出站进站，机车头喷着浓重的白雾。披着寒雾的人影匆匆涌向检票口，进了检票口由于要等车，待在候车室里也没什么意思，我俩就到站前附近的广场上转了转，顺便给家里人买了几样东西。

快半夜时登上了开往乌伊岭去的 301 次列车。这趟夜间车整整在小兴安岭山间穿行了一夜，而我俩坐在车厢里硬座上几乎一夜都没合眼。

吐着白烟的列车一过镇南面七公里处的涵桥洞，乔力就把警服、警帽板板正正穿戴好了。他显得很激动。是呀，尽管我们离家只有短短的五个多月，可是我们仿佛觉得像过了五年一样漫长。那两个在离家时留着漂亮分头、脸上露着天真好奇的高中生哪里去了呢？

我们都极力掩饰着什么把目光向车窗外望去，打量着熟悉又有点儿陌生的一切：白桦林、红松岗、都柿沟和被厚厚白雪覆盖着的窑地……就在这个窑地上，我曾帮着久林脱过烧砖坯，那是久林在这里青年点当知青的时候，青年点规定每个知青每天要脱一百块坯。身材矮小的久林愁眉苦脸地找到我，要我每天放学后到窑地上来帮他的忙。我答应了，条件是他请我看两场电影。我清楚地记得那两场电影的名字，一场是《英雄儿女》，一场是《打击侵略者》。后一场是一个叫杨金山的青年带我去看的。那个下午干完活后，杨金山本来是要请久林去看电影的，久林说他太累了，不想去，就叫我替他去了。到了电影院，那个杨金山还买了四根冰棍，我俩一人两根吃起来。这一切好像就是昨天的事情……我的眼眶有些湿润了，因为列车要进站了。

裹挟着浓重寒霜的蒸汽机列车缓缓驶进了月台，它喘息了几下停了下来。透过车窗，站台上被浓重的寒雾笼罩着，看不清站台上接站的人影。

不等列车停稳，乔力就一把抓过他的行包，招呼也没跟我打就向车门口奔过去。

"乔力，等我一下。"可是他没有听到。

小镇下车的人并不多。

等我走下车来，在浓雾中搜寻乔力的身影时，看见在铁栅栏检票口一侧，有两个青年男女的身影紧紧拥抱在了一起，那是乔力和彭国艳。我暗暗有点儿惊讶。

"你好吗，王索林同学?"看见我走过来，彭国艳脸红着松开了乔力，并向我伸过手来。

我与她握了一下，与我们相比，她并没有多大变化，还是那么漂亮，头上围着一条绿格围巾，不过她那条长辫子看来是剪掉了，我有点儿为她可惜。

"本来我是打算到你们学校去看看你们的，可是乔力写信说你们学校有纪律，不许外校生探望，是这样的吗?"彭国艳有些娇嗔地责怪道。

"是的，是这样的。"我点点头，再拿眼去瞧乔力，他正挤着眼睛冲我幸福地嬉笑哩。这个家伙，一路上也没跟我提起过彭国艳会来接站，看来我得离开他俩了。

"寒假里到我家去玩儿，再见。"

"一起走吧。"乔力客气地让道。

"不啦，我打算一个人走走。"

"你家里没有人来接你吗?"彭国艳问，她的鼻尖已冻得发红了。

"我没有写信告诉他们，我想给他们一个惊喜。"

我与他俩告辞了。

出了站，走上车站西面汤旺河水泥桥头上，回过头来，看见他俩又紧紧拥抱在了一起。我心里掠过一丝空落。也许我该写信告诉家里我的归期，那样大妹就会到车站上来接我了。

从车站走出不远就到了繁华的镇中心十字路口。一切还是老样子，十字路口的右侧是百货商店，左侧是书店，那幢熟悉的拐角黄砖房是我经常光顾的地方。除了买书，更多的是到这里来租书看。一枚二分钱的硬币会消磨掉我一个很无聊的下午。当然上了高中以后，母亲不再允许我来租"闲书"看了。为了躲开大人的视线，我常常躲到山坡石硪子上去看小说。打柴的邻居看到了，还以为我是个多么用功的好学生呢。

走过书店后面那条街道，就到了区政府前边的广场了，这里好像在施工建造什么，堆积着沙堆和青石，不过广场中心那根旗杆还在，除了节日和运动会升国旗用外，还兼做捆解犯人示众用。从我记事时候起，夏天，外地押送的犯人途经镇上，就将他拴绑到旗杆底下，镇上的大人小孩儿围着里三层外三层观看，到了晚上蚊子也过来凑热闹，糊在犯人光头、虚白的脸上。犯人受不了，发出狼似的长嚎……才见从人群外晃悠悠地走进一个警察来。众人闪出一条路来，让打着饱嗝的警察把犯人押解走了。随后，执勤的镇上警察也过来把围观议论的人群挥手驱散了。

那时，在镇上做警察很威风的哩，白色大盖帽、蓝裤子、红裤线、锃亮的黑皮鞋……比现在这身没有裤线、肩章的警服要漂亮得多。

顺着中心街街道，我向文革街居民区走去。我家自从我十岁那年搬到这个镇上来，就一直住在那里。路面的积雪在我的大头皮鞋下"咯吱、咯吱"响着，迎面有个骑自行车的人骑到我身边跳了下来，他冲我讨好地一笑。

我莫名其妙地站下了，他身后还跟着一个人影，我并不认识他们。

他推车过去不远，那个跟在他身后的女子又跳到了他的自行车后座上。

我这才恍然明白，是我这身校服使他俩误把我当作镇上的警察了。我不觉得心里有点儿好笑，看来这身衣服还真管用哩。可我却觉得很不舒服，好在一路上我并没有遇到熟人。

站在我家院门前，推开那扇黑漆已剥落的松木板门时，我的胸口跳了几跳，手也突然变得沉重起来了。

院子里冷冷清清的，地上铺着一层薄雪。除了圈在圈里的那头黑猪抬头看了我一眼外，没有谁在看我了。它也不认识我了，除了哼唧两声外，并没有从窝里拱起来。三间油毡纸房的窗上还挡着防寒窗板，窗板要到中午才能拿下来的。

"吱呀"房门推开了，一股蒸腾的雾气扑了出来，遮住了那个出来抱柴火的人影，她是大妹。她转过身来看到了我，是我身上的警服让她怔了一下——

"你，你找谁……啊，是二哥！"

她怀里的细柴撒落了一地，拉开门冲里面喊道："妈妈，妈妈，二哥索林回来啦。"

一阵急促的咳嗽声从屋里传出来，啊，是母亲。我不能再往前走了，眼眶潮湿了，身子无力地依靠在挂着霜花的门框上，屋子里烧得很热，热气一下子扑到我冻得通红的脸上，叫我有点儿受不了。

大妹过来接过我垂落到地上的提包。从西屋炕上传出母亲呼唤我乳名"索儿"的嗓音，她难道还没有起床吗？我不禁询问地向大妹投去不解的目光。

"她病啦。"

我三步并作两步拉开西屋门走进屋里去……又惊讶，又难过，又困惑，不由得胃里一阵痉挛。

母亲裹着被子躺在光线暗淡的西屋炕里，即使打开窗板，这个屋子也要到下午才能见到阳光。可是我还能感觉到她那强烈搜索的目光，"你应该事先来个信，叫你大妹和你弟弟去车站接你。""我难道会不认识家门了吗？"我想做出个笑脸，可是泪水还是没出息地从眼角里流了出来。我扭过头去。

她从炕头上支撑着身子坐了起来。颤颤巍巍地摸索着：

"你瘦了，索儿，学校的伙食不好吗？"

"不，很好……您还是老毛病吗？"我岔开了话题。

"是的，是的，该死的支气管炎，一到冬天就犯，不过没事的……"一阵剧烈的咳嗽又使她伏下背去。停了停，她又把大妹喊来，给我拿来油丸子吃。这可是我最爱吃的，每到春节来临时，家里总要用每月省出的豆油来炸油丸子。

到了中午，家里人陆陆续续回来了。父亲刚下班，三弟去山上拉柴火去了。而久林呢，刚才进家门我还以为他们学校没放假呢，从母亲嘴里知道他去他同学家了。他们抢着问我学校里的情况，我一一回答了他们。学校的军训课我谈得很少，我不想让他们特别是母亲为我担心。我走出去把背包拿进屋里来，将我带回来的东西取出来：两斤哈尔滨红肠、三个大列巴、两斤红砂糖，还给大妹买的一条红围脖。这些都是用我节省下来的助学金在路过省城车站时买的。

吃过午饭，我走进东屋里去休息。尽管旅途的疲惫使我眼皮直打仗，可我知道这会儿躺下也会睡不着的。"这就是你的家了，你不必再担心起床的哨声会随时响起了。"我一遍一遍在心里对自己说。可是我无法像从前那样四仰八叉地躺到小炕上去。我默默打量着熟悉的一切，炕上靠东墙角还放着我自制的小书桌，上面那盏小油灯还在，石灰墙上还贴着我用粗铅笔画的鲁迅肖像画，旁边挂着我第一次参加中学生作文竞赛得的奖状，还应该有一支英雄牌钢笔，也是那次作文竞赛得的奖品，不知大妹收拾到哪里去了。我没有去问她，我懒得去问了。因为那好像与自己无关了。仅仅五个月啊……我脱下身上的警服，叫大妹找出一套我以前穿过的中山装换上了。

晚上，久林很晚才从他一个同学家里回来。

他变得有点儿胖了，看来他们学校伙食的确不坏。他见到我很惊喜。他喝得有些微醉，脸上兴奋地涨得通红。幸亏他没有问我学校里的情况，他只是大谈他们学校里开设的课程以及哪位女生对他有好感……当然说到这里时他还有些难为情，眼睛不安地躲躲闪闪着。可是这些与我有什么关系呢？我渐渐地入睡去了。

10

回来许多日子了，我很少到以前的同学家里走动，包括乔力家里我也仅仅去过一次。这一点，久林和我不同。他不是今天被这个同学请到家里，就是明天被那个同学找到家里。他是他们七五届唯一一名考出去的大学生。人人都为能请到他吃一顿饭而感到荣耀。我呢，将来不过是个小警察嘛，这一点我很有自知之明。

那天晚上，我在家里待得有点儿闷，就溜达到街上去。

林区的马路一到晚上行人就稀少起来，马路上的积雪由于没有清洁工的清扫，就变成了冻雪板铺在马路上，大头皮鞋踩在上面"咯吱、咯吱"脆响。我沿着通向贮木场那条马路往前走，偶尔从身后驶过来一辆大红头原条车，拖着长长一垛红松原木呼啸着向贮木场方向驶去。那没有砍净的树梢头还挂着一两个松塔。路面上带起一股浓重的雪尘，扑散着弥漫开来，躲闪不及灌进我脖颈里，冷飕飕的。我竖起了棉衣领子。从贮木场方向传来电锯和传动带的轰鸣声，那里灯火通明。小时候，我常和小伙伴拖着木爬犁到这里来偷木头头儿（是截剩下的树梢头），为躲开工人的视线，我们常常要钻到传动带台子下面去。

迎面骑车过来三五个下晚班的工人。有两个工人自行车后货架子上还驮着木头头儿，我想这一定是两个会过日子的汉子。他们开着粗鲁的玩笑从我身边走过去了。可是有一个工人回头望了

77

我一眼后，不知为什么停了下来。

"你……是王索林吗?"

他骗腿下了自行车，推着车子慢慢向我这边走近，他的金鹿加重自行车后架上驮着一个搂不过来的木头头儿。借着从贮木场映出的灯光，我困惑地打量着他。他看上去有三十来岁，矮粗的身板，背有些驼，扁平的长脸，长年高寒野外作业的关系，他的脸有一种古铜色的紫黑，头上戴着一顶柳条头盔棉安全帽。他目光直直地盯着我:

"老同学，你真的认不出来我了吗?"

我再次困惑地摇摇头，并在脑子里费力搜索着。

"我想你应该收到我的信了吧?"他神情有些黯然。

"你……张五四?"我心里亮了一下。

"你总算记起我这个老同学来了……"这工夫，他已支好了自行车。他从棉工服兜里掏出一包葡萄烟来，向我递过来一支:"抽支烟吧，我想你已经学会了。"

我没有拒绝，接过了他的烟。天太冷，也想借此暖和一下身子。

"真巧! 我们会在这里碰上，你刚下班吗?"我一时也有些意外，激动得不知说什么好。

"是的，真巧，走，我们去喝一杯怎么样?"

他高兴起来，不等我再说什么就推着车把我带到附近路旁的一家小酒馆里。酒馆里聚集了不少人，多是场里的工人，刚才见到的那几个工人也在这里，看来他们是经常光顾这里的，老板娘与他们已经很熟悉了。看到张五四进来，就有人喊起了他的外号:

"四五张，过来，过来，我们还以为你溜走了呢。"

"四五张，你难道还需要回去和老婆亲热一下再来吗？"

他有些难为情，冲着那些人说道："别，别闹，我有客人，这是我小学同学，他现在在大城市里上警校。"

"噢，噢，了不起……"他们安静下来，纷纷向我投来尊敬的目光。

这工夫，张五四已在角落里找到了一张空位子，我们坐了下来。

"老板娘，来，给我们的公安战士拿杯酒来。"

老板娘端出两杯小镇上酿的小烧酒来，张五四又点了一盘狗肉、一盘猪蹄。我们喝起来。有个人站起来摇摇晃晃端着白酒杯走过来，他也像是我们同一届的小学同学，我却叫不出他的名字了。

我悔不该接受他的敬酒，弄得我只好跟他们一次一次碰了杯。他们都洋溢着一片盛情，要推却是不可能的。尽管如此，我心里还是非常懊恼，便使劲抽烟，呛得我咳嗽不止。

"算啦，算啦，别让他再喝了，他喝不少啦。"我听见张五四在劝阻。为了表示领情，我每次都一口把张五四冲老板娘找出的那只牛眼瓷盅里的酒干了。可是马上又会有人给我重新添满。

正在这时，小酒馆的门突然被人推开了，随着一股寒雾从外面走进一个人来。这人手里牵着一条黄狗，一进来就冲里边喊道："老板娘，给我和巴特儿弄点吃的来。"老板娘在厨房里赶紧应了一声："来啦，马上就来，您稍等！"

屋子里立刻寂静了下来，刚才还热热闹闹的工人都坐在自己的座位上低头喝自己碗里的酒。

张五四冲我耳边悄声说了句："巧了，今晚真是巧了，这个家伙也来了。"从他们的神色中，我察觉出有点儿不寻常的味道来。我向柜台前打量过去，那人上身穿着一件皮夹克，脚上穿着一双漂亮皮靴，大冷的天，头发却抹着头油水光溜滑，他脸冻得发白。我瞅着他有点儿面熟却想不起来在哪里见过。

此刻，他一只脚蹬在一条长凳子头上，眯缝着眼睛向屋内扫了一眼，问道："外面是谁的自行车驮的木头？"

"是我。"张五四有点儿不情愿地站起身来。

"是你……四五张？"他显然认出张五四来，狐疑地打量他，"不是我多管闲事，你又在偷场里的木头？"

"你看清楚好啦，那是废材，再者我已跟工长说好了。"

"你不怕我告到你们场长那里去吗？"

"随你便好啦！"张五四有些生气地说。

老板娘端出来一小盆肉骨头和一盘酱牛肉。老板娘把酱牛肉放到他跟前的桌上，把肉骨头端到外边去。他把黄狗牵到门口，拴在了门柱上，黄狗就在那里啃起骨头来。

回来，那人有些不满意地对老板娘说："你的外甥女春香呢，叫她出来给我倒酒。"

"她身体不舒服，还是我来照顾你吧。"老板娘讨好地笑着说。

"不用，如果她不想出来见我，就叫她永远别出来见我了。明天就叫她离开镇子，回到乡下去吧，天生就是乡巴佬的命。"他说着从兜里掏出一张纸来，就要往炉子里填。

老板娘见了一把拦住了，堆着笑脸说："别、别，你知道从街道上开出这张暂住证明多么不容易，还等着您给办临时户口呢。小孩子不懂事，我这就去给您叫去。"老板娘从他手里夺下那张纸乖乖地走进后屋去了。

春香从后屋出来，这是一个十七八岁的乡下女孩，模样挺俊俏。看来是没见过什么场面，扭扭捏捏走出来，又给他端上了两盘好菜和一壶温过的烧酒。

"坐下，陪我喝两盅。"

她听话地坐下了，小声嗫嚅地推辞说："俺不会喝……"

他不由分说地给她倒了一盅，又向她嘴里递去。女孩子果然不会喝酒，一盅下去后，她"咳、咳"咳嗽起来，脸涨红了，胸脯一起一伏起来。

他坐过去，假装微笑着为她捶背，另一只手却不安分地向姑娘棉袄胸前馒头状乳房摸去。"别、啊，于叔叔……"她惊慌得像小兔子一样要挣脱他，并求救地朝里间望了一眼。可她的那个姨妈并没有听到，没见她出来。

"住手，于天杰，你太过分啦，不许你欺侮人家一个乡下姑娘！"张五四怒不可遏地走了过去。

我有些吃惊，这就是他信中给我提到的没有好感的于天杰吗？

"你想多管闲事吗？四五张，这里没有你的事，你给我走开！"

"我不许你欺侮她！你觉得手痒痒我们就到外面去。"

"嗯哼，你想打架吗？我差点儿忘了你偷木头的事，我们是该出去说说这件事。"他不怀好意地站起身说。

于天杰松开了那个姑娘，两人一前一后往外走，我跟了出去。

刚刚走到外边，于天杰就在后边冷不防地给张五四使了个腿绊，张五四没有提防身子趔趄了一下摔倒在地上。"哈哈……"他刚要骑上去，我上去一个后背包把于天杰重重地摔倒在雪地里，惊得那只狗也狂叫起来，不过被张五四拾起一根木棍给逼住了。

于天杰从地上爬起来叫嚣着又朝我冲过来，他刚拉住我的胳膊，我又一个侧身背擒将他摔倒在地，摔得他嘴啃雪！这回是摔痛了他，他从地上爬起来，从腰里掏出了家伙向我逼问道："你是谁，敢打警察？"

我说："收起你的家伙吧，给你发的家伙不是让你来吓唬老百姓的。"

"你是？"他像是要认出我来，打量着我。

"你不认识他了吗？他是你的同学王索林呀，人家现在可是一个警官生。"张五四走了过来说。

"原来是你……"他脸色在急剧变化着，收起了手上的家伙。"看在咱们小学同学的分上我不想追究这件事了，进去喝一杯怎么样？"

"我可不想丢警察的脸，再者我喝好了。"我把"警察"两字咬得挺重。

"那好，后会有期。"他悻悻地牵着那条吃饱了的狗走了。

我们重新走进屋子里来，大家都尊敬地把我围起来，刚才的一幕他们都从窗子看到了。还有那个姑娘，她腼腆地又端上一壶温好的酒来，说是谢谢我们刚才为她解的围，是老板娘免费敬给我们的。不过她眼里流露出一丝担忧，我叫她不要怕，如果他以后再为难她就叫她去找派出所所长去。她听了不再犯愁了，倒了一盅酒双手敬过来，我接了。接着那些伙计又轮流同我碰杯。我只觉得头有些发晕，脚有些发轻，就摇摇头真的不想再喝了。

"算啦，算啦，伙计们，我的同学可没有你们那么好的酒量。"张五四终于站起来为我挡驾了。

坐下来，我脸红脖子粗地问他："老同学，你现在生活得怎么样，你老婆她还好吗？"

不等他回答，就有人抢着替他答了："那可是像牛犊子一样健壮的女人，她一下子为四五张生下一男一女两个孩崽呢。"

"真的吗？"我简直有些吃惊地睁大了眼睛。

张五四点了点头，坐在那里嘿嘿憨厚地笑了。他痛快地接受了我的祝贺，一口干掉了杯子里的酒。他可能是我们同学当中最早当爹的人了。

"可是户口还是个问题，我可不想让这两个孩子随她妈妈的农村户口……"他突然皱了一下眉头，在我的记忆里这是个从来不会叹息的人。

我有点儿发怔地望着他。

"不说她了，索林，说说你们警校里的事情，你现在很了不起，刚才可真叫我开了眼界，要知道，当初你在班上可是手无缚鸡之力的。说说看，你们在警校里都学了什么？"张五四微笑着说。

我涨红着脸，大着舌头说："擒拿格斗、射击、驾驶……"

"啧啧，真了不起，你们警校生可真了不起！"一些人围过来。

"不过是些花架子。"我谦逊地说。

我越这样讲，他们越不相信，刚才的一幕他们可是看得清清楚楚的，眼里便流露着羡慕的目光。

"子弹随便打吗?"有人探过头来好奇地问。

我摇摇头："一学期只允许打十发。不过我第一次五发就打了四十一环。"

"哇!"他们吃惊地睁大了眼睛。他们当中有复员军人和当过民兵的。我简直成了英雄。

有人又给我满上了一杯酒，我数不清喝下去第几杯酒了。只觉得胃里火辣辣的难受。我起身站了起来，摇摇晃晃同他们告辞了。

张五四跟了出来，看见我蹲在雪地里呕吐，有点儿难为情，关切地问道："索林，你没事吧?"

我摇摇头："没事，吐出来就舒服多了。"

张五四坚持要送我回家，我谢绝了。这会儿他老婆也许正在家里等着他呢。我摇摇晃晃刚要在夜幕里走去，他又叫住了我。

我回头望去，他正有些不知所措地搓着一双大手，讷讷地说道："索林，谢谢你给了我这个面子，我以为你不会跟我们这些人在一起喝酒呢。"

"为什么不呢……"我眯着眼睛看了他一眼，醉着步子走开了。

我趔趔趄趄回到家中，又在院子里扶着猪圈门子吐起来。那头猪听到动静，从窝里拱出来，将我吐在圈里的东西都吃了去。我想它今晚也会醉的。

"索林，你干什么去了? 这么晚了家人很担心你。"久林已经回来了，站在院子里看我将那花花绿绿的东西吐完。

"碰见了一个小学同学，一起去喝了杯。"

"乔力来看过你，和他一起来的还有一个女同学，就是今年考上大学的那一个，她也是你们班的吧?"

"是的。"我淡淡地答了一句。

"她很漂亮，不过我敢打赌，他们不会长久的。"

久林的话叫我吃了一惊，"为什么?"

"我们学校里的女生都不找比自己学历低的男生交朋友。"

"可是他们在高中时就恋爱了……"我懒得去和他争论这个问题，走回屋子里去睡觉了。

11

春节过后，我又去了一趟乔力的家。乔力不在，他母亲告诉我乔力和彭国艳去看电影去了。我在他家小坐了一会儿。

乔力的哥哥乔铁正在家里用木刨子推冰棍杆儿。冰棍杆儿卖给冰棍厂五厘钱一根。乔力的父亲病逝得早，家里在乔铁当兵前一直只靠他母亲夏天卖冰棍儿维持生活。当然现在有了他哥哥乔铁每月发放的抚恤金，比光靠他母亲的收入要好些，可是日子仍然是紧巴巴的。这从乔力在学校里轻易不肯乱花零花钱能够看出来。乔力的哥哥是个二等残废军人，他的腿齐刷刷从膝盖处被截肢了。乔铁回来后，区民政局和街道上曾想给他安排工作，可一直没找到适合他的工作。他就在家闲着了。

乔铁骑坐在一个长条木凳上，推出的刨花埋了他的下半截身子。

他一下一下"哧啦——哧啦——"推着手里的刨子，挽起的袖子露出的胳膊肌肉块绷得紧紧的，他后背上的衬衫已被汗水溻湿了。屋子里的炉子也烧得很热，他的胖脸被炉火烤得红通通的发亮。一瞬间，我想起去年那个初夏来，他胸前挂着战斗英雄勋章坐在教室讲台后面，脸膛被射进来的阳光照得红通通发着亮光。他的声音很洪亮。谁也没有去想他是坐轮椅车来学校的。那架轮椅车就停在教室窗台前，初夏午后的一缕阳光抹在上面，使那不锈钢车架闪闪发光。

他看见我走进来并没有停下手里的活，屋子里飘荡着一股好闻的椴木香味。椴木被截成十厘米一截。椴树是从山上锯倒用爬犁拉回来的。这是乔力的妈，那个小脚女人要干的活。她看上去有四十多岁，矮小的身子骨硬朗结实。也许是习惯了生活的重负，她脸上看不出有为难的表情。

她一边捆着冰棍杆儿，一边向我打听学校里的伙食情况："……学校规定的定量够不够吃？"

我说："我们吃得很好，我们每人每个月有二十块钱的伙食费加十块钱的助学金哩。"

"可他女朋友说这些钱根本不够花。"

我说："也许在大学里不够花，可是在我们学校里则绰绰有余了。因为我们学校不允许学生到校外去买零食吃，服装也是统一发放的。"

他母亲不吱声了，她相信了我的话。

"你告诉我，你们警校里是不是不允许学生谈恋爱？"一直没有说话的乔铁突然转过身来问了我一句。

我一时语塞了，闪烁其词地说："……是的，不过这要看是在什么情况下。"

"不管怎样他们都应该按学校的规定去做……"乔铁摇摇头，显然他对乔力和彭国艳的过分亲密有些不满意。

其实，乔力与彭国艳后来发展的恋爱关系或多或少还与他有点儿关系呢。乔力没能如愿去参军，这多少有点儿叫彭国艳失望。大家都忙着复习高考，他俩的关系也变得不冷不热起来。刚好这会儿乔铁从云南前线负伤复员回来了，宋海英每次请他来学校做报告，都是派文娱宣传委员彭国艳和乔力一起到乔力家来请他，然后两人一起用轮椅把他推到学校去。一来二去两个人的关系就变得比先前更亲密起来，在同学面前再也不用像先前那样躲躲闪闪了，上学、放学常常走在一起。

彭国艳有一次跟乔力说，你有一位这样英雄的哥哥真是很了不起。那个时候不光是彭国艳，我们班上每个人都对乔力有这样一位哥哥而羡慕得要命。

乔铁问起我在警校里的考核成绩来，他大概从乔力嘴里听说了我实弹射击打了四十一环，口里赞赏道："很了不起，我以为你头一次打枪连枪都不敢拿呢。"他又低下头去推刨木花，"哧啦——哧啦——"的刨子声响起来，我待了一会儿便告辞了。

从乔力家里出来，在路上我碰见了乔力。他和彭国艳刚从镇上的林业局俱乐部出来。

"我刚才去过你家，你母亲说你们去看电影了。"

"是的，《流浪者》。"乔力依旧穿着警服，一米八的个头显得挺拔、英俊。

"你们可真会找地方呀。"我看了跟在后边的彭国艳一眼，她的脸红了。

"你也该去看一场电影，把门的还是那个老谭头，你简直想象不到他对我们有多热情。他摇晃着脑袋，说什么也不肯收我的票，他说警察的票他是向来不收的。"乔力手里果然捏着两张没撕过的票。

"他大概忘记了从前是怎么把我们关进小黑屋子里去的了。"我向电影院那边扫了一眼说。

"我想他一定不记得了。"乔力冲我努努嘴，彭国艳并不知道我们在说什么，疑惑地向我们投来探寻的目光……

乔力扯着她的手走开了。

以前我和乔力常逃票来这里看电影，把门的老谭头视力不好，我俩通常是夹在大人腿缝中溜进去或找到一张当天的旧票根贴上副卷蒙混进去。当然也有被捉住的时候，那就活该我们倒霉了。他把我们关进一间放杂物的小黑屋子里，等到电影散场了才放我们出来。有两回他忘了关"禁闭"的我们，我们足足在里面饿了一天的肚子，直到道具工进来拿道具才发现我们。后来我们学得精明了，就从厕所洞口钻进去，在电影清场前这段时间，我俩足足闻上二十分钟的臭味。这样的事情是不能够向彭国艳讲的，因为与我们现在的身份不符。而从前彭国艳在我们眼里一直是个贵族，她是不用逃票看电影的，除了和家里大人去看，外班还有几个男生也向她献殷勤。在我印象里，她从来没用过旧的作文本，她穿的衣服总是时髦簇新，裤线压得笔直。那么直的裤线得花多少功夫来熨烫呀，这对我们来说简直有些不可思议。

假期快要过去了，有一天，我在母校校门口意外地遇见了宋海英。

我不知道自己怎么会走到这里来，或许只是想到这里来看看。学校还在放假，校园里空旷、寂静。校门口那块白底黑字"东风区第一中学"的校牌对我有一种古怪的陌生感。校园里堆积着假期没人清扫的积雪，泛着一片刺人眼目的白光。青石头楼正面墙上用白水泥抹的标语还在：做共产主义事业接班人！在二楼右侧第一个窗口就是我们八年二班。从升入高中到毕业，我都喜欢坐在靠窗的座位上。听课时，我的目光可以溜号到校园里甚至远处对面的南山坡上，那里一年四季都变幻着不同的风景：冬天白雪皑皑……春天达子香没等雪化尽就开花了，小草一点一点变绿了起来；夏天的山花姹紫嫣红，吸引我神思遐想的是，放学可以到山坡上去摸鸟窝，捉黄嘴丫子没褪净的小鸟；秋天是五花山，山葡萄也下来了。

此刻，我不想碰见任何人，包括对我稍有好感的语文老师。我正要转身离开那里时，却看见宋海英夹着讲义夹从教学楼里走了出来。看来老师已提前返校了。她还习惯地穿着那件藏青色呢外衣，身体还是那样有点儿发胖，肤色却很白净。她已经三十岁了，仍是一位未婚的老姑娘……

"王索林同学，你是来看望我的吗?"她有点儿惊讶。

"不，我只是路过这里，随便看看。"

她并没有多少失望，站在雪地里打量着我说："听说你在警校里干得不错……"她一定是听乔力说的，看来乔力和彭国艳已经去过她家里了。

"我以为你会穿警服哪。"

我说："警服我刚刚洗过，晾在家里了。"

"噢，没关系的。"她热情地说，"听说你们警校里开的科目都很难学，是这样的吧?"

"比我想象的要困难十倍。"

她丝毫没有听出我口气里嘲讽的语气，依旧热情地说："你哪天和乔力到我家里来，我想听听你们的学习情况，你们是八年二班的骄傲，我想请你俩到班上来给新同学讲讲你们是怎样克服困难完成各科目学习的。"

"这没有什么好讲的!"我突然冷冷地打断她，从雪地里转身走了。

她呆呆地愣在那里。

我想她的脸色一定会变得煞白。她还幻想着我假期里会去她家里看望她，可是我连想都没想过这件事。那天不过是在校门口一次巧遇罢了。

　　回来后我把这件事同久林谈了，久林听了后说：

　　"她毕竟是你的班主任老师。"

　　"可我感觉她更像个政治骗子。"

　　久林听了不说话了，他在思索着返校的事情，过几天他该走了。

　　随着我们返校日期的日益临近，别离的情绪突然强烈了起来。除了担心刚刚熟悉起来的亲情和全家人在一起快活的日子要被打破外，母亲的病情也叫我们很担忧，从春节前到春节后她的咳嗽一直没好起来。

　　久林走后，在我临动身走的前一天傍晚，我把父亲叫到院子里，问他：

　　"我妈的病情到底怎么样，找医生看过没有？"

　　"找医生看过了，你们回来之前就找医生看过了。"

　　"医生怎么说？"

　　"医生说除了支气管哮喘外，她的肺部也好像有点儿问题。你母亲早年得过肺结核……"父亲叹息了一口气，他脸色阴郁起来。

　　"为什么不转到市里林业中心结核病院去检查？"

　　"她自己不愿意去检查。"

　　"那里的住院费是不是很贵……"

　　父亲点点头，他神情有些黯淡。我懂事时就记得母亲身体一直有病，只有到了万不得已的时候，她才肯去医院，可是花的钱已经很多了。这个满面愁容的男人每回开回工资来，就要拿回一张工资扣款条。那是早年为给母亲治病而欠下的"饥荒"。我和久林从小学开始，每学期都要由父亲单位开出一张减免三元钱学杂费的证明来，交到学校去。

"难道患病职工医药费补助金一点儿也没有了吗?"我问。

"你母亲病得太长了……"父亲口气里似有抱怨。

母亲年轻时在镇子上的商店里做过店员。因为有病，才办病退了。当年见过母亲的人都说母亲年轻时长得相当漂亮。可是谁会把当年那个漂亮的店员和眼前这个头发蓬乱、面容憔悴的女人联系在一起呢?

听到母亲呼唤我的乳名，我走回屋里去。母亲的气色好了许多，她并没有提到自己的病情，而是关切地问我东西都准备好了吗，并叫大妹给我往背包里放了好些吃的东西。这些好吃的东西原本是家里来人看她，她没舍得吃留下来的。我想拒绝，可嘴巴张了张却没有发出声音来……我的眼眶渐渐湿润了。

这就是我躺在警校那张冰凉的铁床上日思夜想的母亲啊。

12

新学期开学后，我们的情绪稳定了许多，没有谁再做这样或那样的幻想了。除了黄立春，他还是那么容易激动。这次从家回来，他带回来一个消息，说他妹妹要嫁人了。

"真的吗？'臭虫'，你是不是在开玩笑？"冯炳义吃了一惊。我们也跟着不相信地看着他。

"我没有骗你们，今年春节家里给她张罗了一门亲事，是一户邻村的农民，男方家里打算忙过春耕后就把这门亲事办了。"黄立春脸上瞅不出什么表情地说。

我们不约而同地想起了上学期对黄立春开的那个玩笑，没想到黄立春的妹妹会这么快嫁人了。

大力士冯炳义脸上显得有点儿发怔。等人走出去，他悄声问："是不是家里遇到了难处？"

黄立春瞅瞅他，这才说："家里那四只羊崽在冬天里都冻死了，村里人看他家发羊财的美梦变成了一场空，都纷纷上门来要钱。家里是想早点把女儿嫁出去，会得到一笔彩礼钱，好还给借村子里人家的钱。特别是村长那个家伙，当初借他家钱时说得比唱得还好听。谁知道他是在打我妹妹的主意。有一次在村子里遇见我妹妹时，看周围没有人竟然动手动脚。这个坏蛋，等我毕业回乡里当了警察，一定要教训教训他。"黄立春愤愤不平道。

"找的那个人家咋样？"冯炳义关切地问。

"那个庄稼汉来相亲时我见过，人倒是挺老实憨厚的。可就是比俺妹妹大十岁。他家里有兄弟四个都没成家。"说到这里黄立春轻轻地叹息了一口气，"唉，这样也好，会叫村长死了心的。"

到了吃晚饭时，黄立春又小声地讲："大力士，你借我的钱，我会想着还你的。"

冯炳义听了有些恼怒地说："我说过叫你一定还了吗？"

看得出他还在为那个乡下姑娘担着心。

听到黄立春从家里带回来的消息，将我们从家里暂时带回来的欢乐冲得干干净净。

我们又恢复了常规。林宝臣像一条兴奋的狗一样在各宿舍之间窜来窜去，他皱着鼻子嗅着什么说："仅仅一个假期就把你们惯坏了吗？"还有那些学生会干部，借着检查内务之机，常常能从我们铺下搜出一些东西来，多半是吃的东西。这些都是我们从家里带来没来得及消化进肚子里的。

那天值日的班干部周培林，他从我的铺底下搜出一塑料袋油丸子。他啧啧嘴说："真香啊，不过这要交到学生会里去了。"他冲我得意地怪笑着。

当他走过学生会那幢楼角时，我从楼上窗户后面看见他往嘴里吞吃着什么。这个无赖，我知道我告到学生会去也没用的，说不定他早就和佟立群串通好了的。但愿他吃了我的油丸子出操时会对我开恩些。

可是我想错了……

这天下午，刚刚练了一下午分列式，胳膊、腿都抬得麻木了，盼着下课的哨声早点响起。哨声响起了，周培林刚把队伍集合完毕，林宝臣训完话走开后，他又假模假式地走到队前来。

"王索林，出列！"

队伍解散了。操场上，他又把我单独留了下来。

"正步——走！一二一，一二一。"

四周传来轻松的嬉笑声……我知道我又走顺拐了。"立——定！"我茫然不知所措地站下了，刚刚要散去的同学也站下了，他们要看我出洋相。

他装作有点儿同情的样子走过来对我说："王索林同学，这么冷的天，你就不能把步子走得好一点儿吗？免得我们都挨冻。"

我冷漠地盯着他，小声地回了句："我会尽力的。如果要像吃油丸子一样容易，我会做得比你还好。"

他听了突然脸涨得通红，停了好一会儿，他小声说了句："稍息！"

春天不管人们愿意不愿意，还是一如既往地到来了。阳光变得柔和起来，校园里的杨树枝上泛起了嫩青芽，校园外的草地也渐渐绿了。学校里那个女广播员已早早地穿起了红格呢裙，警校女职工很少，因此她显得很引人注目。有人说她是一个离了婚的女人，也有人说她是一个没结婚的老姑娘。她有二十八九岁，长着一副和刘晓庆一样的圆脸、一双修长的小腿。她在警校里住单间，就住在小黄楼二楼的广播室里（也许是因为工作的关系）。她的工作除做广播员外，还兼做我们的音乐教员，教我们学唱一些革命歌曲。当然这些革命歌曲都是我们在广播里听得老掉牙的歌曲，我们却十分愿意听她教唱歌。

天气暖和的时候，傍晚我们又陆陆续续走到校园外东面的草甸子上去。

草甸子上一些不知名的小花悄悄探出头来，田野里有附近农民在播种的身影。不远处，有个农民在烧荒，淡蓝色的烟气中透着一股好闻的荒草和没完全烧透的土豆秧子味。

乔力在一边读信。开学伊始，他很快就收到了彭国艳的来信。

达一奇独自坐在一边大嚼着一截香肠，这是他溜出校园时刚刚从小卖部买的。整个假期里只有他保养得又白又胖。他那张肥脸很愚蠢地挪动着，并呷吧出很大的声响来。

黄立春咽着口水，努力不往他那边去瞧。

我也收到了家里的来信，信中大妹告诉我，开春以后父亲已送母亲到伊春林业中心医院去看病了，那里的医生说母亲早年得的肺结核已经钙化了，不过要想身体完全康复还需要加强营养，把支气管炎老病根彻底根除。读到这里我稍稍放下心来，轻轻吐了一口气。从家回来，我已把我的助学金给家里寄去了一些，告诉给母亲买些营养品。我想久林也会省吃俭用这么去做的。否则的话父亲是拿不出那么多钱送母亲到外地去瞧病的。我的心情渐渐好起来。春天的阳光照在身上暖融融的。

冯炳义四仰八叉地躺在草地上，他嘴里叼着一根草棍儿。他那副呆呆的眼神定定地望着空中，不知在想着什么。他告诉我们，他放寒假回去，又把铁匠铺子点上火了，整整干了一冬天的铁匠活。

"猜猜看，那个会溜须拍马的家伙这会儿在干什么呢？"

我知道他指的是周培林，就说："我想他这会儿应该待在林教官那里，兴许在给他擦皮鞋哩。"

自从上个月林教官的老婆和他离婚后，他就住在学校里了。这对我们来讲既是一件开心的事情，也是一件倒霉的事情。

"不，我想他会去温教员那里的……"

听了冯炳义这样说，我们都不禁回过头来惊讶地望着他，连达一奇也停止了咀嚼，瞪大眼珠瞧过来。

温教员就是那个花枝招展的女广播员。每次教唱歌都是由周培林去请她来，难道他会暗中向她献殷勤？这可是我们想也想不到的事情。

"情况正是这样的，你们若谁不相信可以和我打赌。"冯炳义又躺在那里头也不肯转一下地说。

"我倒要看看这小子是不是有这个色胆。两根香肠怎么样？"达一奇不肯相信地摇晃着脑袋说。

"不，三根。"

"好吧，三根就三根。"

"那好，星期三晚饭后，你们跟我来吧，我会让你们看明白的。"

我们是怀着十分激动的心情期待着星期三晚上的到来的。我甚至怀着幸灾乐祸的心情希望这件事情发生，那样就会叫那个狂妄的假正人君子名誉扫地的，而我吃够了他的苦头。这个满脸粉刺的家伙，在我眼里他比学生会别的干部还要坏上十倍。

白天我偷偷观察着他，这个家伙脸上看不出有什么变化，在操场上时他甚至懒得往小黄楼那边看一眼，这使我不禁有些怀疑起冯炳义说的话来，他晚上真的会去温教员那里吗？

队伍解散了，他又把我留了下来单兵教练了一通，当然这差不多成了家常便饭。我有些垂头丧气，最后蔫蔫地走回宿舍去。

晚饭后，回到寝室待了差不多两支烟的工夫，冯炳义向我们四个人使了个眼色，我们会意地依次跟出来。

乔力没有跟出来，上周末坐在草坪上议论这件事时有他。我知道他会怎么去想，一个热恋中的男子汉是不愿意参与到这种苟且无聊的事情当中来的，他甚至还可能对那个将要倒霉的家伙满怀同情哩。

学校的广播室小黄楼在校园西南角上，一楼是一个很少能用得到的排练室，二楼是广播室和一间窗户通常挡得严严实实的温教员宿舍。通向二楼去的是墙外边的一道铁楼梯，在小黄楼的北侧。楼后的四周是一片杂草地，荒草地里堆弃着一些旧桌椅和用坏了的木马。

趁着夜色我们潜藏在旧桌椅堆里，从这里我们可以清楚看到那道通向二楼去的铁阶梯。温教员寝室里亮着灯光，灯光透过窗帘散发出一道模糊的晕黄色。

四周静悄悄的，我们甚至有点儿为她担心。如果不是冯炳义的细心，来警校这么久了，我们还一直没有发现这么个僻静的角落。要是夏天这里蚊子一定很多，可是现在这里寂静得连一声蚊子叫声都听不到。

不知过了多久，一个模糊的人影从远处校园宿舍方向走过来。我们的心激动地跳起来。

走近了，从他那熟悉的步伐姿势上，我们认出他来，这正是周培林。他低着头，手里拎着一兜东西。"是苹果。"眼尖的黄立春一眼就辨认出来。我们不禁惊讶了，不知他这一兜苹果是不是搜来的，眼下这已不是我们要关心的问题了。随着他脚步的走近，我们屏住了呼吸。

他在上楼梯时好像犹豫地向上望了一眼，接着朝上走去。他穿的是军胶鞋，并没发出多大的声响来。随着他抬起的脚步，我们数起来，一共是十九级台阶。他在门前停下了，手伸了伸又停在了半空中，他回过头来往我们这边杂草杂物堆中瞭望了一眼。其实他什么也看不到。他回过身去很快敲开了门。"是你吗，周培林同学？""温教员，我有点儿事情找你。""请进来吧。"他闪身走了进去……

一切比我们预料的要快，只是屋子里的灯还在亮着。我们想躲到楼梯上去，听听他们在说些什么。

可是我们刚刚从杂物堆上探出头来，又不得不蹲下身去。一个高大的人影朝小黄楼这边走来，我们差点儿叫出声来——

"林教官！"

他的脚步停在楼梯下了。我们的心口"怦怦"跳了起来，甚至在为进去的那人担心起来。刚刚巧的是，楼上的门这时打开了，传出来一个十分悦耳动听的声音："谢谢你，周培林同学。"

楼上的人似乎没有看到楼下的人。门关上后，周培林慌慌张张走下楼梯来，差点儿与林宝臣撞了个满怀。望着林宝臣，他简直有些呆住了。林宝臣也直盯盯地看着他：

"你来做什么？"

"我、我来找温老师，问问她明天下午是不是教我们唱歌。"

"嗯……"林宝臣很快镇定下来，背剪着手，踏着皮鞋"橐橐橐——"从黑影里走去了。

那个惊吓呆了的人影像刚刚回过神来，抬起袖子往脸上擦了一把汗，拖沓着步子走了，完全没有了平日里挺胸收腹的故作相。

我们离开了那里，长长地舒了一口气。

13

通常周四下午是我们学唱"革命歌曲"的时间，当我们伸着脖子站在教室里唱完，连我们自己都会吃惊的。不过，那个喜欢穿红裙子的温广播员还会说："这很好，慢慢来，这会调节我们校园气氛的。"每到星期四下午课后，我们像鹅一样伸着脖子发出的各种怪叫声从敞着窗户的教室里传出来时，校园里的确活跃起来了，不过这个样子更像个鹅圈。

"奇怪，我们的好嗓音跑到哪里去了呢？"乔力非常遗憾地对我说。在中学里他曾和彭国艳对唱过《浏阳河》，他那富有磁性的男高音棒极了。

"这没有什么可奇怪的，这一年来我们除了喊口令外，差不多快变成哑巴了。"我安慰他。

尽管这样，我们还是非常喜欢温教员到班上来教唱歌。这是我们难得放松的时刻。这个时候连林教官也不会再找我们的麻烦的。有两次他还亲自把我们集合到讲台前，毕恭毕敬等着温教员的到来。当然有他在场，我们的嗓音更会吓这个美人一跳的。

告别了家乡，告别了亲人，告别了天真烂漫的中学生生活。

我们来到了这里，来到了警营，开始了一种全新的生活。

不怕摔打，不怕辱骂，实际上我们已没了任何的牵挂。

……

这是我们私下自己编的歌曲，夜幕降临的时候，我们会坐在校园外那块草甸子上轻轻哼唱起来……这要感谢温教员，她教我们学会怎样去安慰自己。黄立春不再提他妹妹出嫁的事，我也不再挂念母亲的病情，但愿这个夏天会给她身体带来好运。温柔的晚风轻轻拂动着我们的头发、脸腮。

"如果我是他，就不会这样愚蠢地向她献殷勤。"冯炳义吸了一口烟后说。

他说的是林宝臣，今天中午他看见林教官为温教员提了两桶热水到小黄楼上去，温教员要洗澡。其实这种事情他完全可以吩咐我们学生去做。他为什么偏偏要自己亲自去做呢，这可真有失他的身份呀。

"要是你，你会怎么做呢？"乔力不动声色地问。

大力士故意挺了挺胸脯，学着林宝臣的口吻说："我会在没人的时候，拦下她的，直接向她求婚：喂，我老婆已经跟我离婚了，你嫁给我吧。"

"哈哈……"我们听了都大笑了起来。

"他永远也不会这么去说的，他是个胆小鬼。"黄立春鄙夷地说。

"我看她更喜欢和我们待在一起。"达一奇摇晃着脑袋说。

"没错，我看要不了多久，周培林那个家伙该倒霉了。"冯炳义眨眨眼睛说。

"我倒希望这是真的。"我揉了揉发木的大腿说，今天早上出早操时他又把我单独留了下来。

离开草坡往回走，乔力似乎有些闷闷不乐。

我悄悄落在后边，贴近他问："怎么啦，乔力？"乔力抬头望了我一眼说："我有两周没有收到她的来信了。""这有什么可奇怪的，她和我们一样，对学校的一切都熟悉了嘛。"我知道她再也不会像第一学期那样频繁地来信了，因为她不再是刚刚走出校门的女中学生了。"问题不是在这里，她在上次来信中说她常和蒋旭去上街。""这有什么，他们是老乡呀。"乔力听了不吱声了。我知道他这是嫉妒，这种嫉妒有时候来得真是莫名其妙。

"……不怕摔打，不怕辱骂，实际上我们已经没有了任何牵挂……"不知是谁又在那边轻轻哼唱起来，大家也都跟着哼唱了起来。

星期天一大早，因为不用出早操，大家都想睡一个懒觉。天才刚刚亮，在蒙蒙眬眬的晨睡中，忽听有人在叫我的名字："王索林，王索林，快起来！"我一个激灵坐起来，听出是周培林在门外叫我。

不知道这个家伙又要搞什么花样，这个家伙常在星期天拉我出去陪他练擒拿格斗，有两回把我打得鼻青脸肿地回来。

我懵懵懂懂心惊胆战地穿好衣服走出来，看见他果然站在楼梯口上，令我感到吃惊的是温教员也站在那里，天哪，她怎么只穿了一件睡衣？脸色苍白，浑身瑟瑟发抖，她好像受到了什么惊吓。

不等我发问，周培林就用一个眼神阻止了我，小声对我说："王索林，你快和我到温教员宿舍去，她的屋子里发现了一只大耗子需要我们去处理一下。"听说是一只老鼠，我的心稍稍安定了一下，随后我们走出了学生宿舍楼。

外面是一个大雾天，拉开几步远就瞅不清人影了。真的感谢这个大雾天，否则会有人从窗子里看见温教员穿睡衣从校园里走过去的，这无疑又会成为一个爆炸性新闻了。她这会儿的神态简直就像一只受到惊吓的小猫，可怜极了。

到了小黄楼前，温教员蹑着脚步没敢跟着走上楼来，她只站在楼下，将钥匙交给了周培林。走过那堆废弃的桌椅前，我们各自操起了一只桌子腿。

周培林慢慢打开了温教员的宿舍门，我们蹑手蹑脚进去后，他又反身将门紧紧关上了。屋子里拉着窗帘，光线还很暗淡。我是头一次走进温教员这间屋子来，一股女人特有的芳香味钻进我的鼻孔。

温教员的床上吊着一顶蚊帐，床下堆着一堆杂物，鞋呀，装书的纸壳箱呀，废弃的广播稿呀……我们的视线慢慢搜索着。

它在那儿！耗子在一个空饼干方铁皮筒后面探了一下头。我差点儿失声惊叫出来。它的尾巴没有藏住从铁皮筒后面露了出来。

周培林用眼神示意我们两个分左右向铁皮筒跟前包抄了过去。

"打呀——"周培林一声断喝，我俩挥起乱棒砸了下去。

铁皮筒被砸扁了，耗子没能逃脱我们亢奋的乱棒，倒毙在地上，污血溅了一地。这是一只足有一尺多长的大耗子。我停住了手里的棒子，顿觉一阵恶心，头皮有点儿发麻。

周培林倒拎着耗子的尾巴，我俩走下楼来。

"我的天哪！吓死我了。"温教员翻了一下白眼，双手护住了胸口，身子瘫软在楼梯扶手上。

"它已经死了，您不要怕，它可能是楼里最后一只耗子了。"周培林有些得意地说。

"谢谢你们。"温教员睁开了眼睛仍有些惊魂未定地说。后来我们看着她提着白睡裙走上楼去了，从她白纱睡裙里露出的粉红色三角裤头清晰可见。我避开了目光，而周培林眼睛却直勾勾地一直盯着。我还真担心她走进屋里会再发出一声惊叫来。可怜的温教员，她为什么要单独睡在这里呢？

走过操场，我们遇见了林宝臣，周培林和我"啪"地打了个立正："区队长早！"

"嗯，你们在做什么？"隔着没散去的浓雾，林宝臣满脸狐疑地打量着我们。周培林已将那只死老鼠扔进厕所粪坑里去了。他的手指还沾有一点儿血迹。

"报告区队长，我带他去那边沙坑里练习了一下对抗擒敌拳。"周培林并没有看我一眼，看来他早有准备。

"嗯……"林宝臣用鼻子哼了一下走开了，他朝小黄楼那边散步去了。他的身影很快被浓雾吞了去。

我不知道周培林为什么要撒谎，其实他完全可以告诉林教官我们去了温教员那里，帮她消灭了一只老鼠。他没有向我解释他为什么这样做，也许他觉得没有向我解释的必要。我们各自垂着头走到宿舍楼前就分手了，他甚至没有再向我说点别的。哪怕说"这个早上的雾真大！"这个家伙，他也许觉得我在他眼里只不过是一个连正步都走不好的劣等生，不配跟我说点什么，他叫我出来做这件事只是出于平常命令我的习惯。

星期一上军体课时，他没有再找我的麻烦，看来他总算知道对我星期日早上和他的"同盟"表示领情了。

随着雨季的来临，军体教官把小黄楼下的排练室充分利用了起来，逢到雨天上军体课时林教官就带我们到排练室去上课。排练室里已被我们打扫得干干净净，松木地板被重新刷了一遍红漆。更主要的是这个僻静的角落里开始热闹了起来，上课时还能听到楼上传出来的阵阵钢琴声……

在阳光热烈的午后，草丛里还会听到蛐蛐儿、蝈蝈儿的叫声。

黄立春说蝈蝈儿的肉烤熟了很好吃的，中午我就和黄立春来这里捉蝈蝈儿。我不时朝小黄楼上瞭望一眼，楼上那间屋子里拉着窗帘，温教员大概在睡午觉。

温教员又有两次在下课时找到周培林说她夜里又听到耗子的走动声了。

周培林望着这个一惊一乍的女人安慰道："不会的吧，即使有也会被我们吓跑的。"

"喂，我说'臭虫'，耗子肉你吃过吗？"

"吃过，哪里有？"黄立春抬起头来，瞪着眼睛看着我问。

我把那天早上的事情告诉他，他听了果然咂吧咂吧嘴，有些遗憾地说："可惜了，可惜了，那么肥的耗子扔掉了真是可惜了……"

我听了胃里一阵痉挛。

"'臭虫'，我们该回去了。"我不想再陪他在这里晒太阳了。

"臭虫"从草丛里站直了腰，他手里的蝈蝈笼里已囚着四五只大肚子蝈蝈儿了。

"索林，再有这种事情你该叫上我。"

"好的，下回我一定叫上你。"

我又往小黄楼上看了一眼，之后，我们离开了那里。

晚饭后，我打开当天取回的报纸坐在房间里读了起来。乔力坐在他的床上在读信。彭国艳给他来信了。"臭虫"和达一奇在

105

下跳棋。他们的赌注是一截风干腊肠。

校园里广播喇叭在响着，温教员在广播报纸上登载的一条国内要闻。她甜甜的声音从窗外传进来……只有冯炳义伸着耳朵在聚精会神地听。"妈呀——"突然，从广播喇叭里传出一声叫喊，我们几个人都停下了手里的事情。

"这是怎么回事？"冯炳义转动着眼珠不解地问。

"我看她是被耗子吓着了吧。"黄立春说。

"耗子，你是说她那里有耗子？"冯炳义有些吃惊地问。

"这个你该去问问王索林。"

"是的，她那里的确有耗子。"

"我的天哪，她一个女人……"乔力不可思议地摇摇头。

广播喇叭里重新响起了她播音的声音，冯炳义轻轻松了一口气。我也重新读起报来。

将要就寝时，周培林又来敲我们的门了："王索林你出来一下。"我听出是他的声音，冲"臭虫"使了个眼色，他也跟了出来。

"你得跟我到温教员那里去，她说她屋里又发现了耗子。"周培林发现了"臭虫"，问道："你也想去吗？"

"我巴不得这样呢！"

我们到了小黄楼前，温教员正站在楼下等着我们呢，见了我们就急急忙忙把我们带上了楼。我们在屋子里搜索了起来，可是翻遍了屋里所有的角落也没有发现老鼠的踪影。

"它在楼下，你们听……"温教员一惊一乍地叫了一声，又要往上翻白眼。

我们静耳细听，果然听到楼下有轻微的响动。

从楼上跑了下来，温教员有排练室的钥匙，周培林要过门钥匙，可是不等他打开门，门就自动地开了，从里面走出一个人来，我们都吃了一惊，愣怔在那里。

从里边走出来的这个人是林宝臣，他手里拎着一只血淋淋的耗子。耗子的头已被扭断了。此刻，他用眼睛凶凶地盯着我们："你们在做什么？"

"报、报告区队长，温教员说她房里有耗子，我们来帮她打耗子。"周培林立正说道。

"它已被我打死了。这里没你们的事了，回去按时就寝。"

"是。"我们一齐举手敬了个礼，心惊胆战地离开了。磨开身时我看见温教员脸色煞白地呆立在一旁。

14

林宝臣暗中追求温教员的事情败露是在第三学期。

有人写信向学校告了密，说他有两回夜里将死耗子放在了温教员的门口上，然后守在了楼梯口下，等温教员一出来就设下英雄救美人的圈套。

教导处调查了这件事后，就撤销了他的区队长职务，将他调到后勤去做了管理员。他应该有这样一个下场，我们都在心里这样认为。

接替他的是何彬，一个二十多岁的青年教师，大学本科毕业，做过四年中学班主任，最近刚刚被抽调到警校来。他戴着一副金丝边眼镜，身子细细瘦瘦的。我们暗地里叫他"小白脸"。

我一直在心里认为告密的人是黄立春，他一定是对林宝臣开学第一学期就让他背上处分怀恨在心。有两天夜里，他又溜出去不知去了哪里。开始我们开玩笑时，他还洋洋得意地说："没错，这件事情是我干的。"

可是过了没两天，在接到家里的一封来信后，这个庄稼汉突然变得严肃起来："这件事不是我干的，我以我妹妹的名义起誓……"

我们听了，不觉奇怪起来。

不管怎样，这对我们来讲是一件高兴的事情，林宝臣终于灰溜溜地离开了二区队。他再也不会突然睡在我们寝室那张床上了。他一走，黄立春就找到宿舍管理员，叫他撤下了那张上下铺双人铁床，换上了单人铁床。班长也很乐意他这么做。那天晚上，我们跑到学校附近的利众小饭馆里去，喝了个酩酊大醉……

"孩子们，孩子们，你们难道疯了吗？"那个老板娘快活得乱叫，很担心地看着我们。

"别担心老板娘，人人都会为他的离开感到高兴的，不会有人来找你的麻烦的。"

我们指的是佟立群，他常常带着学生会的干部来利众小饭馆，看到有人在喝酒，他也会找老板娘的麻烦。

林宝臣和佟利群都是学校下一批纳新预备党员对象，他肯定会为少一个竞争对手而高兴的。

"可惜他很可能再没有入党机会了……"班长有些同情地说。这个晚上只有他喝得最少。

我们高兴没两天，就变得垂头丧气起来。原因是新接替的区队长何彬，他管理我们丝毫不比林宝臣差。到我们八〇级二班的第一天，他就叫我们站到操场上去，每人做俯卧撑一百下。他则背着手，叉着腿站在那里看着。

从这天起他教训我们的口头禅就是："俯卧撑一百下！"我想要是叫他趴到地上去做，他细瘦的胳膊恐怕连二十下都做不了。这一点林宝臣倒是比他强哩。

何彬的目标是要把我们班级管理成优秀班级。他丝毫不掩饰对前任区队长工作的轻蔑："三班是优秀班级，为什么我们不能比三班强呢？"他在眼镜片后面鼓着眼睛问我们。从这天早上开始，三班出操跑十华里，我们跑十五华里；劳动三班去地里掰苞米，我们则抢着去掏学校里的厕所，还要做出人人都愿闻臭味的样子。两班的学生互相仇视起来，两班的班干部互相抽查内务，总是百般刁难。这样一来，倒霉的可就是我们学生啦。每天整理十次以上的床被，打扫无数遍卫生。何彬很会搞突击检查，常常在你意想不到的午休时，闯进门来喊道："整理内务十分钟！"十分钟过去，我们人人没有了睡意。下午集合时，谁流露出倦意，他会指着你的鼻子吼道："浑蛋，俯卧撑一百下！"

这就是那个文质彬彬的英语教师？每回见到校长他总要点头哈腰谦卑垂手地站到一边，可对我们却像换了一个人似的。

他可是一个挺不错的英语教师哩。每次上英语课时，他都先讲一通班级里的"趣事"，而这样的趣闻通常是应该在班会上讲的，如黄立春吃饭"帮助"了谁；如跑早操时，谁偷梁换柱多报了一个人数……听得我们心惊胆战的，然后才打开手里的书，"哗啦哗啦"翻一通，才找到今天要讲的课，"叽里咕哝"说上一阵鸟语，啪地合上了书，问一遍："听明白了吗？"我们怔怔地看他，像傻鸟一样没人说听懂，也没人说没听懂。他又说一句："非常简单，自己读一遍。"如果有谁不识趣，举手说："没听懂。"他会转动着眼珠凶狠狠地说上一句："笨蛋，非常简单。"然后夹着书本走人了。

结果英语考试时，我们班有一大半学生没有及格。这是令他非常丢脸的事，因为他既是英语教师又是我们班主任。他在课堂上摔着卷子大喊大叫："笨蛋，非常简单，简直是一群猪猡！"

只有苏克还令他满意，他常常在生气时叽里嘟噜说上一大串英语，也只有苏克一个人能听得懂。事后，我们问苏克他说的是什么，苏克脸上不好意思地对我们说："他在辱骂你们呢。"

"这个狗娘养的！"我们听了在背后气愤地一齐骂道。

除了对校长和别的教官他十分谦和外，他对家长也谦和得像换了一个人似的。他对来校探访的家长总是毕恭毕敬迎候在大门口。

苏克的父亲曾在他当了我们区队长后来过一次。他恭恭敬敬把苏克的父亲让到他办公室去，又给苏克的父亲沏上一杯他从自己家里带来的龙井茶叶。特别是当他听说苏克的父亲是一位中学教员时，简直像遇到了知己，滔滔不绝地聊了起来。

"你简直想象不到他的态度有多么热情礼貌。"苏克后来在宿舍里对我们说。

"我想他在中学里一定是个文质彬彬的优秀教师。"冯炳义思索着什么说。

"是什么让他变得这样呢？"乔力不解地问。

"是这身制服，是这身制服害了他。"我说，"谁说他做的一切不是合理的呢？这里的警校校规叫他去这么做的。"

"也许这种粗野将来会对我们有好处，警察不应该是文质彬彬的样子。"冯炳义说。

"大体上说也对，"班长接上说，"可它的根本原因不在这里，比如你给一只狗啃玉米棒，后来你又拿来一块肉骨头放在它面前，它还是把骨头棒拿走了，这是它的天性。人也是这样的，你只要给他一点儿权力，他也会使用的。人在本质上和畜生没什么两样。大学教育不过是把他伪装得文明点儿罢了，他其实在本质上和林宝臣没有什么两样。"

这样说来我们很灰心。

那天下午，我和乔力从校园东面库房空场上走过，看见林宝臣扛着一个旧课桌走过来，他大概要拿到库房去修理。乔力站下了。

"这个活计不赖呀。"乔力嘴里讥讽地说。他这一段心情很不好，又有几周他没有收到彭国艳的来信了。

"你说什么?"林宝臣放下桌子来问道，他已满头是汗了。

"我是说这个活计可比站岗强多了，是不是呢?"乔力讥笑着冲我挤挤眼睛。

我赞同地点点头。

"你，你该知道怎么和教官讲话的! 立正!"林宝臣脸色变得严肃起来。

"他说什么，是不是我听错了?"乔力没动，故意吃惊地朝我发问。

我心里也觉得好笑，故意大声说："他叫你立正。"

"是吗?"乔力转过身去，依然嬉笑着说，"你该去命令你手里的课桌立正，好好把它修理好才是你该干的事。"

"是呀，这会儿只有这些木头才会去听你的话。"我痛快地说。

"你! 你们……"林宝臣的脸色气成了猪肝色。

乔力还想说什么，我捅了捅他的腰眼，提醒他别做得太过分了。

"你们会后悔的，我要报告给你们区队长，报告给训导处，你们简直目无师长。"林宝臣咆哮地叫道。

"随你的便，你以为你是谁，你现在不过是一摊臭狗屎……臭狗屎，懂了吗?"乔力这样说了一句，我们扬长而去。

林宝臣呆呆地站在原地，目瞪口呆。随后他丢下课桌，朝教务处楼里走去，明亮的阳光将他沮丧的影子拉得老长。

我们以为现任区队长何彬不会去管这件事情的，依我们的观察，他对他的前任工作没有过一句好评，并对他的某些做法（如罚站岗、洗衣服）困惑不解，认为那是管理初中生的"小儿科"，可是我们想错了。

当我们被通知叫到他的办公室里去的时候，看到他那张白脸激动得通红。他拍着桌子指着我俩的鼻子叫道："你们神经错乱了吗？你们要为这件事情负责任。要写一份深刻的检查交到训导处，还要向他——你们的前任区队长赔礼道歉！懂了吗？"

晚上，我将检查写好，并问乔力写了没有，乔力摇摇头，一脸怠倦地说："我不会去写检查的，我也不会向他赔礼道歉的。"乔力心情依旧很糟糕，我知道这一切都是因为彭国艳还没有来信的缘故。

我不好再劝他，先独自去了训导处。我打算把这件事独揽下来，告诉那些人这件事主要是我的责任，与他没有关系。

但过了几天，训导处还是给了乔力警告处分。当然是因为他没有写检查，也没有向林宝臣赔礼道歉的缘故。何彬在这件事上倒和林宝臣一致哩。

我们都觉得这件事的处理有点儿出乎我们大家的意外，只有冯炳义不这样认为，他深谙内情地对我们说："你们想想看，这关系到他的威信呢，他不这么处理，将来他会怎么办呢？林宝臣的今天很可能就是那个小白脸的明天。他怎么会轻易放过这件事呢？"

乔力受到了警告处分，如果他要是知道这件事情后来会影响到他毕业分配，他也许不会那么去做了。他后来很为这件事后悔不已。当然他那些日子情绪特别低落，也是促成这件事发生的原因。

傍晚，我和他单独朝校外东岗草坡走去。我们的心情有些阴郁。

西边天空有一抹红红的晚霞，像要照透什么似的久久不肯离去。白天刚下过雨，草地上有些湿漉漉的。我们各自带了一个塑料袋垫在了屁股底下。然后，我从衣兜里掏出一封信来。

"快看看，她来信了。"路上我并没有向他提起她来信的事，我是想给这个倒霉蛋一个惊喜。

他转过头来，眼睛亮了一下，一把夺下信去埋头看起来。阴郁之色渐渐从他脸上散去了，晚霞映红了他的脸。

"索林，你猜她说了什么，她打算放假时邀我到她那里去，一起到太阳岛上去玩儿两天。"

"这真是一个浪漫的好事情，好主意。"

"是的，看来我有些误解她了，她们这学期课程很紧的……"

"你最好不要告诉她我们学校里最近发生的事。"我提醒他不要把受处分的事告诉她。

"我不会那么愚蠢的。"他沉静下来，脸上掠过一丝不快。

我也收到了一封家里的来信。大妹在信中告诉我三弟参加今年中等师范考试没有被录取，父亲把他送到青年点去了。看到这里我很惋惜，轻轻叹息了一声。

"索林，家里有什么事情吗，难道你母亲的病又加重了吗?"

"不，她还好。是我三弟今年没考上中专，他只好到青年点去了。"

"青年点这会儿还有活干吗?"

"不会有的，青年点差不多都要黄了。真不知道他将来会有什么出路。"

"时间过得真快呀，明年我们就要警校毕业了。"乔力似乎显得轻松下来。

是啊，刚来那会儿我们还为毕业的日子遥远而发愁，现在我们再也不会这样去想了。想到这一点，我们暂时忘记了眼前的不快。

15

第四学期开学时，我们成了老生。我们在警校已度过两个年头了。

我们不再喜欢闲暇时走到校外东岗草坡坐在那里读信了，那是新生喜欢做的事情。而我们则更喜欢在傍晚悄悄溜出校园，坐到附近那家叫"利众"的小酒馆里，喝上一杯啤酒，谈论一些新生可笑的事情。比如哪个新生敬礼竟忘了头上没戴帽子；再比如有一个新生在校园里一边走路，一边嘴里吹着口哨，有一个老生见到了一声断喝："立正！"他竟浑然不觉松散着脚步站下了。随后那个老生叫他在那里做了二十遍立正。"他们显然忘记了这是在什么地方了。"我们对这批新生充满了嫉妒和愤愤不平。看着他们一个个活泼得像小鸟一样的身影，我们总想过去找他们一些麻烦。他们军训吃的苦比我们少多了，我想这一切都缘于警校最严厉的教官林宝臣不再担任军体教官了。

每回坐到小酒馆里去，那个热心的老板娘总是要为我们做些掩护，提防学生会那帮家伙突然闯进来。她的店里养着一条狼狗，当我们走进去时，她就将狼狗放出来。

那条狼狗好像能分辨出学生会干部身上的气味，每次听到学生会干部脚步声，它就死命叫起来。

我们听到信号，就作鸟兽散了。

有天夜里，佟立群尾随着我们跟到小酒馆，可是他前脚刚刚迈进门口，我们就从后门溜了出去。佟立群傻瞪着眼珠问老板娘："你看见警校学生进来了吗？""我只看见我的狗从外面进来了。"老板娘不怀好意地说。

佟立群涨红了脸，站了一会儿就悻悻地离开了。

除了小酒馆，星期天我们还可以请假到城里去。一般情况下我们的请假是会得到何彬的准许的。回来时我们只要"捎"给他两包烟或一瓶廉价白酒就行了。"现在社会在开放，我们总不能铁板一块呀！"这差不多又成了他的口头禅。

没错，这两年社会上的确在发生着一些变化。首先是取消了部分副食品和商品的供应票证，后来又取消了布票、粮票。商店里的副食品再不需要凭票供应了。随便走进哪一家商店里都可以买到白糖、奶粉这样一些紧俏食品了。百货商店里，年轻的女营业员在盛夏还没到来时就穿起了开衩很高的旗袍、连衣裙。舞会先是在一些单位礼堂、食堂里悄悄举办，接着又在市区街头上如雨后春笋般冒出一些歌舞厅来……这种种现象都叫我们感到吃惊。

校园广播室里也偶尔会放出一些抒情的流行音乐歌曲来……

星期天，班长宋子健请我、乔力、冯炳义、苏克到他家里去玩儿。我们愉快地跟他去了，在他家里我们见到了他的妹妹和他称作"姨"的保姆。这是一个四十岁左右纯朴善良的妇女。宋子健介绍说每回带给我们的甜饼、腊肉就是她的手艺。她微笑着冲我们点点头，给我们每人倒了一杯茶后就回到厨房干自己的事情了。中午我们要在他家里吃午饭。

"你母亲呢？"冯炳义扫视了一圈房间问道。

"她在我九岁那年死了。"宋子健低沉着嗓音说。

"她得的是什么病?"

"不,她是在'文革'中被迫害致死的。她是一位中学校长,在一次批斗中被一个学生扔过来的一块砖头击中了太阳穴……"宋子健眼里有了泪光,他似乎不太愿意谈下去。

"知道是谁干的吗?"

"不知道。"宋子健痛苦地摇摇头,"当时父亲被关在牛棚里,我领着妹妹待在家里。母亲被人带走时,叮嘱我们待在家里别动。我们还太小,还不明白外面到底发生了什么事情,那个下午对我们来说简直像晴天霹雳一样……是邻居们帮我们把母亲入殓到棺材里,帮忙抬到墓地去埋葬了。"

我们没有想到人人羡慕的宋子健会有这样不幸的童年遭遇,我们同情地沉默下来。一缕春天的阳光从窗外落进来,照亮宋子健的房间。

他的房间除了一架子书外,墙上还挂着一幅女人的铅笔素描像。我想那可能是她的母亲。

过了一会儿,宋子健的妹妹从她房间里走出来,问我们谁会拉小提琴。

苏克腼腆地说他会,她就招手要他过去,他起身走过去。

少顷,从她房间里传出一阵悠扬的小提琴声……

中午吃饭时,我们担心会不会碰上宋子健的父亲。可是正像班长预料的一样,他父亲没有回来。作为这个城市的公安局长,"巴顿将军"很少在家里吃饭、睡觉。这从他们兄妹与阿姨亲昵的谈话中能够听得出来。

阿姨做了满满一桌子菜,叫我们别浪费她的手艺。我们的胃口愉快地接受了她的盛情,直到连一口汤都咽不下了,才停下筷子来。考虑到宋子健的妹妹在场，我们尽量做得彬彬有礼，可是离开饭桌时还是有两个饱嗝很不争气地从冯炳义胸腔发出来。她吓了一跳。我想要是"臭虫"在场，他的吃相连那个和蔼可亲的阿姨也会觉得吃惊的。

下午在他妹妹提议下，我们去了一家舞厅。我们几个人只有宋子健和苏克会跳舞，走进霓虹灯闪烁的舞厅里，我们先找了个僻静的角落坐了下来。由于星期天的缘故，舞池子里跳舞的人很多。每一张被红绿灯光照耀的脸上都闪烁着激动、兴奋、愉快的表情……

"瞧啊，他俩跳得多好啊。"冯炳义望着苏克和宋子敏跳舞的身影说。他刚才被宋子健拉下舞池子里去了。宋子健想教教他。可是他笨得像狗熊一样，踩了两次宋子健的脚面后，他只好走了回来。

"他俩倒是挺般配的一对儿。"我眨眨眼睛，瞅了一眼那边坐在圆背椅里的宋子敏说。

苏克敏感地看出我们在议论他，他脸红着朝我们这边走过来。他还有些害羞呢。

"我妹妹今年夏天高中毕业参加高考，她英语基础很差，你能帮帮她吗？"宋子健回过头来认真地对苏克说。

舞池子里，宋子敏正在和一个细高个子男青年跳一个叫探戈的舞步，两人像狸猫似的把头甩来甩去。细高个子青年是宋子敏碰上的一个同学。

"好吧，星期天我可以抽时间帮她辅导一次。"

"那谢谢你啦，苏克。"

从舞厅出来，宋子健送他妹妹回家。我们几个就近搭了一班去郊外的公共汽车返校了。

夕阳西下，开始橘黄色的夕阳还追在颠簸的车窗外面跟着跑了一阵儿，后来就从西边地平线沉下去了，城市的轮廓也渐渐甩在后面看不见了。

郊外的路两旁栽种着柳树，嫩绿的柳枝芽里刚刚绽出黄茸茸的毛毛狗儿，一阵微风吹来，无数条柳枝轻轻舞动起来，像无数只少女纤纤的手指在挥动。乘坐这趟晚班公共交通车的，多数是我们警校学生，差不多人人脸上都露出一副愉快的神色。

在半路上，冯炳义突然回过头来对我和乔力说："我们也应该学会像城里人一样生活，新生活才刚刚开始嘛，你们说是不是？"

我点点头赞同道："是的，美好的生活才刚刚开始。"并看了邻座的乔力一眼，他正垂着头坐在靠窗的位置上，头一直朝外望着，一言不发。

从在舞厅里玩儿时他就郁郁不乐，我知道他在想些什么。这个可怜虫。

16

"索林，有我的信吗？"

"没有。"

现在我们中间只有乔力还在关心着来信，每次我从收发室回来他都在半道上截住我问。看着他失魂落魄的样子，我心里充满了同情。他和彭国艳之间出现了问题，这大概是从去年夏天开始的。

去年夏天放暑假回来，我俩和彭国艳、蒋旭走在了一起。本来我俩是可以提前两天返校的，但乔力为了等和彭国艳一起走，就动员我跟他晚两天走。

当时正赶上雨季，听说前方山里有一段路基被冲毁了，我只好留了下来。

两日后我们起程的那天，天仍然在下着雨。火车开出我们家车站四五个小时后，临时停在了一个只有几户人家的小站上，前方被告知有一处涵洞被冲毁了，正在抢修。这样我们就在车厢里等了起来。本来设想与同届同学彭国艳、蒋旭半年多没见面，会有许多话题可聊。可我们却很少交谈什么，大家的情绪好像突然被这阴霾的雨天感染了，寂寞、阴郁、无聊。我的目光更多的是落向窗外，看着不停下着的雨和已经看厌了的小站景色。乔力不时地从过道里走过来，他在殷勤地为彭国艳做这做那（去餐车里买饮料和小食品）。后来餐车上所有的东西都被抢购一空。

蒋旭头靠在过道椅背上假寐，只是偶尔睁一下镜片后面的眼睛。这个家伙读了一年大学变得高傲起来，显然已瞧不起我们两个中专生了。彭国艳坐在他的对面，她比我放寒假见到她时更加时髦漂亮了，苗条的身上穿着一件露肩的超短白色薄裙，看上去更像个地地道道的城市里的大学生了。我感到一种莫名其妙的拘束，不知是为我这身警服，还是为乔力。

"听说你们学校在实行军事化管理。"蒋旭揶揄地转头问了我一句。

"是的。"我点点头，并没有从窗口移开那张被冷雨吹湿的脸。在火车头的右前方，我看到那伙铁路工人已坐在路基下的枕木上休息了，另有三个工人走到涵洞前的小河里去拿网片挂鱼。他们在等送食品的扳道车上来，吃过饭再接着干。他们还要我们等多久啊？我烦躁地想。

天晚了，由于不知道火车什么时候能开，火车上的旅客纷纷下车到那几户人家去抢购吃的食品和开水。大概是将那几户人家干粮篓里的干粮都抢买光了，站上的人家又现烙起油饼，烧好了汤，拎到车厢跟前来卖。还有几个妇女拎着刚从菜园子里摘下的西红柿、黄瓜来卖，一个西红柿竟卖到五角钱一个。一时车上车下的秩序混乱了起来。那个忙得满头大汗的乘警跑过来，请求我和乔力帮助他维持一下秩序。整个车厢里只有我和乔力穿警服，他当然并没有去看我们的学生证件。我们跟他走了。

"我们很快就会回来的。"乔力跟彭国艳说。

直到半夜时，车快开动了，我俩才疲惫不堪地走上车来，衣服也叫雨淋透了。我们从横七竖八歪坐着旅客的车厢过道走过，朝座位上挤过去。

我们的座位已叫别人抢占坐上了，我俩只好在车厢连接处门口席地坐了下来。彭国艳也趴在茶几桌上睡着了，她身上盖着蒋旭的一件西服外衣。我想一定是这件外衣让乔力产生了嫉妒，使他不错眼珠地盯着那里看。我则随着列车车轮轧动摇晃，头渐渐歪靠在车门口车厢板上睡着了。当我被一阵吵嚷声惊醒时，惊讶地看到乔力正站在过道里揪着一个污头脏脸的青年人的衣领。他是一个乞丐，刚才他还在车厢里向旅客乞讨，此刻则是一脸的惊慌和恐惧，他在小声地向乔力求饶着什么。他被乔力攥着的一只手里两根手指夹着一张十元的钞票。

这会儿蒋旭和彭国艳也从睡梦中醒来了，像我一样不明白发生了什么事情，睁大了眼睛。

"他偷了你的钱？"乔力看了彭国艳一眼，镇定地说。

彭国艳下意识地摸了摸自己的兜，摇摇头。

"是他衣服里的。"乔力指了一下蒋旭说，并要他翻一下自己的那件西服兜。

蒋旭没有翻兜，只翻了一下眼皮说："那钱不是我的。"

"放开他吧，乔力。"彭国艳突然涨红了脸小声对他说了一句。一车厢的人差不多都惊醒了往这边看，有人还朝这边围过来。

乔力没有放开他，而是把他带到公安值勤室去了。

"他想当英雄吗？真是好笑，就算那十块钱是我的，如果他要我也会给他的。"蒋旭耸了耸肩对彭国艳不屑地说。

乔力从公安值勤室回来时，彭国艳装作睡着了。

列车途径省城时他们先下车了，我和乔力到门口去送他们，彭国艳也没有单独和乔力说什么。我想起放暑假时，彭国艳本来是邀请他到省城去玩儿，然后一起结伴回来的。但是由于我们放假比她们晚，乔力没有去成，他那会儿还背着处分，根本不可能请假。我想是不是这件事让彭国艳不开心？总之这个暑假他们度过得有点儿不愉快，这一点我是能够看得出来的。

从这学期开始，彭国艳来信少了。而乔力的信似乎写得比以前更勤了。

"她在疏远我，索林。"有一回，乔力在没人时跟我痛苦地说。

"想开些，乔力，现在已经不是什么崇拜英雄的年代了。"

"可我不能就这么放弃了，我们在中学就谈起了恋爱，她是喜欢我的。"

也许恋爱中的人都是大傻瓜。他还如往常一样每周写一封信。开始我也还相信精诚所至，金石为开。可是到了放寒假在家乡，有两回我单独看见彭国艳和蒋旭逛街走在一起的身影，我就不相信这一点了。当然我也没有告诉乔力。

星期天我们几个人本来还打算去一趟城里，可是当晚被告知明天我们二区队被临时抽出去执行一次监考任务。

近年来社会上出现了文凭热，各类成人大学像一夜之间冒出来一样多了起来，什么电大呀，函大呀，夜大呀，自学高考呀等，而这类成人考试违纪现象几乎成了家常便饭。监考老师都被这些人私下买通了，睁一只眼闭一只眼让这些可怜的准"大学生"们蒙混过关了，在整顿了两次成人考试纪律后，不知谁发明了动用警力监考，因此我们常常被派出去执行这类任务了。不过监考倒是我们喜欢干的事情，因为我们每次可以得到五元钱的监考费哩。

星期天上午的电大英语考试是在市区一所小学校里进行的。我们早早地被一辆大客车拉到了那里。听到何彬念完苏克和我的名字，我俩向五号考场的教室里走去。"喂，密斯特苏，这回可看你的了。"路上我小声对苏克说。苏克没吱声，作为主监考员，他显得挺紧张。

走进考场，已有十几个考生坐在那里了。他们的年纪都很大，都在四十岁左右，足可以做我们的父亲、母亲了。他们一律冲我们流露着小心讨好的目光，望得我们有点儿不好意思了。有两个男人还巴结地冲我们笑着点点头。

我们则板起了面孔，冷冰冰地一遍一遍从他们身旁走过，检查下他们摆在桌子右角上的准考证，并对他们做出各种神态的面孔瞧了瞧。他们每个人一张考桌，桌子都是倒过来放的。

又有几个考生陆陆续续走进来。打过预备铃后，苏克严肃地宣读了一遍考场纪律，下面的人诚恐诚惶地听着。又打过一遍铃后，我和苏克开始给他们发试卷。他们接过去看起来。

而后，我站在教室后面，苏克站在教室前面，望着他们。一时教室里鸦雀无声，还没有人开始作答，只有试卷纸发出轻微的响动。

苏克的目光落在了一个靠前排门口桌子后的男人身上，他戴着一副眼镜。他是在铃声响过后匆匆跑进来的。苏克已检查过他的准考证了。此刻他正埋头坐在那里笔答着试卷，看得出他答得很流利。

苏克走过去，他慌忙地看了苏克一眼，又低下头去写着。

苏克看了看他的准考证，又看了看他本人，站在那里犹豫地思索着什么。

过一会儿，他很快朝我走过来，走到我跟前小声低语："我看他有点儿问题，你过去看看索林。"不等我走过去，那人突然回过头来望着我们，脸上现出七扭八歪的表情，一只手乞求地朝苏克摆着，示意苏克过去。

苏克走过去，那人站起来贴在苏克耳边悄声说着什么……苏克脸突然涨红了，用手一指门口。那人乖乖收拾起桌上的东西，羞愧地低头走了出去。

"他果然是个替考的。"苏克的眼睛在向我说。他松了一口气，可脸还在红着。

大概受到那个驱逐出去的考生的惊动，有人抬头望了一眼，又低头去答了。更多的人则坐在那里无事可干。也真难为这些四五十岁的人了，他们哪里会英语？为了一张文凭，不得不硬着头皮来受罪，这对他们来讲可能是最后一次机会了。

苏克又移到了一个扎红纱巾的中年妇女的身后，站在那里停留了一会儿。苏克刚要拿起她的准考证时，身边一个考生举手问苏克卷面一个油印得模糊不清的字母。问完后，那个女人已匆匆走到前面去交了卷子。

苏克望着她走出门口去的背影有点儿发怔。

铃声响过，考试结束了。我们整队坐上车时，苏克坐在前排车座上有点儿闷闷不乐。而别人都在大声谈论着考场发生的一些趣闻。

回到寝室，苏克对我讲："也许我做错了一件事。"

"为什么这样讲？苏克。"

"那个女人很可能也是替别人考的，只是我不好意思细看她的面孔。她答得很快，看得出来她好像是个英语教师。如果是这样，就对先前撵出去的那个人太不公平了。那个人告诉我是在替他患了癌症的父亲考的，他父亲是一家工厂的助理工程师，因为没有文凭至今还晋升不了工程师。可他活不了多久了……"苏克有些痛苦地懊恼说。

"别去这么想，你并没有做错什么。"我安慰他道。

"可我感觉做错了，我为什么不能仔细对照她的证件查看一下呢?"苏克认真地反驳我。

一个把考试规则看得比生命还重要的人只有苏克。而我们却对这样的考试司空见惯了，都很随意。到了晚上，黄立春、冯炳义、达一奇都从衣兜里掏出整盒的中华香烟、整盒的凤凰香烟就知道他们"认真"的态度了。

"你只要想一想他们这些人，童年时赶上挨饿，上学时赶上停课，毕业时赶上下乡，生孩子时还赶上只准生一个，这茬子人，你没法不去可怜、同情他们。他们即使英语及了格，也不一定能拿到那张文凭，而这张文凭对他们这些人又有多大用途呢?"冯炳义振振有词地说。

"他们这些人即使叫他们抄，还找不到地方呢。有位老兄，憋急了在卷面上气愤地写上了：我是中国人，为什么要学英语!我敢打赌，他在上学时一定是个造反派。瞧瞧他有多可怜呢。"达一奇摇晃着他肥大的脑袋说。

我们听了都被逗笑了。黄立春已叼上了一支凤凰牌香烟，一股特有的芳香味钻进我们的鼻孔。

只有善良的苏克没有笑，他还一个人呆坐在那里发呆地想着白天的事情。

17

我不知道我们老生从什么时候起学会使我们的神经、感情变得麻木了。尽管平时的面孔会装得冷冷冰冰，可我们内心却空虚得很。

乔力一天到晚在发疯地盼着彭国艳的来信，苏克差不多已将入学时带来的数理化教科书翻烂了，我想，即使现在考研究生他也会考上的。冯炳义和黄立春越来越喜欢上唱歌，当然这样可以接近那个教唱歌的温广播员了。尽管他俩唱起来比公鹅叫得还难听。每到星期四下午课后，他俩比谁都抢先一步像鹅子一样伸着脖子发出怪叫朝那间敞着窗户的教室跑去。我不放过每一天对本市日报的阅读，希望从中找出与我们有关的信息。我猜测我们这届警校生有可能会提前下去实习的，因为这个城市的治安状况越来越令人担忧了，凶杀、盗窃、抢劫的消息经常出现报纸上。早点离开警校也是我们大家所盼望的。

但是白天在操场上我们又会板起面孔，在新生面前我们永远是他们的"榜样"，尽管在观摩法医解剖课时我们也会心惊肉跳。

教法医课的讲师姓胡，五短身材，脑袋和身子差不多一般粗，一脸阴森森的样子，也许是职业形成的习惯（我们惊奇地发现，警校里的老师个个都有着一张冰冷的面孔，哪怕他以前是个非常和蔼可亲的中学教员）。有位同学根据胡讲师讲的这门课的特点给他起了个外号叫"胡僵（讲）尸（师）"。他这个样子常叫我想起上小学时，听同学讲过的手抄本《绿色尸体》里那个神秘的矮个子杀手，而他的课程的确让我们有一种心惊肉跳的悚然感。

第一天上课，他冷冷地扫了我们一眼，沙哑嗓子说："警察这个职业是经常要和尸体打交道的。你们所学的这些知识只是一些皮毛的东西，一个正规的法医是要接受五年的本科专业学习的。而你们不过是在接受死亡教育而已，这在国外是小学生都该知道的常识。"他丝毫不掩饰对我们的轻蔑。

他打开了教室前面吊着的电视机，屏幕上出现了这样一个画面："8·16强奸、碎尸案"。不太清晰的画面上（大概是在夜间录的像），出现了几个公安人员在一块庄稼地里用铁锹挖土的场面，过了一会儿，从土坑里挖出一个女青年的人头来，脖子齐茬茬用刀割断了；接着又有两名公安人员在不远处的地方挖出砍掉的胳膊、大腿来，最后在一个较大的土坑里挖出她鼓胀变形的躯体来，一名公安人员将她的头、胳膊、腿与躯体拼凑在一起。

鸦雀无声的教室里静悄悄的，屏住了呼吸，接着是两声"哇"的呕吐，苏克和另一个同学伏下身子抽动起来，其他同学的眼睛也已移开了屏幕……

"注意！看她切口。"

"胡僵尸"的目光严厉地搜索了过来。大家战战兢兢抬起头来，屏幕上又换了个画面。"3·17报复杀人案"：清晨，一个冰雪未完全化净的巷子里，一个胖老头儿仰面躺在地上。老头儿的棉衣被扒光，脖子上勒着一条麻绳，大腿被斧子砍断，腹部被剖开，肠子被扬撒了一地，有两根细肠被抛挂到旁边的榆树和墙壁上，已冻硬了……

"哇——"教室里更多的同学干呕起来，大家纷纷低下头去。

"抬起头来!"

"胡僵尸"用教鞭抽打着桌子,可是没有人听他的了。

"谁是党员?"他转动着眼珠问。

"我。"宋子健站了起来。

"谁是团员?"

"我。"周培林带头站了起来。

其他的团员也稀稀落落跟着站了起来,班级一下子站起了大半学生。

"很好,我要你们带头朝前看,听明白了没有?"

"听明白啦。"我们一齐大声喊道,不过我们心里却在盼望着下课铃声早点响起。

接下来的录像片是一个村子里的杀人碎尸现场。在一座简陋破旧的土房里,一家七口人夜里睡熟时被凶手砍死。最大的男孩才十三岁,一家大小七颗人头齐刷刷摆在炕沿上(以后这个画面多次出现在我的噩梦中)。我们头皮发麻,强忍着朝屏幕望去……没有人再敢偷移去目光。因为他已威胁说谁再低头,就叫谁单独留在教室里"观看"。"胡僵尸"摆动着他矮矮的身子,一遍一遍从我们每人身边走过,仰脸察看着我们的脸……他好像忘了讲解,觉得这才是他应该干的,他一定觉得这很好玩儿。这个该死的侏儒!

下课的铃声终于响了,我们冲出了教室。这天中午吃午饭时,我们许多人没了食欲,头皮阵阵发麻。看人时就觉得这个人不过是一具被肢解的躯体组合,刚刚咽下去的饭菜又返了上来,我们紧紧咬住牙根,怕传染给别人。周培林和几个学生会干部在拿眼睛偷偷监视我们哩。只有身边的黄立春埋头坐在那里"吧唧、吧唧"不管不顾地吃着。

我偷偷将自己饭盒里吃了几口的饭菜倒进他的饭盒里，他想说一句感谢的话，可嘴里已塞得满满的，干张着嘴努不出声来，脸上现出一种奇怪的表情。

出了饭堂，我向教学楼的卫生间跑去。我怕在宿舍卫生间碰见班干部。做这种事情可人人精明着呢。可等我走进卫生间，一个同学正趴在水池边呕吐，从他的背影我认出是周培林，我赶忙侧身退了出来。

回到寝室，大家都在床上躺下了。没有像往常那样干自己的事情。屋子里静得出奇。过了一会儿，班长翻过身来问苏克："苏克，你见过死人吗？"

苏克摇摇头，显得有些茫然。

"乔力，你呢，你见过死人吗？"

乔力回忆道："我见过，是我的父亲，患肝癌死的，不过那时候我还小，刚刚五岁。同父亲在医院里告别时，我以为父亲躺在那里睡一觉就会醒来回家去的，大了才知道父亲就在那时永远地离开我们死了。可我并不觉得悲伤和害怕，原因是我并不知道死是怎么一回事……那时候我太小了。"

"那么你呢，黄立春，你在乡下见到过人死是什么样子吗？"

"见过，那是我爷爷死的时候。他是在挨饿的那年，误吃了一种叫作小芦鳞的野菜，被药死的。当时他全身、嘴唇发青发紫，四肢哆嗦。他用爬满青筋的瘦手拉住我爹的手说：'儿啊，我不想这么去死啊……'随后他又哆嗦着抚摸我稀黄的头发，流着泪断断续续对我爹说：'儿啊，千万得让我孙子吃饱肚子啊……'"

我们听了都禁不住笑了。

稍许，我们与他开起刻毒的玩笑来："黄立春，你不会被药死的，但你得被撑死。"

"为什么？"他一本正经地反问道。

"因为你们家里有祖传的贪食症。"

黄立春听了并没有生气，只是嘴里喃喃地嘟哝道："在我们家乡只听说过有被饿死的，还从来没听说过有被撑死的。"

我们停止了发笑，从心底里理解了他中午在食堂竟能吃下去的样子。对黄立春来讲，饥饿也许比死亡更可怕。

实习解剖课是在五一节前的一个上午进行的。那几天，"胡僵尸"像害了牙痛病似的，一趟一趟往城里跑。据说他在与中区公安分局技术科联系尸源。回来时，他脸色阴沉沉的，自言自语道："咋就没有尸源了呢？咋就没有杀人的呢？"看他忧愁焦急的样子，恨不得自己去街上捅死个人来。

那天下午我去收发室取信，看见他站在那里打电话："中区分局技术科吗？我是警校法医讲师胡正石……什么？有啦……太好啦，明天上午解剖，好，我明天上午一早就把学生带过去。"他放下电话，一连说了两遍："太好啦！太好啦！"弄得那个驴马眼收发员很奇怪地盯着他："什么太好啦？"

"终于有了一具被杀的尸体啦！"

"看你的样子，倒是天天希望出凶杀案。"

"一点儿不错。"

"难道你就没有替被害人家里想想吗？他们要是看见你这个高兴的样子一定会揍扁了你的。"

"那我可不管，我只管怎么样来按时完成我的教学计划。"他

132

得意地晃着大脑袋走了。

驴马眼冲着他的背影摇摇头："真该让你尝尝被害人的滋味，你这个一看见尸体就兴奋的家伙，简直像个令人讨厌的黑乌鸦。"

第二天一早，我们坐着大客车去了城里。

在一家医院的太平间门口，我们走下车来。房前的几棵杨树叶子已经圆绿了起来，尽管是个温热的天气，但我们还是觉得了一丝阴冷。我想这都是我们紧张的缘故。我们牙齿打冷战，依次列队小心翼翼走进那间阴暗的小白房里面。分局技术科的人已经到了，他们四个人正站在阴森森的房间里抽着烟，谈论着什么玩笑。"胡僵尸"走到一个科长模样的人面前，递给他一支烟，小声征询问道："可以开始了吗？"那科长模样的人瞥了他一眼，吸完手上的烟，叫看太平间的老头儿打开一个尸体冷藏箱，随后又指挥另外三个技术科的人，从长抽匣里抬出一具尸体来，放到地中央一座水泥停尸台上。

我们的视线被镇住了，有点儿慌乱无措地望向那里：这是一具年轻的女性尸体，年龄在十九岁到二十一岁之间，一头披肩发像瀑布一样从停尸台垂挂下来。她两眼微闭，嘴角挂着一丝嘲讽的冷意。她的外套穿着一件黄色长风衣，腹部上凝固着一大团模糊的血块。

一个记录员在往本子上记录着什么，随后技术科的人给她一件一件扒去了衣服、裤子……前排的男生不由自主移开了头。

"注意看！""胡僵尸"严厉地低声说了一句。

重新抬起头来，她已是一具冰冷、白皙的裸体女尸躺在那里了。尽管我们身上微微泛起了鸡皮疙瘩，可她身条的白皙美丽还是叫我们惊叹。可很快这种美丽就被破坏了。寂静的室内响起了一阵"嗖嗖"的金属刀片划割声，锋利的手术刀从她的颈部一直划到小腹底处。我忍住了胃里一阵呕吐，想起了在家看白条鸡开膛的情景，旁边的苏克背过脸去。

"注意看她的肝部和脾部的刀伤。""胡僵尸"提醒道。她是因为肝部和脾部两处遭到刀伤致死的。后来，也就是从那两个解剖的技术科人谈笑中了解到刺死她的那个人就是她的男朋友，她还是个未婚姑娘，处女膜完好。仅仅因为提出要和男朋友分手，就遭此厄运。

人啊，人……

出来，阳光晃乱了我们的眼睛，我们每个人差不多都到院子里杨树底下呕吐了一遍。我们很快忘记了她相貌的美丽，只记住了从她腹腔里掏出来的肝脏、脾脏、胃，像一只开膛的鸡。而那两个持刀的公安人员还叼着烟卷嬉笑哩，像在做一件与他们无关的事情一样轻松。

直到坐车回到学校，我们胃里才好受了些。开饭时，我们都有了食欲。

回到寝室，我们谈论起女人的乳房和大腿。真奇怪，好像现在我们人人都有了这方面的经验。而刚来到这里时，我们还为在野泡子偷看农妇洗澡而脸红哪。现在想来那已是十分遥远的事了。

五一节过后两周，何彬来到班级上激动地宣布：一周以后我们将被派下去实习。同时我们被告知取消了我们最后一个暑假。

我们知道城里的各分局都缺少警力。从实习开始我们就可以行使一个警察的权力了，而这在别的学校实习期间是做不到的。

一想到两年的警校生活即将结束，我们每个人既激动又不安。

18

我和冯炳义、黄立春、苏克四个人被分到西区分局让胡路派出所实习，班长、乔力、达一奇被分到了中区分局刑警队。

下去实习报到那天，我们是在警校大门口分手的。"祝你好运！"我握着乔力的手说，我希望毕业分配他也能留在刑警队里。他看上去兴奋不已。

我们四个人当晚被一辆旧吉普车拉到了让胡路派出所。这个派出所坐落在一片铁路家属平房区里，是一幢破旧的黄砖房，门前吊着一盏红灯。所长姓刘，四十二三岁，是转业军人出身。我们到达那里时，刘所长正坐在所长室里等着我们。"就他们四个人吗？"他问开车送我们来的司机。"是。"小个子司机回答道。随后刘所长打发一个民警把我们带到一间宿舍里，里面有两架现成的上下铺铁床，还放着现成的被褥，看来是平常派出所临时住宿的。

安排我们住下后，所长又走过来瞧了瞧："有什么问题吗？"

黄立春赶紧说出了一个他十分关心的问题："我们吃饭在哪里吃？"

"嗯，这个会解决的。"他皱了一下眉头说，他又打发刚才那个民警出去了。

过了一会儿找来了一名女内勤。

女内勤是从家里找来的，她慌乱地系着怀襟的扣子，胸前衣服上沾着一滴湿奶渍，她刚刚奶过孩子。女内勤在走廊尽头给我们做了第一顿晚饭：大米饭炒鸡蛋。鸡蛋和米都是从女内勤家里拿来的，看来所长没料到会分来四个吃汉。

从女内勤嘴里，我们知道这个所只有九名警察，除一名所长、一名内勤外，还有两名治安警、五名户籍外勤警，而这个所辖区居民住户却有一万余户。

最初几天，刘所长并不分派我们下管区执行任务，白天只是叫我们帮女内勤抄抄户口卡，或看管一下他们从管区带回来的一些盲流人员，让女内勤给他们办完临时户口后再把他们放了。做这些事情简直轻松得很。我看到冯炳义、黄立春和女内勤打得一片火热，她去做饭时，黄立春就在旁边给她择菜，打下手。我和苏克闲得无聊，就走回房间去，我躺在床上读报纸，他躺在床上看书。

"不知道他们的情况怎么样啦？"有一回苏克这样问我，我知道他指的是班长他们。

"他们的日子会比我们好过，你只要看一看每天报上登的破案的消息，就知道他们会有多少事情做了。"我说。说实在的，我这会儿心里挺羡慕他们。

"所长为什么不派我们下到管区去？"

"他大概对我们缺少信任……"我犹犹豫豫地说。

从来所里实习报到那天，刘所长就一直称呼我们警校生，手铐子也不发给我们每人一副，按照规定这是允许的。而手枪我们这时候还不能佩带。这是警校生和警察的区别。每回审讯抓回来的嫌疑人犯，刘所长也不叫我们参加。他把他们关到那间黑屋子去，再和一名治安民警走进去。

不一会儿，从屋门紧闭的黑屋子里传来凶狠的喝骂声和拳头击打在什么东西上的声音，听得我们一阵阵心惊肉跳。这样做的结果是十分奏效的，出来时，嫌疑人不是盗窃犯就是抢劫犯，交代完了后，他们一脸的沮丧。

轮到审讯抓来的女嫌疑人时，女内勤则走了进去。刚刚对我们还很温和的她，进到里面就像换了一个人。里面传出的陌生的声音令我们耳热、脸红。她和女嫌疑人走出来时，我们全都回避地转过头去……

吃饭时，她又温和地对我们说："小伙子们，多吃点。"我们则没有再去看她的脸，那是一张姣好的笑眯眯露着俩酒窝的脸，做演员倒是适合的。她家里有一个刚刚出生不到半岁的婴孩和一个年轻的做教师的丈夫在等着她。

"谁做了她的丈夫，可能会遭罪的。"晚上，回到宿舍里我们这样议论说。

"看来女人是不适合当警察的。"冯炳义有点儿为她感到难为情。

接下来发生的两件事，改变了我们天真而愚蠢的想法，它使我们感到脸红，也消除了我们对所长的偏见。

一件是我和苏克干的，一件是冯炳义和黄立春干的。这两件倒霉的事很快在实习生中间传开了，乔力打来了电话，他在电话里讥笑我们，说我们"太宽宏大量"了。我想他说得对。

那天中午，派出所外勤民警抓来了两个女嫌疑人犯，怀疑她们是一个缭窃团伙的成员。女内勤先带着那个年纪大的女人犯进黑屋审讯去了。剩下的一个由我和苏克两人看着。这是一个十七八岁的女孩，脸蛋生得很漂亮，从进门时就哭哭啼啼捂着脸，说她是被那个年纪大的女扒手骗了，她并没有做什么，她从乡下到城里来只是想找到一份体面的工作干干。在车站遇到了那个扒手，她说那个扒手会给她介绍一份工作做的。她就跟她走了……这样一个乡下女孩怎么会做扒手呢？

我和苏克都不愿意相信这个事实。她可怜兮兮的样子让我们产生了同情。后来她停止了哭泣，小心翼翼地扯了苏克衣袖一下，"大哥，可以给我点水喝吗？"

苏克脸腾地红了，不知所措地看看我。

我说："我去弄吧。"就走到别的屋子去找水了。

等我端着水杯回来，看见苏克正慌慌张张朝我走来："索林，她不见了，她说去厕所……"

我听明白了，厕所在院子里，我扔掉手上的杯子跑了出去，用苇席圈着的厕所里空空如也。她一定是提着裤子从厕所门边溜走了，而苏克正站在不远处害羞地转过头去回避哩。

"她看你腼腆得像个大姑娘似的才敢这么做的。"女内勤出来后对苏克摇摇头。

我俩脸红了。听审讯下来那个女犯说，逃跑的只是个初犯，我俩才稍稍安心些。

不过，刘所长知道了这件事后严厉地警告我们说："如果再发生这类事会通报到你们学校里去的。"我们听了心有余悸。

"我看你俩是被她的脸蛋儿迷住了。"过后冯炳义嘲笑我们说。可是这话没说几天，倒霉的事情就找到他头上来了。

家属区盗窃案子多了起来，刘所长不得不叫我们加入他们突袭夜查行动当中去了。最先是带着冯炳义和黄立春下去的。他俩兴奋得连着两个白天中午都没睡着觉，到了晚上眼睛更是像充足了电的灯泡一样发亮。而配给他俩的武器只是一根电警棍。他俩别在腰间，炫耀地在我们面前走来走去。

那天晚上，他们在家属区抓到了两名盗窃嫌疑人，审讯到半夜时他俩都招了。审讯完了后，刘所长带着另外三个民警出去吃饭，留下冯炳义他俩看守。临走时，刘所长关照他俩小心点。

两个人犯被关在小黑屋子里，他俩守在门外。连续几天的夜查，他俩都很疲惫。开始还轮流进去查看一会儿，后来看到那两个家伙像死猪一样被铐在暖气管上疲惫不堪地垂头睡着了，就懒得进去了。他俩在门外的水泥地上坐了下来，而后将门锁上了，两人竟也打起了盹儿。

下半夜，刘所长他们回来了，"人呢?"

"在里面呢。"

打开门后，刘所长用手电照了照，屋里空荡荡的不见了人影。

他俩这才慌了神，扑到前面去，对面窗户的玻璃被砸碎了。一只铜手铐子还在暖气管上吊着，像个问号。而另一副白钢手铐子则被带走了。那副白钢手铐子是轻易捅不开的。

"可惜了我的那副好手铐子。"刘所长心疼地说。他当即把我们都叫起来，分成几组分头追击了。

我们去了车站候车室和可以落脚过夜的夜总会。追寻了一夜，也没有找到那两个家伙的踪迹。

"竟戴着手铐子让他跑了，这是非常丢脸的事。"刘所长气急败坏训斥他俩道。

事后，他叫冯炳义和黄立春每人写了一份书面检查，说要交到分局。分局会把它作为实习鉴定的表现交给我们学校的。

我们听了为他们两个人担忧起来，如果让校方知道了这件事情，会影响他俩的毕业分配的。

"如果让我抓到他俩，我一定要打断他俩的腿。"冯炳义咬牙切齿地说。

直到现在我们才惊讶地发现，我们在学校里学到的知识是多么无用。这里需要的不是书本上那些空洞的说教，而是拳头；不需要同情的眼泪，而是冷酷。我们甚至有点儿怀念起林宝臣来，怀念起他在学校时对我们不近情理的冷酷……而我们现在恰恰需要这一点。

报上登出了班长宋子健和乔力参与的一起特大盗窃案侦破立功的消息。这消息真让我们振奋，就是说我们警校生并不都是笨蛋。

星期天我们聚在了一家叫"东来顺"的饭店里，是班长宋子健请的客。他还把他妹妹宋子敏也带来了，她刚参加完高考，看得出考得不坏。

这是我们下来实习后第一次相聚，因此每个人都喝了许多啤酒。

吃完饭，我们又走到西城湖边上的一块草坪上坐了下来。晚风习习，吹拂着我们一张张被啤酒醺红的面孔。

湖边上还有许多老头儿、老太太在打太极拳、散步……热了一天的夕阳，正从血红色的湖面上沉去。

"索林，你还在每天读报纸吗？"宋子健问我。

"是的，如果我想知道这个城市在想什么，在干什么。"我说。

宋子健思考着什么说："这个城市越来越乱了，我真搞不懂是什么使它变得这样。"宋子健往河里投了一块石子，湖面上激起了几个跳荡的涟漪。

"是金钱，现在人人都想赚钱，赚不来钱就去偷、去抢，金钱可以满足一些人的欲望，可是人的欲望就像一头野兽一样，放出来就会收不住的。"我说。

"他说得对，钱的确不是什么好东西。"冯炳义说。

"从前这个城市的人可并不这么去想。"宋子健摇摇头，他把目光投向自己的妹妹。宋子敏正和苏克坐在离我们稍远一点儿的水边上，"子敏，你还记得吗？小时候有一次父亲带我们到这里来游泳，他把一只钱包掉在湖边草滩上了，第二天父亲来找时钱包还完好地躺在那里，没见人动过呢。回去后父亲对我们说，他迟早有一天会失业的。那时我们还不太明白父亲说这话的意思。现在我明白了，他再也不会担心警察会失业了……"宋子健陷入了一种对过去美好生活的向往和追忆中。

"现在这个城市变得粗野了，包括你们这些警察。"宋子敏回过头来，冷冷地回了一句。

我们听了都怔了一下，而后都宽容地笑了。

一个晚上的粗话一定让她受够了，而我们却丝毫没有察觉。就是在刚才，达一奇还晃着他肥胖的脑袋冲黄立春眨着眼睛问：

"喂，我说'臭虫'，你学会使用拳头说话了吗？"

"是的，我懂得怎么去做了，在前天我还打掉过一个家伙的牙齿。"黄立春得意地说，脸上有一种兴奋。而这个庄稼佬从前只有挨别人揍的份儿。

"我说，你最好打他的屁股，免得他拿那颗牙齿反咬你一口。"达一奇传授经验地说。

141

"不会的，那个家伙曾在我离开后向所长告过状。所长盯着他奇怪地说：'这是真的吗？我什么都没看见，我想一定是暖气管子磕掉了你的牙齿。'他老老实实地承认：'我是让暖气管子磕掉了牙齿。请政府原谅，我喝多了，什么也不记得了。'瞧瞧这个醉鬼。"

我们听了，都开心快活地笑了起来，惹得路人把目光向我们这边投过来。

宋子敏说得对，这些日子我们的确变得粗野起来，可是不这样做我们又能怎么办呢？

天色暗了下来，湖边上散步的人渐渐少了。

后来我们又去了一家舞厅，那家舞厅的老板认出宋子健、乔力是刑警队的人，没有收我们的门票就请我们进去了。里面的一对对青年男女伴着欢快的旋律在翩翩起舞……

在一个背静的角落里坐下，我问乔力："彭国艳有信来吗？"

"我前一些天接到她的一封来信，她在信中告诉我她打算毕业后留在省城啦，并让我考虑一下我们以后在一起相处是不是合适，请求我原谅她这样想，她让我也好好考虑考虑……唉，生活！好啦，现在我已不再去想她了，每天有那么多的案子需要我去破。你只要想一想围着你哭哭啼啼被害人家属的面孔，你就没工夫去想这些烦心事了。"他冲我沉默着脸笑笑。两个月不见，他变了。他那张晒黑的面孔变得成熟了。这似乎也是预料当中的事。

有一个打扮得怪里怪气时髦的年轻女子走过来，邀请乔力跳舞。乔力走下去跳舞了，他离开我身边时贴着我耳根小声说了一句：是个线人。

乔力的舞步很熟练，他搂着那个女郎的细腰飞快旋转着，这让我想起有一回在家乡冬天从山坡上放雪爬犁，飞下来的雪爬犁在半空中旋转着，乔力吓得大喊大叫。他有眩晕症。

快三步舞曲停止时，乔力朝我走过来。暗淡的光线里他的确像个老练的城市警察了，他们常来这种地方吧？

从舞厅出来，我们分手了。

我们四个人往派出所走去。路上，冯炳义这样问苏克："苏克，你一毕业还打算考大学吗？"

"是的，她也是这样鼓励我的。"夜幕中我察觉到他脸红了。我知道"她"指的是谁，一晚上他们好像是有说不完的话题。

"或许，我的性格不太适合做警察。"停了会儿，听苏克这样说。

一对恋人依偎着从我们的身边走过去。走过来两三步又突然停了下来，叫了一声苏克的名字。苏克怔了怔，而后惊喜地跑过去与他俩打起招呼来。

等他们走过去，我问道："他们是谁？"苏克告诉我："他俩是我的高中同学，今年夏天就要大学毕业了……"苏克惭愧地停住了话头。

不知为什么，我忽然想起了蒋旭和彭国艳，生活对有些人来讲总是幸运的。走出了好远，我发现，苏克还在回头朝那两个幸福的年轻人偷偷张望着……

19

转眼我们下来实习已经两个月了。

让胡路派出所管辖区内常住人口有一万多户,所里只有七名外勤民警。本来外勤民警就严重缺编,由于辖区地段靠近铁路、车站,一到夏天,家属区里又涌来了大量的流动人口,使这里的治安状况变得混乱不堪。

刘所长已两次受到上司分局长的责骂,限期他一个月之内清理整顿完辖区内的流动人口。这样,白天晚上我们不得不跟着到管区内去清查,带着我们的是外勤组长"胖警李"。

我、冯炳义、苏克被分在了清查小组里,黄立春则留在所里帮内勤的忙了。本来这个差事应该是苏克的。分组那天,刘所长瞧了瞧瘦小单薄又戴着一副眼镜的苏克,说了一句:"你就是块做内勤的材料哩。"不等苏克反应过来,一边的黄立春突然捂起了肚子,说这几天厕肚子很不舒服。这样刘所长就留他在家了。我们知道他的鬼把戏,但没有戳穿他。

"胖警李"有三十多岁,开始我们称呼他"李老师",他听到了怔了怔,有点儿不自然,我们也觉得别扭。后来我们干脆和别的民警一样称呼他"李组长",他很痛快地答应了。他对管区里的每家每户都非常熟悉,包括鸡、鸭、鹅、狗。

到中午时,他总是能变戏法似的摸出一只鸡或鸭来,成为我们的盘中餐。

后来一个胖女人找到派出所来，叉着腰做河东狮吼状，扬言要与他离婚。我们这才知道他摸来的鸡鸭都是他自己家和亲戚家的。再看"胖警李"这会儿低眉顺眼嘻嘻憨笑，也不见刘所长出来干涉。等胖女人吼够了转身离去，"胖警李"讪讪地对我们说："得回去值一次夜班了，老不交点'公粮'不行了。"我们茫然不知，有经验的民警直笑。我们担心从此会断了我们的"鹅路"，老民警就安慰我们说："'胖头鹅'（指'胖警李'老婆）会很高兴奖赏我们一只鹅的。"

第二日果然相安无事。"胖警李"扯着鹅脖子摇摇摆摆从大街上走过，鹅头在他手里张着嘴"呱呱"叫着，我们的肚子也跟着饿得"咕咕"叫开了。

下来实习这些日子惯坏了我们的胃口，而且还不收我们的伙食费。我们都希望实习的日子长一点儿呢。特别是黄立春，他的肚子又像臭虫一样鼓了起来，脸上露出满足的油汪汪的红光来。

开饭时，我们看到他又把他那个大号饭缸子找了出来，拎到厨房去。当然他和那个女内勤相当熟悉了。他给自己从菜盆里舀上一大勺子菜倒进饭缸子里，再舀进一勺子饭倒进缸子里，蹾了蹾，又舀进一勺子饭去，直到填不进去了为止，放到一边去。然后他才在桌边坐下来，等我们进来一齐吃女内勤盛好的大盘里的菜，大盘里的饭。吃得差不多了，放下筷子，他一个人走到院子里去，打开他那个饭缸子，在那里歪脖儿吃起来。他的吃相很愚蠢，总像怕我们看见似的一只手遮挡着缸子口，另一只手不停地往嘴里扒着饭、菜。

"你这个贪食的家伙，小心撑破你的肚子。"冯炳义见了笑道。

更甚的是，他竟然吃被监管人员的东西。一次，所里抓来了个小偷，将他铐在走廊里的暖气管上，叫黄立春看管。他先是蹲在地上同这个十七八岁的小青年唠嗑，那小青年脸色苍白、发抖。大概是第一次做这事，一副惊恐不安的样子。

后来那个男孩的家里人送来了饼干和饮料，他也准许那个青年人收下了。等他家里人离开后，他指着饼干和饮料问那个小青年："吃吗？"小青年摇摇头。"那么我可是饿了。"说着就拿起了那包饼干，往嘴里送了一块。

刚巧我和苏克回来送两个盲流，看见了，苏克抢先一步上前打掉他手里的饼干，"你这个浑蛋，还嫌我们警校生的脸没叫你丢够吗？"

黄立春抬起头来怔怔地望着他，好像不太明白他为什么发这么大的火。

"如果你再这么不体面地干，我会像揍小偷一样揍你的。"回到宿舍，冯炳义知道了这件事后对他这样讲。

黄立春惊悚悚地躲开了我们斜睨的目光。从这件事情以后，他变得收敛了许多，登记也认真卖力去做了。

我们每天都能带回几个盲流回到所里来，这些人都没有本市的户口，多半是乡下人，他们像蝗虫一样在夏季里涌到城里来，搅得城市开始不安起来。别看他们衣着褴褛，脸上布满了灰垢，头发蓬乱，可在他们那躲闪不定的目光后面，却隐藏着一些不可告人的生活经历，哪怕他是一个十几岁的小孩儿。这些人往往白天打着捡破烂和做点诸如烤红薯、擦皮鞋等小生意的幌子，到了夜里则干起小偷小摸的勾当。他们当中有些人就这么渐渐发了家。对付这些人，派出所管理的办法是，有正当活路的，家在城里安定下来的，派出所给办理临时户口，而对无正当职业、无居住地的人员则遣送到市里盲流收容站去，再由收容站遣送回乡下老家去……可是过不了多久，他们又会像蝗虫一样重新飞进城里来，而且变得更加狡猾富有经验，常常会躲过派出所的清查，在城市里扎下根来……

"胖警李"常常头痛地对我们说："这二茬儿蝗虫才难缠呢，谁知道里面是不是窝藏着个杀人犯呢。"

"胖警李"这话在我们下来实习快要结束时应验了。

那天晚上，我、冯炳义和苏克跟"胖警李"一道去盲流居住的棚户区巡察。白天刚下过雨，地上有些潮湿、泥泞，这样的地段，街道往往很乱，胡同里被一些临时堆积的砖头、瓦块挤得窄窄的，矮矮的土房七扭八歪的。哪家院子里还搭挂着没来得及收拾起的小孩儿尿布，在潮湿的夜色里散发着一股尿臊味，当然我们的胶鞋上也沾满了鸡屎、狗屎。不时从院子里传来一两声狗叫。狗也和我们混熟了，听出了我们的脚步声就停止了吠声，它也要睡个好觉哩。

我们走进一个用油毡纸盖的低矮的土棚屋里，屋里吊着一盏四十瓦的灯泡，在昏暗的灯下坐着两个男人在喝酒，一个四十岁左右，一个三十岁左右。他俩的相貌有些相像。在那张低矮的炕桌上摆着一只烤得油汪汪的烧鸡。不用说那一定是那个年轻人的手艺，他是个卖烧鸡的，半年前从河南老家来到这里的。刚才走进院子时我们还踩了一地鸡毛。那个中年人我们没有见到过，他对我们的到来表现得很冷漠，依旧坐在炕上低头闷声喝自己的酒。他的脸已经喝红了。

"他是你什么人？"

"是俺哥哥。"

"从哪里来？"

"从河南老家。"

"到这儿干什么来啦？"

"家里的地都旱死了，打算出来找点活做，我也想让他跟我一块儿卖烧鸡。"卖烧鸡的户主讨好地冲"胖警李"笑着说。

我们曾吃过他烤的烧鸡，手艺不错，味道香着呢。

"那你明天带他到所里来办个暂住户口吧。"

"是哩，是哩。"卖烧鸡的户主连连点头，就往外送我们。

我们走到院子里，听到一直跟在后边没说话的苏克一脚收在门槛里向那人问道："那件军上衣是你的吗？"

"不、不是……"

话音刚落，屋里的灯突然灭了，我们正愣神间，"啪！"的一声枪响，苏克捂着胸口扑出来："抓、抓……"

"苏克，苏克，怎么啦？"黑暗中我们都慌了，苏克直挺挺扑倒在地上。

"闪开！趴下！""胖警李"急忙喊道，掏出枪来举枪朝屋里射击起来，屋里又向外打出了两枪。院子里关在栏里的一群鸡惊叫着飞了起来，跳到墙上、房顶上，顿时搅得院子里鸡毛飞扬，落了我们一身一头。

我们趴在黑黑的院子地上一动不敢动，我们几个只有"胖警李"手里有枪，他在朝屋里对射着。

听到那人踹开后窗跳了出去，"胖警李"向我们喊道："快送他去医院！"随后他追了出去。

冯炳义背起地上的苏克就朝外跑，我边扶着跟在后边跑，边带着哭腔说："苏克，苏克，你要挺住啊!"

到了公路上，我们拦下了一辆过路的汽车。那个司机见我们是警察，就下来帮忙把苏克抬到驾驶室后排座上了，"快，快上车。"在车里，苏克一直昏迷着。黑暗中也不知道他流了多少血，只感觉他衣服上有一种黏滑的东西在渐渐扩大……"师傅，再开快点儿!"冯炳义焦急地催促道。其实车已经开得够快的了。每颠簸一下，我的心脏都像要跳出来一样，惊恐不安地张望一下苏克……

到了就近的一家铁路医院，苏克从昏迷中苏醒过来，他在冯炳义的背上虚弱地问我："我……这……是在哪里?"我小跑着喘息说："在医院里……""我要……死了吗?""不，不会的，医生马上给你抢救，你要挺住苏克。"我强忍着什么大声说，抹了一把脸上的汗水和泪水。"我不想死……"他的脸上出现一种惶恐的表情，随后头又无力地歪在了冯炳义的背上，昏迷了过去。

我们跑到了急诊室，那个值班医生一看到胸前一片血污的苏克，就急忙吩咐一个护士："立即通知手术室准备手术。"值班护士跑去了，一会儿又跑来了几个医生、护士，推来了一辆手术推车，把苏克急匆匆推走了。我们也跟到了手术室门前。

听到一女医生出来要去血库调血。冯炳义走上前，"需要血吗，抽我的血，我是 O 型的血，和他一样的。"冯炳义拦住了她。

"好吧，你跟我来。"

在警校时我们验过血型，他俩是 O 型的，我是 B 型。这会儿，我为自己不能为苏克做点什么而难过，我恐慌地一个人呆呆地坐在长椅子上等着，感觉时间像死去了一样漫长。夜已经深了，走廊上的日光灯静谧地泛着惨白的光晕。

冯炳义走回来了。

"他怎么样?"

"还不太清楚。"他紧张地说，看得出来他和我一样恐慌。

天快亮时，刘所长带着女内勤、"胖警李"还有黄立春等人匆匆赶来了。"他怎么啦?"黄立春一见到我们就吃惊地问。可是我俩都懒得回答他了，我们屏住呼吸一动不动地盯着那扇手术室的门。我们差不多盯了六七个小时了。

门被推开了，那个疲惫的手术室医生走了出来。

刘所长走上前问:"他怎么样?"

"子弹击中他的心脏……我们尽力了。"医生无可奈何地摇摇头。

我们听明白了，苏克没抢救过来，可我们不敢相信自己的耳朵!

"怎么会这样? 他怎么会死呢?"黄立春瞪着眼珠不相信地上去摇晃着医生的身子，他有点儿发疯了!

我俩上去把他的手掰开了，他还在拼命捶打着我俩的身子……

"是他顶替了我，那颗子弹应该打在我的身上啊……"他喃喃失语地流泪道，又拼命捶打起自己的脑袋来，我俩使劲按住了他的手。

……

早晨，苏克的父亲赶到了。这个老实的中学教员见到我们并没有多问什么，我想他一定是被这个不幸的消息震呆了。他和我们一道轻轻走进抢救室去，仿佛怕惊动了苏克似的。

苏克平躺在一张白床单上，胸前的手术刀口已被缝合，脸上、身上的血迹也已被护士擦拭去了，脸色出奇的苍白、平静。我们抚摸着他的手，他的手指已经冰凉，指甲呈现灰白色，一种阴森可怕的颜色。这就是几个小时前还活蹦乱跳的苏克吗？这就是那个还一心想着考大学的苏克吗？

我的眼前恍惚出现了两年前在小镇医院里见到的一幕，苏克安静地躺在病床上，手里捧着一本化学书在读，从窗外射进来的阳光照在他那张孩子般幼稚的脸上……此刻，这张娃娃脸上刚刚生出茸茸的髭须。我怔怔地站在那里等着他醒来，再朝我们要书看。

过了一会儿，护士推着平车进来了，那个中学教员一下子扑倒在苏克身上，手指紧紧抓住床单，仿佛怕谁夺走了他似的，双肩胛一耸一耸抽动起来。从我们身后传来了一个中年男人压抑的恸哭声……

护士将苏克的尸体拉上白床单，推出去了。我们到现在才相信了这样一个事实：

苏克死了。

苏克的追悼大会是在几日后我们实习结束返回学校时召开的。市公安局宋局长也参加了追悼大会。

刘所长和"胖警李"也赶来参加了。那天离开所里告别时，刘所长当着冯炳义和黄立春的面把他俩写的那两份检查又还给了他俩（他并没有交到分局去），为此冯炳义和黄立春十分感激他。这回他俩特意代表所里全体干警来参加苏克的追悼大会，并送来了一个他们所里人扎的花圈。

他俩走过去安慰那个可怜的父亲，几日不见，他苍老了许多，头发也夹杂着白发了。

天空暗淡着，阵阵秋风泛着一丝凉意。校园里笼罩着一种悲伤、哀悼的气氛。

追悼大会由警校老校长主持，他宣读了追认苏克为烈士的通报……那个枪击苏克的凶犯已被抓捕了，他是一个在逃两年之久的持枪杀人犯。

那天的发现，恰恰是根据苏克刚到让胡路派出所时看到的一张通缉令回忆起来的，通缉令上说那人曾做过军人，出逃时身上穿着一件旧军上衣。那天这件军上衣就堆放在烤烧鸡的那户人家的炕角里。其实那张压在派出所抽屉里的通缉令我们都看见过，可我们谁都没有太在意，而苏克却记住了。苏克的记忆力令我们咂舌，而正是他出奇的记忆力让他断送了性命。他才刚刚十九岁啊！

校园里列队垂立的警校生们一片寂静无声，随着老校长抑扬顿挫的致悼词声，许多新生都把崇敬、颤惊的目光投到苏克的遗像上，那个腼腆羞涩的小伙子无疑成了他们心目中崇拜的英雄，可我们知道一年前他还是那样怯懦、胆小……

苏克的骨灰盒被安葬在了校园东面的草坡杨树岗上，那里修了一座墓碑。

20

实习结束返校后，在剩下的几周里，我们要进行剩下的最后几门功课的考试和毕业前的思想品德教育。何彬分别找了冯炳义、黄立春和我谈了话，要我们准备准备，把苏克的牺牲经过写成讲用材料，到各班上、到学校大会上去讲用，可是我们无一例外地都拒绝了他。他瞪起眼珠，歇斯底里地朝我们吼道：

"你们要明白，这不是你们个人的事情，这是班级的荣誉，这是集体的荣誉，懂吗？"

是的，这的确是我们班级的荣誉。我们班是唯一在实习过程中受到省公安厅通报嘉奖的班级，他本人也为此获得"模范班主任"的称号。可是这一切与我们有什么关系呢？我们宁愿苏克活着，我们宁愿他把我们说成是胆小鬼，是懦夫，也不愿去回想苏克牺牲的场面，他还是个孩子呀！我的耳边常常回响起他临终前对我说的那句话："我不想死……"眼前随之会出现他那痛苦挣扎的表情。

苏克的床被原封不动地工工整整摆放在宿舍里，床头下还压着一本物理书和一本化学书。我们的目光都回避不往那儿去瞧，可有时还忍不住偷偷扭过头去……苏克头戴着耳机躺在那里闭目听英语单词呢。可这一切不过是一个幻觉。有一天，何彬带着教导处主任来清理苏克的遗物。何彬寻找了一会儿，问我们：

"苏克平时写日记吗？"

我们摇摇头，说："他从来不做这个。"

"那他课余时间在做什么呢？"

"在复习功课。"

"复习功课吗？那他的确是个用功的好学生啦。"他朝那个教导处主任会意地点点头说。

我们戳穿了他的把戏，冷冷地说道："你知道他复习的是什么功课吗？"

他询问地望着我们。

"他复习的是高中数理化课本，他打算毕业以后考大学。"

何彬怔怔地瞅着我们，他脸色一阵泛白一阵泛青……

我们想发笑，可我们心里却想哭。

苏克的床铺撤走了，可我们的目光一连几日还忍不住往那空荡荡的床上落……

离毕业典礼的日子越来越近了。大家已开始互相交换了钢笔、纪念册一类的小玩意儿作为留念。

在纪念册上，大家都无一例外写上了一句自己最想说的话赠给对方。黄立春写给冯炳义的是这样一句话："亲爱的下铺，你送我烟的日子是最幸福的时光。"而他写给黄立春的则是这样一句话："真想娶了你的妹妹。"这句话让这个庄稼汉低头沉思了好一会儿。达一奇送给班长的纪念册是这样写的："最大的愿望就是校长能给我点支烟。"这个家伙还在做美梦哩。乔力送给我的话是："亲爱的上铺，希望我们还能够睡上下铺。"他是希望我们毕业后能分到一起哩。据说毕业分配名单已经确定完了，就等着在毕业典礼上由校长来公布。这很令我们惴惴不安。

达一奇和冯炳义在打最后一次赌。黄立春从墙角捉到一只蜘蛛，他把它放到一只火柴盒里，说等到分配名单公布下来再决定它的命运：是把它踩死呢，还是放了它。

星期六下午，教导处给我们应届毕业生开了会，严格强调了一下纪律和校规，说最后考验我们的时刻到了，并说不想看到不愉快的事情在我们中间发生。以往历届毕业老生在这期间总会出现问题，比如砸碎宿舍玻璃，毁坏教室桌椅，殴打区队长，等等。

散了会，区队长何彬又把我们班召集到教室里，开了同样的会。他显得有些心神不宁，绷着白瘦的面孔反复说一句："……可千万别出什么问题呀。"看得出来他心里倒是有点儿紧张哩。

星期天，班长没有回家去。他和我们一起度过了这最后一个星期天，因为下周四我们就要离校了。

上午，没想到班长的妹妹宋子敏也来到了警校。她刚刚被一所南方大学录取。我们一同去了苏克的墓地，我们和她一起去与他做最后的告别。冯炳义把保存的苏克用过的数理化书也带来了，这个人总是比我们心细。冯炳义蹲在他的墓碑前把这几本书一本一本烧了去，旋起的纸灰像黑蝴蝶，落在墓碑上和我们的身上。蓝天，白云，大地，和默默垂着头的我们融为一体。宋子敏从草地里采来一大把野花，放在了墓碑前。她跪在地上默默流泪了，墓碑照片上那个人静静地望着她，望着我们。他还是那么年轻，他本该享受这一切，生活、学业、爱情……可这一切都永远地离他而去了。离开那里时，我们每个人都忍不住这样想。

傍晚，班长送他妹妹回城里去了。

我们几个去了那家利众小饭馆。那个老板娘给我们多加了两个菜。老板娘还与我们每个人都单独喝了一杯啤酒。

"孩子们，孩子们，你们以后什么时候能再光顾我的小店呢?"老板娘说着眼圈有些发红。

是呀，也许我们再也没有机会光顾这里了。我们会想念它的。两年来，它给我们留下的东西太多了，在这里我们第一次学会了喝酒，第一次学会了谈论女人，第一次学会了发泄……而这些都是正常的青春期心理需要。

"知道吗，佟立群这个家伙可能不会留校了。"

"听说学校要把我们这届毕业生一个不剩全部分配下去。"

"这可让他空欢喜了一场，怪不得这几天见不着他的身影了呢。"

我们兴奋地议论着，心里平衡了许多。冯炳义又告诉了我们一个更加振奋的消息：林宝臣又被调回去当管教去了。

"他倒比我们提前分配了。"乔力讥讽地说。

"他手下的犯人可要吃苦了，他会变本加厉教育他们的。"冯炳义说。

"但愿他能对那些犯人好点。"黄立春说。

从利众小饭馆里出来，拐过一个路口快到校门口时我们遇到了何彬，他在这里等着我们哩。"我想你们会去喝酒的。"他在黑影里阴沉沉得意地眨着眼睛说。我们也没有想到他这个星期天没有回去，其实我们是应该想到的。他叫我们每个人先回去写一份检查来。"至于扣分嘛，这要看你们认错的态度了。"他怪味地瞅了瞅我们，放我们先回去了。

"他到底要干什么?"回到宿舍里，我们议论起来。

"他是没有权力扣学分的。"

"但是他可以把这件事告诉给学生会的。"

"我想这时候他是不会告诉给学生会的，这关系到我们的优秀班级的声誉。"冯炳义想了想说。

临睡前，他进来把我们的检查收走了，庆幸的是我们没有一个人偷懒。他稍稍感到了满意，立在屋子里看了一圈对我们说了一句："别再给我惹麻烦了，笨蛋。"然后走了出去。

熄了灯，我们早早上床躺下了。

"喂，我说伙计们，你们注意到他嘴里的酒气了吗？"冯炳义神神秘秘地问道。

"我想他一定是刚从什么地方一个人喝完酒回来的。"

"他可是从来不喝酒的呀？"黄立春奇怪地说道。

"难道你也想要他写一份检查吗？"有人对黄立春这样说了一句。

"除非我想找死……"黄立春先自己笑了起来。

过了一会儿他就响起了粗重的鼾声……

半夜时分，我们从睡梦中惊醒，外面响起了敲门声。门边上的黄立春迷迷瞪瞪从铺上跳下来，拉开了门——门外站着一言不发的何彬！

"你、你，又来干什么了？"黄立春揉着眼睛探出身来像没睡醒过来问。

"啪！"一记耳光抽到了他的脸上，来人瞪起眼珠反问道："我就不能来了吗？说，我就不能来了吗？嗯！"

黄立春被打醒了，他趔趔趄趄站直了身，捂着腮帮子哆嗦道："报告区队长，我……我说错了，您能……能来……"

"我要教训教训你这个愚蠢的乡巴佬，叫你知道怎么跟教官说话，你给我出来……"黄立春被扯了出去。

门关上了。那唯一一点儿亮光被挡死了。接着我们听到走廊里传来一阵拳打脚踢声。那声音渐渐小去了，大概是把黄立春拖到楼下什么地方去了。

"他这是怎么啦?"冯炳义醒来问。

我们惊悚悚躺在黑暗中，大气不敢出。刚才的一幕简直就像一个梦境，让我们都呆住了。

"他是不是疯啦?"

大约过了半个小时的工夫，黄立春回来了，他没有去开灯，哆哆嗦嗦爬着身子上床躺下了。我们问把他怎么样啦，黄立春默默地摇摇头，他的肩胛还在抽搐，什么也不肯去说。我们就没再问什么。还问什么呢? 他一定把他打得挺重。

我们都在黑暗中大睁着眼睛，在想着今晚发生的事情，是酒精让他这样失态呢，还是别的什么原因? 我们悄悄猜测议论起来……蓦地，冯炳义"嘘"了一声，并用手指了指门。我们明白了，都住了口。稍会儿，听到门后的脚步声离去了。他在偷听? 这是他惯用的伎俩。

那个熟悉的脚步声又停留在了门后几次，我们彻底消失了睡意。等他最后一次离开，窗帘缝透进一道亮来。冯炳义叹道:

"天哪，他一宿没睡!"

我们也几乎一宿没睡。天蒙蒙亮时，我们哆哆嗦嗦站到操场上去，何彬已站到那里了。我们等了足足有一个小时，别的班才来到操场上。他们吃惊地看着我们被晨露打湿的衣服，小声互相寻问着:

"二班怎么啦?"

毕业分配方案公布下来了。

上午开完毕业典礼大会，中午我们会了餐。下午我们就要被各分局来车接走了。

中午会餐时，大家被允许喝了啤酒。不管高兴的还是不高兴的，作为两年警校生活的告别，大家多多少少都喝了点酒。那个一向吝啬的管理员，拎着菜桶一遍一遍给我们往盘子里添菜，一个劲劝我们多吃点，结果我们每个桌上都剩下了许多菜。啤酒箱里的啤酒也剩了许多。这有点儿出乎那个紧张注视着我们的学生科长的意料，以往毕业聚餐总有毕业生借着酒劲摔碎啤酒瓶子的。这也算是一种告别的方式。何彬端着酒杯朝我们这桌走过来，他先同黄立春碰了碰酒杯，"希望你会成为一名合格的人民警察。"黄立春低声对他郑重地说："如果你要到我们乡下去，我会好好招待你的。"他听了脸不自然地红了一下，讪讪地瞅了瞅只顾低头吃菜的我们一眼，走开了。他还想着轮流给我们每个人敬酒哩。

应当说黄立春的运气不错，他如愿以偿地分回到了他们所在的那个乡下派出所去了，还有达一奇也分回到天津去了，他那个退休的老父亲特意来接他来了……而我那个老乡乔力则非常不走运地被分到离城里很远的一个叫太阳升小镇的派出所去了，那个派出所据说离城里大约七八十里地。最出乎我们意料的是周培林，他被分去当管教。这叫我们多少有些安慰。他没来吃这最后的毕业午餐，不知到哪里去了。我倒是还想好好敬他一杯酒哩。

我、冯炳义和班长被分到了市里中区刑警队。这是全班同学人人羡慕的最好去向。大个子冯炳义眼里稍稍流露出少许的遗憾，他还想着分回到家乡那个镇上去当警察。我则有一种惶惑和担心。据说我能够分到刑警队去是因为他们看中了我的射击成绩。

聚餐散了，我匆匆忙忙出来找乔力。因为路远的分局要最先发车。在宿舍里我没有找到他的身影，我又急急忙忙走了出来，"看见乔力了吗？"在操场上，我看见冯炳义和黄立春站在一起，向他俩问道。他俩摇摇头，我又向人群里找去。操场上人声杂乱……来领毕业生的各分局的人大声念着手里的名单。他们也都喝得满脸通红。

在一辆敞篷解放汽车车厢里，我终于看到了乔力的身影。他正一个人孤独地坐在车厢行李上，低着头，风吹乱了他的头发。我走过去。

"别灰心，乔力，好好干，你还有机会调回城里来的。"

"但愿如此，没想到我们就要分开了。祝贺你索林，你很走运。"

"常写信来，我会去你那里看你的。"

"我会的，再见了……索林！"

他们的车开动了，我摇摇手。乔力也把警帽挥起来，我的眼眶有些湿润了。汽车摇摇晃晃走上了公路，渐渐看不到了汽车身影。他会好好干的，我在心里对自己说。

21

　　分配来中区分局几周了。由于班长宋子健实习时就在这个分局刑警队待过，很快就同队里上上下下熟悉了起来，并且很快进了大案组。看见他得心应手的样子我们真是羡慕得很。与他比起来，我和冯炳义则显得呆头呆脑。他们还管我们叫"警校生"，这是我们最不愿意听到的称呼了。

　　刑警队有二十几个人，队长姓董，四十岁左右，方脸膛，浓重的络腮胡子。分局里的人都管他叫"董大胡子"，连局长也这样叫他。他干刑警已经二十多年了。局长曾做过他的手下。分局开大会时，别的科、所头头们都坐在前面，只有他猫在会场后头。散了会局长找到他时说，希望下次开会他能把呼噜声打得小点。我们听了都抿嘴乐。

　　每回有任务，董队长都分配冯炳义和我留在"家里"听电话。那两部黑红色电话机似乎成了我们最先要熟悉起来的亲密伙伴。不知什么时候它会"丁零零……"抽冷子响起，半夜里会打断我们的好觉，我们懒洋洋地伸手去接：

　　"哪里呀？"

　　"什么……红旗大街，发生了抢劫，你等一下我拿本子来，你讲清楚点……"

　　总之，我们渐渐不再像刚来时那么激动和战战兢兢了。

　　中区分局地处市中心，管辖的地带都是繁华、热闹的区域。

流动的人口就有十五六万。刚来时董队长叫我们熟悉一下管辖的地带，每天傍晚没事时，我都愿意蹲坐在天桥台阶上，打量着铁东、铁西这个城市两条最繁华的街道，默默地想着一些事情。有时还有冯炳义，他也和我一样，对这个城市充满着一种好奇。而班长是从小就生长在这个城市里，对这里的每一条街道都像熟悉自己的手纹一样熟悉。他告诉过我们，原来铁东、铁西只有五六家商店、旅馆，可是现在却像雨后春笋一样冒出许多家商店、旅馆、歌舞厅、夜总会来，拥挤在街道两旁。每天傍晚，这两条街道上都充塞涌动着人群，他们当中有外地进城来的小商贩、盲流、三轮车夫和站在饭店、旅馆门前招揽客人的年轻小姐，他们就像水中游动的鱼，每天都在搅动着这座城市，膨胀着城市的欲望。这些人大多数是乡下人，是城市的诱惑使他们不愿意再回到乡下去，不愿意再过从前的生活。

傍晚，路灯齐放，再加上歌舞厅、夜总会门前闪烁的霓虹灯光和里面传出来的疯狂音响，将街头装点得五颜六色、光怪陆离。这就是城市生活吗？我有一种眼花缭乱、头晕憋闷的感觉。这种感觉让我想起许多年前在家乡看过的那部日本电影《追捕》来。我和父亲还有久林静静地坐在电影院里，那是父亲托单位里的同事走后门弄到的三张电影票，当电影开演推出片名时，彩色宽银幕一下子出现一组巨大的城市繁华喧闹的街头画面，我就有这种眼花缭乱、头晕憋闷的感觉。不过走出电影院来就好多了。而此刻，我坐在这繁华闹市城中的天桥上，正像那个冷漠的矢村警长一样，警惕地打量着人头攒动的街头，人流中间很可能就夹杂着罪犯。我理解了矢村警长的冷漠。刑警这种职业就应该是这个样子的。

不知道家里现在情况怎么样了，好长时间没有收到大妹的来信了。前些日子接到久林的来信，说他毕业后打算分回家去。我想家里会赞同他这个想法的。这样以后他就能照顾上家里了。

我已拿到了第一个月的薪水，除了留下伙食费外，我还打算给家里每人买一件礼物。这毕竟是我第一次拿工资，对烟和酒我是没有兴趣的。

"这个闹市区真叫人讨厌。"冯炳义又坐在那里发起牢骚来，他将吸完的烟头扔在台阶上。

"可是每天仍有那么多的人涌到城里来……那个小伙子才刚刚二十岁，他要是不到城里来，会怎么样呢？"下午接到农贸市场一个报案电话，一个卖肉的青年农民因为少给了二两肉和买主吵了起来，最后动了刀子，将买肉人的肺叶穿透了。他可能会在监狱里坐一辈子牢了。

"他会是个好劳力的，他会娶妻生子，安安生生靠劳动过上称心的日子的。"冯炳义叹息了一口气。

我现在已经不再看报了，不用看报纸就知道身边有那么多的刑事案件发生。

"他们可能会羡慕我们呢，不知道他们现在都怎么样了。"我打量了一眼远处的街头夜景说。我想起了乔力，上周我给乔力写了一封信，他们那个偏僻的地方打不通电话。

"前些日子我倒是收到了黄立春的一封来信，他说他在乡下派出所待得舒服着呢。乡下农民都很老实，压死一只鸡都会到派出所里自首呢……他说他闲得身上都快生出虱子来了。"

"这个'臭虫'，他没说他那个出嫁的妹妹日子过得怎么着了吗？"

"他没说，他只是说要把我以前借给他家的钱攒够了还给我，可是我说过要他还了吗？这个小气鬼……"冯炳义很生气地说。

天色已晚，我和大力士往回走去。沿街的歌舞厅、夜总会灯光闪烁，如同一个妖艳的女人躲在黑暗中眨着诱惑的眼睛。等到看见分局楼前门檐下那两只通宵亮着的红灯时，才叫我们觉得有点儿亲切。

刑警队在一楼，从几间亮着灯光的屋子里不时传出沉闷的喝问声和殴打声。这些日子，我们已经习惯了这种声音。在值班室连着的一个屋子里有两张床，我和冯炳义就睡在这间屋子里。有时，队长他们还把抓来的人犯也铐在值班室里，照看他们自然是我们的事。

那天我和冯炳义跟班长宋子健去看守所送押人犯。在那里，我们遇上了周培林。这家伙看来混得不赖，嘴里叼着香烟，脸上的粉刺红光发亮。这一天是探视日，铁门外面站满了来探视的人。探视时间一到，这些很早就赶来的人犯亲属纷纷向那间留着探视窗口的屋子拥进去。嗡嗡的说话声，低低的饮泣声，就像一群苍蝇糊在了那冰凉的水泥窗台上。周培林和另外两名管教不时在里面叉着腰走动巡视。探视的人里面有妹妹来看哥哥的，有妻子来看丈夫的，有父亲来看儿子的，有弟弟来看姐姐的……他们小心翼翼地把带来的东西递过去，这些东西是经过门岗检查的，多半是吃的东西：水果、香肠、点心之类的东西。可是他们还是偷偷张望着，很怕被管教没收了去（当然落进他们的肚子里也是常有的事）。所以这些人犯一边同窗口外面的亲人说着话，一边拼命往嘴里吞吃着。看他们的样子恨不得再生出一张嘴来。有这样一对父子，父亲大概是从大老远的乡下赶来的庄稼汉，他的提篮里装着煮熟的红皮鸡蛋和甜点心，他一边给儿子扒着鸡蛋递过去，一边问着儿子什么。儿子已接连吞下去五六个鸡蛋了，嘴已被塞满了，像公鸡一样一梗一梗伸着脖子，这个父亲还在不停地扒着鸡蛋。小伙子眼睛滴溜溜乱转，像在寻找什么。对父亲的问话只是心不在焉地有一句没一句应答着。等身边的管教走开了，他朝父亲眨眨眼。那个庄稼汉似乎早已心领神会，从小棉被盖着的篮子里掏出几张大白边来，塞给他。他迅速将钱搓成卷插到袖子里去。这是不允许的，钱是不能带给人犯的。小伙子还在不停地向那父亲眨着眼，直到从小棉被下面掏走了最后一张钞票，时间也差不多到了。儿子离开了探视室的窗台，他并没有回过头来看那个花白头发的父亲一眼，心满意足地跟着管教走去了。而那个庄稼汉手里还拿着一个扒剩下的鸡蛋痴痴地站在那里发呆呢。他身上的衣服很破旧，脚上的一双农田鞋都裂开了口。

对于那个颇有几分姿色卖弄风骚的女犯，周培林似乎格外开恩，他一直站在她身旁，时间到了他也没有去催促她，还让她同窗外那个男孩继续说着话。这是姐弟俩，姐姐看上去有二十一二岁的样子，长着一张鸭蛋形脸，一双妩媚的丹凤眼。她很会卖弄风骚，不时地用眼波瞄一下周培林。男孩也偷偷望了管教一眼，周培林扭过头去。男孩偷偷递过去两包香烟给姐姐，她迅速将烟塞到了自己胸前的乳罩里，并冲外面的弟弟挤了一下眼睛，这才离开窗口，跟着周培林走进去了。

探视结束了，周培林走了出来，像刚刚发现我们叫道："老同学，你们好吗?"

"可没你这样好的权力。"冯炳义讥讽道。

165

他得意地摇摇头："可是谁愿意到这个地方来呀？"

他递给我们烟，我注意看了一下牌子，是红塔山。这可不是一个小管教能抽得起的。

为了显示他的权力，他故意拖延了与我们交接的时间，还说这是按规定办事。

"我看这里倒挺适合他。"离开看守所，在回去的路上冯炳义说。

"我倒是有些为他担心……"宋子健思量着什么说。

"他一定得了不少油水，这可是他的老习惯了。"我嘲讽地说。

在看守所里，我们没有看到林宝臣，不知道他见了我们会怎么样，我倒是很惦记他哩。

22

乔力来信了，邀请我星期天去他那里玩儿。我也正想去他那里看看，问冯炳义想不想去，冯炳义点点头，说："嗯，这个主意不错，我正巴不得去透透郊外乡野的新鲜空气呢。"这么着，在中秋节前一个星期天，我俩就结伴去了。

去他们那里需要坐火车，我俩一早搭乘了市郊火车。正是初秋的季节，从敞着的车窗透进来一丝带着凉意的风。沿途一大片庄稼地里的庄稼还没来得及收割，玉米、高粱、向日葵……交替着从车窗前掠过。

为了消磨时间，我接过他递过来的一支烟，边吸边聊了起来。

"他信上说可以带我们去打野鸭子……"

"嗯，这个季节正是打野鸭子的好时候，野鸭子肉可肥了，小时候我跟着大人们用自制的鸟铳枪去野甸子上打过，把打到的野鸭子就地架在火里去烤，烤得滋滋流油，香极了……"冯炳义眼睛发亮起来，咂咂嘴巴，好像在说昨天的事情。

"他们可真轻闲呢。"我用眼睛示意一个刚刚在车厢里走过去的铁路警察。

"警察太轻闲了会叫人不好意思。"冯炳义调侃地说。

火车经过了银浪、立志……这样几个站名，就到了太阳升站了。下了车，出了那个小火车站，我就觉得眼前一下子开阔起来。

这是一个孤零零的小镇子，像被人遗忘了似的扔在这片荒郊野地里，大片大片未被开垦的盐碱地，长满了没膝深的蒿草。远处一片水沼泽地，在阳光下闪着粼粼的银光。

镇上不多的十几户人家散落在一条沙土路两旁，这条土路是刚刚修建的，修路的工人还没有从镇子上撤走，路两旁有他们临时搭的帐篷……我们沿着这条土路走到了挨着粮库的那两间派出所土房。

乔力被我们的到来惊呆了，张大了嘴，半天才发出声音来："是你们！索林、炳义……"他扑过来，他变黑了，皮肤也有些粗糙，不过倒也显得精神了。

他拉着我们的手，向屋子里一个眯着眼睛瞅我们的大个子警察介绍："这是我跟你说过的两个警校同学，他们是从市里来的。这是我们的所长高长林。"

"你们是坐市郊车来的吗？"

"是的，我们刚刚下车。"

他听了这话像火烧屁股似的从床上蹦下来，丢下我们就跑了出去。

我和冯炳义不知所措诧异地望望乔力。

"他这是去接他妻子。他妻子说这个星期天要来看他。"乔力向我们解释道。

我们透过窗子打量着院落，院子里种着一些扫帚梅花，被霜打过了有些发蔫。这两间矮矮的土房门口，竖着一块牌子"太阳升派出所"。如果不是这块牌子，很让人怀疑走进了一户农家小院里。屋子里再没见到别的什么人身影。

"怎么样，伙计？"

"你们都看到了，这里哪里像个派出所的样子……太寂寞了，往市里的电话也打不通。"乔力叹息了一声，神情顿时暗淡下来。他告诉我们，连那位所长在内所里才三名警察，另一名警察家在乡里，星期天回去帮家里收庄稼去了。高所长家在市里，可他很少有机会回去。

正说话工夫，刚才跑出去的高所长回来了。他身后跟着一个女人，是他要去接的妻子。她看上去有三十多岁，文文弱弱的样子，脖子上扎着一条红纱巾。高所长把她给我们做了介绍，她礼貌地同我们点点头。这是一位城里的小学教师。

"喂，我们还等什么呀，该是做午饭的时候了。"高所长说了一句，他从床下拖出一个黑灰底铝锅和一个被油烟熏得黑乎乎的煤油炉子，放在了地中央。又走到一口水缸跟前，变戏法一样从里面抓出三条活蹦乱跳的鲤鱼来，看来是早有准备了。

那女人过去帮他收拾了起来，做这一切她倒显得得心应手，也没有了刚才的拘束，两只手灵巧地将鱼破开了肚子。

乔力出去买了几盒午餐猪肉、牛肉罐头和一瓶白酒，一顿很像样的午餐就准备好了。那女人还给我们煮了香喷喷的大米饭。

席间，也许是没有摆脱掉刚下火车时那种荒凉孤独的感觉，我们每个人都喝了不少酒。多日不见，乔力的酒量好像长了许多，并且烟瘾也大了起来。"在这种地方，只有这两样东西是你离不开的宝贝。"乔力眯着眼睛说。那个所长还要打开箱子拿出他留着的一瓶白酒。乔力阻止了他，说再喝就醉了，他下午还打算带我们到野甸子上转转。"我们很久没有这么开心过了，简直像过节一样高兴。"面色被酒精醺红的汉子斜睒了自己女人一眼，才住了手。

那个温顺的女人一直把目光停留在丈夫身上，看着他吃、喝，脸上露出一种满足。而她自己却吃得很少，像小猫一样无声地低头吃着。对于我们说的一些不太雅观的笑话也装作没听见，这就更让我们嘻嘻哈哈放肆起来……

吃过饭，乔力向高所长耳边耳语了几句什么，高所长"嗯嗯"点点头。

乔力就走进另一间屋子里去，出来时探头对那女人说了一句："大嫂让你辛苦了。"我俩看懂了他的眼神，就跟他走了出来。

一股猛烈的野外风吹来，我们险些呕吐出来。不过还好，大脑倒是清凉了许多，秋天的阳光照在我们红通通的脸上，我们朝镇外野甸子上走去。

"她倒是个很勤快的家庭主妇呢。"

"可惜老高并没有这个福分。"乔力说。

"他们分居几年了？"

"八年啦，从结婚一直到现在。"

"老高为什么不调回城里去……还有那他妻子为什么不跟过来在这里安家？"

"他调不回去，那女人也不愿到这地方来。来干什么呢，这里乡下的小学离这最近的还有八里地呢。"

走进了甸子，风吹得甸子上的草浪像波浪一样一片一片倒去，惊飞起的野鸭子向远处飞去，远处的天际一片灰色。乔力拔出了一把五四式手枪。他说这是所里唯一一把手枪，平时都是所长带着。他问我俩配枪了吗，我俩摇摇头，说还没配，不过过不了多久会给我俩配的，现在还没有让我俩上案子。

乔力说所长只让他带出五发子弹来。我赶紧说子弹我带着了，并从兜里掏出十颗黄灿灿的子弹来。

"哪儿来的？"

"来时我朝宋子健要的。"

"太好啦！"

我们走进了草丛深处去，越来越茂密的野草没到了我们的腰际。如果不是偶尔有几棵老榆树作为标志，我们不知道走出去多远了，会不会走迷了路。

乔力边走边告诉我们打野鸭子和打野兔子的方法。他说，打野鸭子比较好打，你只要在水边埋伏着就行了，打野兔子却没那么容易，等你看见它，它早跑没影了。

乔力把子弹压上了枪膛，就在前边猫腰与我们拉开了距离。工夫不大，就听见前边的草棵子里"啪！啪！"响起了两声枪响，接着就看见一道灰影从我们身边掠过。果然如他所说兔子比较难打。他沮丧地朝我们走过来，骂了一句："操，该死的兔子。"来到了一个水泡子边，他蹲了下去，并示意我们在他身后也伏下身去，别出声。从草缝中看过去，有三只野鸭子正浮在不远处的水面上一动不动，它们身上的羽毛被风吹得立了起来。这么近的距离比在学校里打五十米靶还容易，我激动得差点儿叫出声来。"啪！啪！啪！"三声枪响。有一只野鸭子惊飞到空中去，另外两只灰色的鸭子则静静浮在水面上不动了。

"打中啦，伙计。"冯炳义替他叫了起来。

乔力找到一根树枝，将那两只鸭子拽上来。之后，他把枪递给我们，"该你俩的了，每人五发子弹。"

"大力士先来。"我数出五发子弹给了他，他接过枪去。

他重新找了一处僻静的水边蹲了下去，水面上又落下两只野鸭子的身影。"啪！啪！"枪响了，两只鸭子腾空飞起。

"你在浪费子弹，你该瞄准了再打。"乔力冲他喊道。

他听从了乔力的话，埋伏在水草边一动不动了。好半天才听到枪声又响起，可是他连一根鸭毛也没击中。他很难为情地走过来，嘴里嘟囔着：

"我明明是瞄准了的，怎么会打不中呢？"

我们没有谁去听他说什么。我接过枪来，压上了最后五发子弹，蹲到那边去。很快又有三只野鸭子落进了我的视野。"啪！啪！"我扣下了扳机，抬头一看，水面上的鸭子"呱呱"叫着飞了上去。我有些不相信自己的眼睛，瞅了瞅枪筒，又瞄了瞄准星。

等了约莫一袋烟的工夫，又飞来了两只野鸭子，我没等它们落下，就抬手扣动了扳机，"啪！""啪！"，两只鸭子垂直落了下来。

"好样的，索林！"乔力叫了起来，他过来帮我把野鸭拖上岸来。

我本想把最后一颗子弹留给冯炳义，可是转身拔步的时候，一只野兔"嗖"地一下从我面前两米远的地方蹿过，我想也没想，抬手枪响——"啪！"它一头栽到草棵子里伸腿不动了。

乔力扑通扑通跑过来，不敢相信自己的眼睛："你真了不起，索林，不愧为学校里的优等射手。"

往回走时，只有大力士显得闷闷不乐，他肩膀吊着的战利品没有一只是他打的。

走出了大甸子，我们走上了通向镇子里去的那条刚刚修的公路。在路两旁有几座临时搭建的筑路工人的帐篷，帐篷顶上已升起一缕缕烧晚饭的炊烟……

迎面走过来一个矮墩墩身材的中年人，他穿着一件旧黄军装，嘴里嘟哝着什么："……强盗，这和强盗有什么两样呢？"看到我们，他猛地站下了。

"他是镇上的司法助理。"乔力冲我们说了一句，上前迎道，"刘乡助，你干什么去啦？"

他嘴里"啊"了一声，随后脸色又阴沉下来，嘴里愤愤不平地说道："还能去干什么！还不是去见那帮贼。他们买了一只村民家的羊，只给了人家五元钱，那个村民并不想卖羊，是他们强拉硬拽给弄走了，村民找到门上去，那只羊已被他们煮进了锅里。他们说这羊他们买下了。你瞧瞧，这和明抢暗偷有什么区别？我去找他们说理，他们叫我别去管闲事，说'羊已经杀了，总不能再叫我牵回去吧'。你们听听，他们这是说的什么混账话！"他叹息一声，无可奈何地摇摇头，并打量了我们一眼，眼神里流露出对陌生人的警惕来。

"别怕，他们是我城里来的两个同学。"

他冲我们点点头，眼睛一亮："啧啧，真是好枪法呀！"说完转身要同我们告辞了。

"你也看到了，我们刚刚打了野味，一起过派出所喝一杯怎样？"

刘乡助摇摇头，说他老婆的胃病又犯了，他得回去给她做饭哩。

等他走开后，乔力告诉我们说，那些工人是省筑路队的。自从春天他们来到这里以后，这里就没消停过，村子里总有一些不太平的事情发生，不是今天这家丢了一只鸡，就是明天那家丢了一条狗。他们仗着是省里来的，不归地方上管，就胡作非为……等到冬天就好了，冬天路修好了后他们就撤走。乔力最后说了一句："不管怎样，有公路通到外边去总是一件好事情。"

走回派出所，没等我们开门，老高就迎了出来，他脸上精神焕发，看见冯炳义肩上的东西叫道："哎呀，是谁的好枪法？秋天的兔子最肥了。"乔力指着我说："他在学校里就是我们班的优等射手呢。"老高眼里露出佩服的目光。

我们走进屋去，那个小学教师正在收拾床铺，她额头上汗津津的，脸腮红晕晕的，比上午见到她时漂亮多了。看到床上那凌乱的被子，我们就知道他们做了什么事情。

乔力去院子里把那只兔子收拾干净，小学教师把它炖到铝锅里。一股好闻的香味飘散开来，我们吸了吸鼻孔。

吃饭时，乔力不断给老高的女人夹菜，说兔子肉美容呢。果然那个女人就动筷多吃了些。

乔力炖了两只野鸭子，剩下的两只他叫我带回去给宋子健。我知道他的意思。

吃过饭，我们聊了一会儿。那个女人一直坐在老高的床上，在给他缝补一条裤子。

"这么多年你就没有机会调回城里吗？"冯炳义问他。

老高瞅了女人一眼说："有倒是有过两次，不过得改行，我可舍不得警察这身衣服哩。"

"这也不是个办法呀……"

看看时候不早了，乔力把我们带到隔壁一间屋子里去，那里

174

有两张床。大力士睡一张床，我和乔力挤一张床睡。安顿下来后，冯炳义倒头就睡着了，我和乔力却没有睡意，就走到外边院子里去唠嗑。

外面黑乎乎的，远处旷野刮来的风带着一股沁人的凉意。寂静中传来附近村子里一两声狗叫。乔力点了一支烟，也给我递过来一支。两点星火在黑暗中眨动。

"你到这里以后，彭国艳给你来过信了吗？"我冷不丁地问。

乔力手上的香烟抖了一下，停顿了半晌才听到他略带沙哑的嗓音说道："……我来这里后，收到过她两封信，一封信告诉我她如愿分配留在省城工作了，一封信告诉我她要和蒋旭在城里结婚了。"

虽然这并不出乎我的意料，可是还是让我为他感到难过，他们毕竟恋爱了那么久……

夜幕里，我瞅不清乔力脸上的表情。旷野上吹来的风很快就吹得我们身子受不了啦，我们走回屋去躺下了。从隔壁老高屋里传来让我们耳热心跳的响声。他们分别太久了。我这样想着，就蒙蒙眬眬睡了过去。

早上起来，老高还在睡着，他妻子给我们热了饭。她还要在这里住两日。吃过早饭我们就同她告别了。

乔力送我们到车站上去。上车时乔力叫我们开春再来，他带我们到离这里不远的嫩江上去打开江鱼。

"见着班长，代我向他问好。"

"我会的。"我举了举手里他让我捎给班长的两只野鸭子，我知道他还想说什么，可是他什么也没说。我们招招手，列车就开动了。

他的身影渐渐小了下去。

23

回到城里，我们听到了一个爆炸性新闻。这个事件足足叫我们警校生所有人在人前抬不起头来。

星期一上午，我们刚回到队里，没想到宋子健在宿舍里找到我们脸色阴郁地告诉我俩说：

"我们警校生里有人出事啦。"

"谁?"

"周培林。"

"这个家伙……他出了什么事?"我俩不约而同地问。

"他和一个在押的女犯人通奸，被人告发了，局里正在调查处理这件事情。"

"这个家伙竟然做出这种事情来? 他色胆包天了吗?"冯炳义有些不能相信自己的耳朵。

初听到这个消息，我有一种按捺不住的惊喜和激动。这个家伙终于要倒霉了，想起他在警校时对我的捉弄，我心里暗暗解了一口气。

"这在我们警校生中间是非常丢脸的事，他可能会被开除的……"宋子健心情沉重地说。末了，他叮嘱我们先不要把这件事扩散出去。

到了晚上，我俩差不多弄清楚了这件事。当然这件事情很快在我们警校生中间像瘟疫一样悄悄漫布开来。它令我们很难堪。

我没有了最初听到这件事情的兴奋和激动，相反心情倒像梅雨淋过似的有点儿郁悒不解起来。是什么促使这个家伙干了这种事情呢？

由于工作的关系，我和冯炳义常常到市第一看守所去送犯人，每回都差不多能碰见他，还有林宝臣。不过林宝臣我们都装作没有看见有意回避了，而他是回避不了的。他除了行使他那点小小的权力故意刁难我们磨蹭一会儿外，还总忘不了对我说一句："想不到'王顺拐'也做刑警了，可见刑警队也是一群笨蛋。"我懂他的眼神，他应该和我换换位置，他应该在外边，而我应该在里边。看着他现在吊儿郎当的样子，谁会相信他曾经是那个把正步走得十分标准的军体委员。老天爷就是这么不公平呀。大个子冯炳义揶揄地拍拍他的肩膀说道："好好干，你会得到提拔重用的，像我们的林区队长一样。""你以为我和他一样想在这里干一辈子吗，那你可错了，那样我宁愿去掏马葫芦。"看得出他俩的关系在这里并不融洽，不知为什么，他在我们面前很少提到林宝臣。也许他认为能分到看守所来工作，是林宝臣的"功劳"。可是他那样想就错了，林宝臣离开警校后，包括他在看守所里工作后，已没有任何权力来支配我们每个人的分配了。而在警校时，这个周培林是那样讨好林宝臣并颇得林宝臣的信任，为的就是毕业能分个好的去向。可是现在他用不着再伪装自己了。

临毕业时，我们是人人害怕分配到看守所来工作的。想想看，这和犯罪嫌疑人有什么区别呢？除了服装不一样外，没有什么不同的了。每天和这些囚犯同在这阴暗、潮湿的监舍里，呼吸的是夹杂着屎味、尿味的空气，吃的伙食也比犯人好不到哪里去。况且还提心吊胆，担心犯人越狱和袭击看守人员。日子久了，我发现在里边工作的看守员人人打蔫，就好像越冬地窖里生过芽子的土豆，得不到充足的阳光和水分，提不起精神来。

我曾经分析过周培林分到那里去后的心理。一般通常来讲，刚分到看守所去的人是有两种想法的：一种是好好干，最好是干到狱侦员，在犯人中挖到一个什么底案受到上司的器重或帮了刑警队侦破了一个积案，干好了可以出来调到刑警队工作。再一种是破罐子破摔，这样也会得到一点儿"好处的"，利用工作之便揩点犯人油水。周培林无疑是属于后者。

作为学生会的干部，他当然没有想到他会分到看守所来。不过这也很快就打掉了虚荣心和最初立下的什么志向。看守所监舍里的污流浊气似乎很合他的口味。这从他分到那里不久后见到他得意洋洋的样子可以看出，他脸上的青春痘似乎每天都被酒精泡得通红。他私下里收受男犯人的烟、酒和少量的钱物，对于有些姿色的女嫌犯他则充满了暗中挑逗的兴趣，趁着放风时和探监时蹭一下她们的乳房和屁股。而这些故意卖弄风骚的女人似乎对他的"小儿科"并不怎么介意。

倒是让林宝臣看到了，背地里警告过他一次："你再这么干下去，早晚会关到铁栏杆里边去的。"

"你管得着吗？你以为你还是在警校里当区队长吗？"他发泄着什么说。

是狗改不了吃屎。这个在警校就好色的家伙，到了这里才发现关在这里的女人个个都充满了性欲挑逗的目光。尽管她们穿着统一的灰色囚服，可遮挡不住她们高耸的乳房和故意挑逗的目光。提审和往里送饭时，管教们都假模假式地避开她们的目光。

看守所里不像监狱有足够多的女看守员，关在这里的犯人判完刑后就要被转移走，再则很少有女民警愿意到看守所里来当看守员，这就让男看守员有了足够多的机会接触她们。

周培林和那个叫方巧玲的女犯人眉来眼去已经很久了。她已从他这得到些便利。比如，获准比别的犯人与家人来探视时谈话时间长一些。再比如，给她从外面捎进去一些化妆品什么的。这个叫方巧玲的，据说入看守所前是文工团里的演员，因为作风问题在团里就惹得好几个男青年演员为她争风吃醋，后来她教唆一个男演员杀了那个利用工作便利和她通奸过一次的老文工团长，杀人未遂，至今那个被砍残废了的老家伙还躺在医院里。那个男演员因为是主谋先期被判了十年徒刑押往了外地监狱。她除了作风问题外，还有小偷小摸的习惯，被羁押在这里做进一步的审理。这个女子我们见过，就是第一次往看守所送犯人时逢探监日碰到的那个和周培林眼神有些暧昧的女人犯。

那天晚上周培林值班，五号监室里突然有一个女人犯喊肚子痛，这个人正是方巧玲，刚好那天晚上走廊上的唯一女管教临时有事离开了。正在走廊里巡视的周培林就把女号门打开了，他带捂着肚子的方巧玲走出来去看守所医务室看医生。

走在院子里，方巧玲说她想上厕所，他就带她先去了院子里拐角上的厕所。这个厕所一般只供白天看守所人员使用。晚上很少有人来用这个厕所。到了红砖房女厕所一侧，他似乎有些犹豫地停下了脚步，方巧玲冲他暧昧地使了个飞眼说："你就不怕我从厕所里跑了吗？"他看懂了她的意思，心里有些犹豫害怕了。"我……我……"他突然张口结舌起来，嗓子发干呼吸急促，这是他没有料到的。女犯人大着胆子激了他一下说："胆小鬼，你平时的贼心哪儿去了，如果你不想要就算啦，今晚可是难得的机会。"不知是因为激动还是因为害怕，他浑身发起抖来，他恨不得剁下身上一块肉来制止身上的发抖。"不……不会……有人知道吧?""你放心吧，小心肝，只要我不说出去不会有人知道的。"她的眼睛在黑暗中透着一种不可阻挡的诱惑，周培林不由自主地跟她走了进去。他的腿一直筛糠个不停，走进去就在门边上站下了，与她有半米远的距离。一走进去方巧玲就飞快地脱掉了衣服，裤子褪到脚脖子上，然后她转过身来。周培林惊呆了! 她天生尤物，乳房坚挺饱满，细柔的腰肢，圆润的屁股十分性感，周培林再也顾不得想别的了，三下五除二从后面抱住了她……最后她也没忘叫他把精液射到便池子里去。

完事后，他又把她带到了医务室去，值班的医生给她开具了诊断证明，拿了一包止泻白药片。因为那天晚上确实号里有犯人因为吃晚饭不合适吃坏了肚子。

这件事情发生后，周培林心里紧张得要命，尽管他平常好和风骚的女犯人眉来眼去。不过和女犯人发生关系还是头一次。

他担心这个女人事后会找他的"麻烦"。比如要他为她减刑啊，比如要他为她家里人做些事情呀……这在看守所里也是常有的事。这样一来，保不准就会暴露这件事……可是奇怪的是一连几天这个女人都像不认识他似的，见到他时连看也不看他一眼。这才让他不安的心稍稍镇定了下来。

不过，一周后看守所里还是调查到他的头上来……

"会是谁揭发的呢?"这天晚上，坐在天桥上我和冯炳义在猜测着这件事情。

"知徒莫如师，你还记得林宝臣吧，那天晚上他和他一个班。"

我恍然明白了。

"其实也怪他是个胆小鬼，事发后他自己紧张得要命，一连几天他没事总往看守所长室里跑，总担心那个女犯会供出这件事。如果他自己不说没人会知道的，结果刚把他关起来，他就什么都招了。而去审那个女犯时，她还矢口否认这件事呢。"

"她图什么呢？图他能帮助她减刑吗？"

"她并不去这么想，也许图他是个雏儿，她们这种人在里面待久了，都有点儿性饥渴。"

"这下可把他给坑了。"

尽管我对周培林没什么好印象，可是一听到他要成为我们这届警校生中第一个被开除公安队伍的人还是忍不住叹息了一口气。这对我们来讲毕竟不是一件光彩的事情。

没过两天，市局政治处传达了开除周培林的内部通报。市局政治处还专门来人给我们新分配来的警校生开了会，目的是引以为戒。

市局政治处来人不是别人，而是我们熟悉的佟立群。

这个家伙还是那么走运，一分配下来就去了政治处。他见着我们时还有些趾高气扬。我们装作没看见，并没有凑过去打招呼。

散了会，他叫住了我们，"我的同学，你们干得好吗？"

"当然没有学生会干部做得好。"

他听了尴尬地怔了怔，因为周培林在学校里恰恰是学生会干部。他丢下一句"他是个败类"就走了。

24

我和冯炳义发枪了。冯炳义坐在寝室里的床上，把那支瓦蓝的崭新五四式手枪拆了卸，卸了装。我知道他老毛病又犯了。有枪的感觉就是让人觉得和没枪的时候不一样。一个月前，我们连自己都觉得是个警校生哩。

那天从太阳升乡下回来，我把那两只野鸭子给班长时，特意告诉他说是乔力让捎给他的。他瞧了瞧野鸭子脑门上的枪眼说："是你打的吧。"

我点点头老实承认了。

"他怎么样？还好吗……"

"他可不想只用枪来打鸭子，你知道他一心想做个刑警。"

"这我知道。"

我点到为止。他会和"巴顿将军"说吗？我不想太让他为难，要调出那个地方不是件容易的事。

队里终于让我和冯炳义上案子了，没想到一上案子就是一个大案。

铁东、铁西城区连续发生了两起出租车失踪案，连人带车不见了踪影。出租车司机家人到分局来报案，晚报上也登出了失踪的出租车车牌号码。可是从第一次发案到现在两个月过去了，一点儿音信都没有。

分局上下感到了压力，"董大胡子"动不动就朝人吹胡子瞪

182

眼睛乱发脾气。他胡子也有几星期没刮了。

就在这个案子陷入走投无路的僵局时，一个市郊的农民在起土豆的时候发现了一具尸体。我们赶去勘查了现场，死者是被一颗五四式手枪子弹击中了后脑勺死去的。我们找到那两个出租车司机的妻子去辨认尸体，其中一个一见到死者就哭晕了过去……没过两天在附近的另一块地里又挖出了另一具尸体。看来这是同一伙人干的。

我们在那里设伏"蹲坑守候"，董队长另带着一伙人在城里跟踪可疑的出租车。

"你们知道他们是怎么杀人抢走出租车的吗？"在那里蹲了两天后，宋子健这样对我们说。我和大力士懵懂地看着他，眼前是一片开阔的玉米地，地里的玉米农民还没来得及收割，这里距离发现尸体的那块土豆地有三四十米的样子。土豆地边上那条坑坑洼洼的土路通向301国道。

"这是一个流窜作案的犯罪团伙，非常残忍狡猾，有三人左右，都是坐过牢的亡命之徒。他们是两人先在城里装作搭出租车的样子，等出了城，就用枪顶住了司机的脑袋，让他往这片荒郊野地里开。到了这里，早有一个人事先挖好了坑，车开到了，不等司机反应过来，车上的那人就照着司机脑袋'砰！'地开了一枪，车门打开，把司机推下车后埋了，然后就三人一起开车跑了。抢劫、杀人、销尸灭迹做得像流水作业一样。这么久了还找不到他们的踪迹，说明他们在甲地作案，在乙地销赃，而且绝不留活口。如果不是那个农民来起土豆，这个人就像从这个世界上消失了一样，你们说是不是？"

我们听得头皮发麻，张大了嘴巴望着他，点点头。

在那块玉米地里，我们六人分成了两组。我、冯炳义、宋子健一组，另外三名刑警队员一组。白天我们换班打个盹儿，早上过来时，我们带足了一天的食品：罐头和饼干。几天吃下来，我们人人都变得大便干燥起来，蹲在那里半天起不来。

白天的时光还好打发，秋老虎的日头晒得我们身子还热乎。到了夜里却冷得叫人受不了，也不敢吸烟，夜里一丁点火星都会被一里以外看得清楚的。由于吃饼干和受凉，我的胃病犯了，时时隐隐作痛。我忍着，没有告诉别人。

这天早上宋子健过来时，给我带来了一个保温桶。里面有稀粥、馒头片。看来他是特意从家里带给我的。我对他想得周到很感激。

这种情况我们不知道还要持续多久，城里队长他们没有任何消息传过来。一晃我们在这里守候三周了，夜里我们已经把大衣披在了身上。

"我想这两天他们该动手了。"白天宋子健这样说。由于待得无聊，由一个人向远处瞭望，另两个人玩儿起了纸牌。

夜晚不知不觉降临了，星星在泛着凉意的夜空里眨着眼睛。情况在天蒙蒙亮时出现了。

一个人影在不远处一块庄稼地里挖着什么。"他在起萝卜吗？"我揉揉眼睛。"不太像。"冯炳义摇摇头，那是一块萝卜地。那人头不抬地挥着锹。我们都清醒了过来，睁大眼睛朝那边注视着。一辆出租车从远处的土路上开过来了，在这辆出租车后面隐隐约约跟着另一辆出租车。由于雾气很重，我们看得不是十分清楚，只是凭着马达声觉着那两辆车渐渐朝我们这边开近了。就在前边那辆出租车开到那个挖地人跟前时，从前方的 301 国道上急驰过来一辆警车，顿时警笛声大作了起来。出租车见状，掉头往回路上跑，可是后面那辆出租车已横在了土路上，车门打开了，董队长举着枪猫着腰贴在了车身旁。

那辆红色夏利出租车门也打开了，一名高大的男子搂着司机走下来。司机惊恐万状地喊道："别开枪！求你们别开枪！"

"你们已经被包围了！赶快投降！"董队长朝前边那辆车下来的人喊道。

"闪开路，不然我就打死他！"那名男子恶狠狠地用枪点了一下司机脑袋。司机顿时缩了一下身子，大概尿裤子了。

"放下你手里的枪！"他又冲董队长叫喊了一句。

董队长站在那里犹豫着。

冯炳义刚要站起来，被宋子健按住了，"等等。"

"快点儿！"高个子男子不耐烦地又比画了一下手里的枪。司机已翻白眼了。

董队长慢慢将自己手里的枪放到了脚下。

"叫那辆警车让开路，放我们过去。"

董队长无奈地冲那辆警车挥了一下手，警车磨转了一下车身，倒退在旁边的庄稼地里，让开了一条路。

红色夏利车已掉转过车头来，在地里挖坑的那个人刚才慌慌张张扔掉铁锹向我们这片庄稼地里跑来，这会儿见状又掉转身向出租车跟前跑去……

"索林，我俩包抄过去，你瞄准他。"宋子健说了一句，迅速猫着腰从玉米地里追过去。

其实我的枪口一刻也没有离开车旁那个凶恶的大个子。他还在紧搂着那个司机不放，眼睛警惕地注视着两边车里的警察，他在等他的那个同伴跑过来。

挖坑人越跑越近了，他大概听到了后边的动静，回过头来，

185

脸色惊慌失措地叫道："大、大哥，后边有、有人……"

高个子家伙猛地回过头来，发现了他同伙身后的身影，把手枪掉转过枪口来。

说时迟，那时快，"砰"的一声枪响，所有人都惊呆了。包括刚刚跑到跟前去的那个挖坑人，他"妈呀！"大叫了一声趴在了地上。

我下意识地闭上了眼睛，空气好像凝固了。

等我睁开眼睛望过去时，就见大个子一颗血头耷拉在吓呆了的司机肩膀上，手里的枪掉在地上。那辆夏利出租车突然发疯了似的向前蹿去，警车又横在了前面的路上，它又像一只无头的苍蝇向庄稼地里开来，可是它的车轮很快在地垄沟里打起空轮来，陷在那里嗡嗡叫着不动了。

队长他们走过去，从车里像拎小鸡一样拎出另一个人来。

我步履滞涩地朝公路旁走过去，手里还拎着那把没关上保险的五四式手枪，枪口还有些发热。

"好样的，索林。"队长替我扣上了手枪保险。

那个人已被翻过了身，双目圆睁，像不明白怎么回事。枪眼是从他的脑门正中穿过去的，血流了一脸，额上还沾着白花花的东西……我一阵反胃，像有什么东西蹿上来，赶忙走到一边去，蹲下身吐起来。

"你没事吧，索林。"宋子健关切地走过来。

"没、没事。"我慌乱地说。

三名罪犯，除了一名被击毙外，其他两名都被带了回来。分局局长亲自在分局大门口迎接了我们。他同我们每个人都用力握了握手。这些日子他也消瘦了许多。

186

25

"9·12"案件的告破，我们刑警队集体荣立了三等功，而我个人荣立了二等功。我立功的消息迅速在警校生中间不胫而走。许多人在打听我的名字，包括一些从前在警校里并不认识我的人。

"那个开枪击毙了劫持出租车人质团伙头目的人就是王索林吗？"

"没错，就是他。"

"就是那个在学校操场上常常走顺拐的家伙。"

"嗯哼，真不敢相信。"

我再也不会觉得难为情了，不过却有一丝丝后怕，那天要是枪口稍稍偏离了一点儿，那个出租车司机脑袋就要开花了。

事后，宋子健和冯炳义都问过我，"索林，当时你是怎么想的？"我摇摇头，说当时大脑一片空白。他俩用很奇怪的眼神打量着我。

市公安局为我们中区分局刑警队召开了隆重的表彰大会。我很希望在这个场合里见到林宝臣，可惜他没有来。这样的场合，他这个小管教显然是没有资格参加的。乔力也没有来，也许是太偏远的缘故。那点让自己老乡分享一下荣誉的虚荣心顷刻间荡然无存。没等散会，我就趁上厕所的工夫把胸前的大红花摘下来，塞进了马桶里。

除了那个金质奖章外，还有一个包着五百元钱的红纸包。我打算把它给家里寄去。大妹前几天来信告诉我母亲上月又住了一次院，不过是一点儿小毛病，很快就出院了。大妹在信中说，母亲叫她叮嘱我不要为她担心，让我安心工作。冬天马上要到了，家乡那边该下头场雪了吧。我能够想象得到母亲佝偻着瘦弱的身躯，从早到晚的咳嗽声……她大概不会想到他儿子这么快就立功了吧。应该写封信告诉家里。

出了会场，我向铁东区中央大街上的邮局走去。街上的行人都竖起了风衣的领子，街道两旁的杨树叶子都掉光了，天空灰秃秃的。

等走到了邮局我又改主意了。我并没有把这五百块钱给家里寄去，而是寄给了明水县乡下一个叫张英的小姑娘。我是刚刚在一份报纸上认识她的。我想买份晚报，可当天的晚报已卖完了。一份报纸就摆在报摊上面，吸引我的是头版上的一副标题：《一个农村失学女孩的来信》。

信上说，她是一个小学五年级的学生，就要小学毕业了，可是因为家里穷，家里让她退学了……她的家乡是一个偏僻贫穷的小村子，正因为贫穷落后，她才渴望读书，将来用知识去改变这一切……

我摸出五分硬币，买了这份报纸。报纸上有那个女孩的通信地址，我照着上面的地址写在了汇款单上，到窗口递给了那个漂亮的女营业员。

她略有些奇怪地看了我一眼，因为我的汇款单上填的寄款人是"警民"，而地址是我胡编的"中央大街十九号"。我冲她笑笑，她没有多问我什么，很快为我办理完了汇款手续，并叮嘱我把汇款收据拿好。她冲我笑笑，露出两个酒窝。我想我再见到她时她也会认出我的。

母亲会同意我这么做的。从邮局走出来我这样安慰地想。不知是报纸上那封信的缘故，还是别的什么原因，我心情显得有些沉重忧郁。不想这么快回分局去，就在大街上漫步溜达了起来。

那个被我打死的人，后来经审问他的同伙得知，他也是一个外地农民。因为不愿过乡下那种日子，就结伴出来到城里闯荡……几年前因为盗窃被捕入狱。在监狱里一次外出劳动时，和另外两名同伙打死了一名看守，跑了出来……据说他们三人里只有他结婚成家了，他在乡下丢下妻子和一个女儿。不知道他妻子和女儿知不知道他现在的情况，肯定不知道他已经死了。他的女儿有多大了？看他的年纪不会有多大，会不会和这个叫张英的小女孩一般大？她们母女今后的日子该怎么过呢……我的脑子里突然冒出了一些乱糟糟的念头。

天渐渐地晚了，马路上下班的人多了起来，大家匆匆忙忙往家赶，汽车、自行车堵塞了十字路口。交警站在那里笔直地挥动着手臂，汽车、三轮机动车尾气放屁一样在他左右嘟嘟响着。在学校里大家都不愿意当交警，倒不怕不能长寿，而是不愿意这样站在马路中央让人当猴看。同是警察，他们却不佩发枪支。

……

"索林，你干什么去了？我们找得你好苦呀。"当晚回到队里，冯炳义和宋子健一齐瞪着红红的眼睛问我，看来他俩都喝多了。队里今晚搞庆功会餐。

"我在街上吃过了。"我淡淡地说，不想让他们知道散会后我去了哪里。

"分局长也和我们在一起，大家喝得都很尽兴。"

189

这是全队的荣誉，人人都会很高兴的。

宋子健待到挺晚才离开。我俩在自己的床上躺了下来，各自嘴里吸着烟。这盒中华烟是冯炳义趁局长在酒桌上喝多了时偷偷摸到手的。

"索林，你打算留着这笔钱娶媳妇吗？"

"如果知道她在哪个丈母娘那里我会的。"

躺下没多久，我就什么也没再去想睡着了。

一个月后，这件事到底还惹出一点儿"小麻烦"来。那天市局政治处佟立群领着一个记者找到分局来，他们把我、宋子健、冯炳义都单独找到一间房间里谈了话，我是最后一个进来的，我明白他们这是为什么来了。

"一个月前，你给一个外县叫张英的小女孩寄过五百元钱吗？"佟立群鼓着他那双金鱼眼问我。

我摇摇头，说："没有。"

"你知道化名叫'警民'的这个人吗？"

"不知道。"

佟立群有些为难地望着记者，我的冷淡使他觉得难堪。

"这就奇怪了，从化名上看应当是你们警察做的，而且邮局我已经去调查过了，那邮政员依稀记得那天下午有个警察去他们那里邮过钱……"

我打断了记者的话，"中区有几百名警察，你总不能随便指定哪个人做的吧。"我后悔那天穿了警服去邮局。

"那是……"记者喃喃道。

他们离开时，佟立群走在后面，冲我不怀好意地说了一句："我们会弄清楚这件事的。"

过了三天他又来了，我没想到他竟动用了技术侦察手段，用邮局存留的那份汇款单上的字迹做了文检。这个该死的家伙！我一时瞠目结舌，吃惊地看着他。他悻悻地笑了，一副猫捉到老鼠的得意样。

"这是你的字迹，王索林。"

"……"我无话好说。

"你想做无名英雄吗?"

"我并不想，我只是不想让人知道这件事，你懂不懂?"我朝他吼道。

他吃惊地看着我，莫名其妙地摇摇头走了。

没过两天我的名字先是登在公安内部《简报》上，这是佟立群干的。接着我的名字又出现在那份"农村"报上和本市报纸上，我知道我没办法去阻止他们这么做。无论是佟立群还是那个记者所写的在我看来都是一派胡言。

"你很了不起，索林。"连我的两个好朋友都这么说。

"你们真的以为我是在做好事吗?"我痛苦地说。

"至少你是在做善事。"冯炳义说。

宋子健走过来拍拍我的肩膀说："忘掉那件事吧，索林，他是个杀人犯，即使你不开枪打死他，他也会被枪毙的。"

我点点头。

不久，我收到了那个叫张英的小姑娘来信。她在信中称我为"警民叔叔"，她很感激我这位素不相识的"警民叔叔"，我寄去的那五百元钱让她重新回到了学校里，并且能够让她读到高中毕业，她会发奋读书的，不会叫我失望的……

她的来信叫我感到了安慰。

26

　　两场冬雪无言地覆盖了这座城市，大街小巷里变得一片洁白起来。落在院子里榆树上的白雪不断被风"呜呜"地吹落下来，扬扬洒洒盖在地上。窗户上结满了霜花。

　　昨晚出现场很晚才回来，我和冯炳义都希望上午别有什么事发生能睡个好觉。门"扑"地被推开了，宋子健披着一身雪末子走进来，他搓着一双被冻得通红的手说："快，索林，大力士，快起来！乔力出事啦！快穿好衣服我们一起去看守所看看乔力。"

　　"他怎么啦？"我一骨碌爬起来，从昨大晚上起我的眼皮就一个劲儿地跳。

　　"他过失伤人，被关进看守所里了。"

　　"啊？怎么会这样……"我和冯炳义一起结结巴巴问。

　　我们匆匆赶到看守所里，找到一个当班我们认识的看守员，跟他说明了情况，他准允我们进去待十分钟。他带我们从冰冷阴暗的走廊里走过去，打开了五十六号监室。

　　听到"哗啦"一声门响，里边的五个人一齐转过头来，我看到了两张熟悉的面孔，面色倦怠的乔力和那个我们见过一面的高所长。他俩蓝棉警服衣领上的领章都被摘去了。两个月不见，乔力瘦了许多，唇上的胡须没刮的缘故，看上去老了许多。见到我们，乔力目光很复杂地闪烁了一下。倒是高所长认出我们来同我们打了声招呼。我俩把宋子健给他做了介绍。

"这是怎么回事?"我忍不住地发问道。

"唉……"高所长重重地叹息了一口气,不知道是因为屋子里谈话不方便,还是别的什么原因,他并没有说下去。

"这不怪我们,我们只是正当执行任务……"乔力从窗户上转过来目光,看了宋子健一眼欲言又止地说,他的眼圈有点儿发红。刚才我们进来时他的目光一直朝窗外望着,院子里电线杆上披着白雪,电线上落着两只觅食的麻雀,叽叽喳喳蹬落下来点飘散的雪末儿。乔力正望着它们和那块灰暗的天空出神。

监号里一时沉默下来。

三个光头犯人一直在打量着我们,其中一个犯人这会儿打破了沉默:

"哎,我说兄弟,进到这里来就别说什么公务不公务的了,说了有屁用呢……你是警察那是进来之前的事,进到这里来就都一样了……"

宋子健用目光制止了他,他停住了口。

冯炳义问他们是怎么进来的,刚才说话的那个犯人并不忌讳笑嘻嘻说自己是因为强奸进来的,那个年纪最大坐在里边的庄稼汉说自己是因为盗窃进来的,另一个大脑袋、两眼阴森森、面容苍白的矮个子说自己是因为杀人。大概清楚自己的刑期会判得很重,除了那个庄稼汉外,另两个犯人都有点儿幸灾乐祸地瞧着乔力和高所长,还认为两个警察和他们关在一起是他们的荣幸呢。而乔力和高所长脸上却流露着一种难言的尴尬。

冯炳义掏出烟来递给乔力和高所长,他俩接过来贪婪地大口吸起来。冯炳义回头又瞅了瞅那两个人,又给他们每人一支。他俩讨好地冲冯炳义点点头。给那个庄稼汉，庄稼汉摇摇头。走的时候，冯炳义把那包烟给乔力和高所长留下了。

"他俩到底是因为什么被关进来的？"

回来的路上，坐在摩托车挎斗里，我仍在追问着宋子健。

"我昨天回到家里才从父亲那里听说点情况，说他俩在一次处理公路纠纷当中将当事人开枪打伤了，那个人伤得挺重，现在还躺在医院里。据说这个人很有点儿来头……"

"那会怎么样？"我听了紧张地问。

"如果是防卫过当，他俩可能会判刑。"

我的心情一下子变得沉重起来。摩托车带起的雪粒扑簌扑簌直往脸上打，冷飕飕的……

第二天下午，我和冯炳义又去了看守所。我俩带了几包烟和几瓶水果、猪肉罐头。没想到当班的看守是林宝臣，我想他不会再让我们进去了。在这之前我们来看守所提审在押犯人时曾遇到过他，我们都像不认识他似的以办案人命令的口吻对他说："林管教，请你给我提在押人犯某某。"现在我们显然不能这么做了，即使我们向他求情他也不会开恩的。在学校里他可是最恨乔力和我的，想让他把东西捎进去都不大可能了。

他慢吞吞地翻着我们带的东西，并不看我们。"一会儿是放风时间，你们可以待到放风结束。"我们以为耳朵听错了。

我们跟他走进去。乔力和高所长对我们再次到来感到惊奇。等他离开，等到屋子里那三个犯人也出去放风时，我问乔力："他没有为难你吗？"

乔力摇摇头。

"真奇怪，难道他变得规矩起来了吗？"冯炳义故意开玩笑地

194

说道。

乔力神情看上去还是那样郁闷。

监号里就剩下乔力、高所长、冯炳义和我四个人时，高所长向我们使了个眼色："你们想听听事情的经过吗？"

"这正是我们想知道的。"

乔力还坐在靠窗口的床上，两眼痴呆呆朝院子里望着，不知道此刻他在想着什么……

"事情是这样的，那是两个星期前的一个星期天下午，我老婆又来到小镇上看我，她在院子里帮我俩洗衣服。一个被打得鼻口蹿血的陌生人跑来报案，说有人拦截了他的大卡车，抢了他的钱，还打了他……小镇上那伙人你们还记得吧？"

"哪伙人？"

"就是来镇上修公路的那帮家伙。"

我点点头，想起了那伙像土匪似的筑路工人。

"那天下午的事正是他们干的。公路修完了，他们筑路队正等着撤回去，白天无事可干，打牌，酗酒，到镇子上找女人耍流氓成了他们唯一可干的事情。那天下午，四个百无聊赖的年轻人坐在帐篷里赌牌。赌着赌着，两个年轻人为五块钱的赌资吵了起来，将正在隔壁睡觉的队长吵醒了。他趿拉着鞋走过来，一人给踢了一脚，鼓着一双没睡醒的眼睛骂道：'你们真没出息，为了五块钱吵起个没完，没钱不会到公路上去想想办法去？'队长将四个人骂没了声，又走回去睡觉了。不过，他们倒是听懂了队长话里的意思。他们去找来一根粗麻绳，拴在公路两侧的树腰上，设起了路障。每辆经过这里的汽车都收费，连镇子上的毛驴车也不放过，收取一元两元不等的过路费。一下午他们竟收了八十多块钱。这让他们尝到了甜头，晚上他们仍然派人守在路基上。傍天黑时，开来了一辆外地长途卡车。卡车司机在大灯的照射下瞅清前边设着的路障，就打起了喇叭，响了半天也不见有人过来拿开，就停车走了下来。立刻有四个年轻人围了上来，要他交过路费五元钱。卡车司机要他们出示证件，这几个人不由分说，上去左右开弓打了他几个嘴巴。卡车司机被打蒙了，头上的皮帽也被打落在地上，他去拾帽子，又被人踢倒在路沟下，拳头、鞋底雨点般落在他身上，直到他喊'饶命！'乖乖交了钱，几个打人的家伙才住了手。卡车司机摇摇晃晃将车开到派出所来，他鼻孔里还流着鼻血，他一边抹着鼻血，一边哭诉了事情的经过。我老婆找了块棉花给他鼻孔塞住了。这时，镇上的刘乡助也风风火火赶了来，说镇上被搜去过路钱的人都堵在他家门口了……

"我一听就火了，扔下盆里的衣服，对乔力说了一句：'走，我们过去看看。'乔力穿好警服，从铁柜子里取出那把枪带上，我们三人就坐到卡车司机的驾驶室里，由他开着车带我们去了。

"车开到那里时，从车灯的光柱里照出路边上已围了不少的人。他们手里都拿着棍棒。乔力对我说：'所长，你们先在上边待着，我下去看看。'

"'小心点！'我叮嘱了他一句。

"乔力借着卡车灯光向前面走去，那伙人也迎着灯光向这边走来。

"'我是警察，请你们交出收费打人的人。'乔力冲他们喊道。

"他们并没有听他的，继续无声地向前逼来。'看来要出事，得鸣枪警告他们了。'驾驶室里刘乡助紧张地说了一句，他哆哆嗦嗦要走下车去。我拉住了他：'你和司机待在车上别动，这种

196

事应该由警察来管。'

　　"我走下车去，喝道：'你们都待在原地别动，不能胡来，放下手里的棒子。'

　　"'你们别多管闲事，赶紧走开！'那伙人里有人低声说了一句。我抬头看去，正是走在头里的他们队长胡万。

　　"'站住，再不站住我们就开枪了！'我又喊了一句。他们和乔力的距离只有四五米远了。

　　"'上啊，弟兄们，要给那小子一点儿教训，警察是不敢把咱们咋样的。'

　　"'啪！'乔力朝天上开了一枪。那伙人听到枪声开始往后撤，可是头里那四五个人仍然站在那里没动。他们用眼睛直视着乔力手里的枪。不知谁喊了一声，'上啊，下了他的枪，打他个狗娘养的。'这几个人一时间挥舞着镐把、木棍包抄着从路基边上围了过来。

　　"'砰！''砰！'乔力照准路基地面开了枪。'妈呀！'有个家伙捂着脚背叫了起来。胡万也骂了一句：'操你妈——'腰一躬，捂着肚子倒在路沟里。剩下的两人见事不好抱头鼠窜了。我和乔力一人追一个，将那两个人追上了，戴上手铐带到车厢里，再把那两个受伤的家伙抬到驾驶室里……

　　"当天晚上，我们把他们四个人用卡车押送到大同分局，并把受伤的两人送进了医院里。第二天，我们从大同分局回来，小镇上的人夹道围了上来，像迎接凯旋的英雄一样鼓掌欢迎我们。我俩把他们收镇上人家的过路钱一一返还给了镇上的人。这一年来，小镇上的人受够他们的气了……"

　　说到这里，高所长脸上还露出愉快的笑容哩，一扫两天前我们见到他时的晦气。可是这个笑容很快就转瞬即逝了。

"后来呢?"我十分关切地问。

"不料事情在四天后有了变化。一辆吉普车开到了镇子上,车上走下来两个大同区检察院的人,他们向我和乔力出示了逮捕证:我俩因过失伤人罪被逮捕了。听到这个宣布,我俩简直惊呆了!得知了这个消息,小镇上的人都纷纷赶来,他们将吉普车围住,不让他们把我俩带走。我不得不叫那个流着眼泪的司法助理和另一名民警把人分开一条道。我冲那些人喊:'乡亲们,我们没事的,我们还会回来的。'人群这才稍稍松动了一下,放吉普车过去了……"

"是谁在捣鬼?"

"到了大同我才知道,那个躺在医院里的队长胡万,有个远亲舅舅是省里人大的一位副主任,事发当日就有人把消息传到了他那里去,据说那位省人大副主任亲自打电话给市里过问了这件事,市里就责成公安、检察院两家组成专案调查组调查这件事情。抓到的那三个家伙在大同看守所里订了攻守同盟,推翻了我们连夜做的那份笔录,那个司机也找不到下落了……至于收镇子上人的钱由于数额较小,只按一般治安管理处罚条例处理就可以放人了……唉!"高所长重重叹息了一声。

"那个叫胡万的人伤得怎么样?"

"据说他伤得挺重,子弹穿过了他的肾脏,一直躺在医院里。"高所长往那边乔力坐的窗口前看了一眼,住了口。

我走到乔力身边去,"乔力你还记得当时开枪的情景吗?"

乔力转过头来,像不明白怎么回事看了我一眼悲哀地说:"我当时只想吓唬吓唬他,是朝他脚前的地面开的枪,谁想子弹会跳到他的腰上去，我也没有想到这把枪会这么不走膛线。"

我心里"咯噔"了一下，想起上回我用过他们那把五四式手枪，清楚膛线往上偏离两毫米。上回打野鸭子我就察觉到这一点，为了显示自己的枪法准没有说。我想乔力应该清楚的，不禁叫道："你没告诉他们验一下那把枪吗？你们那把枪膛线往上偏离两毫米。"

高所长惊异地看着我。

乔力则垂下了头，悲观地摇摇头："没用，他们认定我是故意朝那家伙腰上开的枪，是上边有人要我们坐牢。"

乔力的话叫我暗暗觉得一惊。

放风结束的时间差不多要到了。

临走，冯炳义问老高："你妻子知道你在这里吗？"

老高摇摇头："她还不知道，出事后我一直没写信告诉她。"

"需要我们来转告她吗？"

老高的神情又沉默忧郁下来，摇摇头："还是先不告诉她好，这种事情还是越晚让她知道越好，再说现在也不允许家属来探视。"

我们一想也是，就同他俩告辞了。

"我会再来看你的，乔力。"我与他握手告别时，我的眼神告诉他我会为他做些什么的。

回到分局，我去找宋子健。可是找遍了队里也没看见他的身影。最后从内勤那里才打听到，他刚才接到一个追捕任务，刚刚坐火车去南方了。大约两周后才能回来。这在刑警队里是常有的事。我有些垂头丧气起来。

"别难过索林，这种事他们会调查清楚的。"晚饭我也没吃两口，回到寝室冯炳义安慰我说。

"我真为他们担心，他们是在和杀人犯、强奸犯、盗窃犯关在一起。"我绝望地朝他吼道。

27

市第一看守所，我和冯炳义又去过了两次。我们又带去了食品和替换的内衣。后一次去时，乔力脸色忧郁地对我们说："不要再给我带食品了，我们根本不需要。"我问他为什么时，他没有回答我，可我看到他的眼角上有一块乌青的痕迹。趁他和冯炳义说话，我走到老高床边，小声问他："怎么回事？"他无声地指了指杀人犯孙大头那边。我心下明白了。

孙大头正坐在他自己的床上背对着我们不出声地嚼着什么东西。而另外两个人，除了老惯窃犯对我们还有些尊敬外，那个强奸犯也嘻嘻笑着有些挑斗似的瞧着我们。在这里边他们是用不着怕刑警的，他们只害怕管教。我怀疑是不是有人纵容他们这么做……

巧得很，这两次去看守所我们都碰到了林宝臣，他在值班。

我始终不相信他会对我们格外"开恩"，要知道在学校里他最恨的可是我和乔力呀。每次去我从不走到那间值班室去，让冯炳义一个人走进去与他交涉。以前来这里送拘捕的人犯，我也偶尔碰见过他，他曾讨好地问过我："王索林同学，你在干刑警吗？""嗯哼。"我从鼻子里哼出一声，头也不点一下傲慢地从他面前走过去了。他伸出的手尴尬地僵停在空中，我听见后面有个管教跟上来问他："你大概认错人了吧？""不，他是我的学生。""学——生？"那个管教有些怀疑地看着他。

现在，他完全可以拒绝我们的要求，因为这是他的权力。出乎我们意料的是，每次他都很痛快地答应了我们的请求，拿下墙上的那串钥匙，带着我们走到五十六号监舍门前。他打开了门，并没有留在门外，而是回到他的值班室里去了。

"有什么事情需要我的帮助吗？"后一次去，他竟然跟在我们后面主动问了一句。

这回，冯炳义脸色阴沉沉地说了一句："林管教，五十六号监室可能有殴斗行为。"

他听了，站下了："是吗？有这种事情，我会调查清楚的。"

"那是最好的了。"

走出看守所大门，我说："你以为他真的会管吗？要知道在警校里乔力可是当面羞辱过他。"

"我正想试试他。"

"那你就瞧着好啦。他会叫那个杀人犯做得更出格的。"

"如果真是这样，我们就可以到市局去告他的。"

"唉，真没想到，乔力才从警校毕业几个月，竟和这些人关在一起。"

我心情郁闷悒抑。

下次再去看乔力他们时，我才知道我把林宝臣冤枉了。乔力身上、脸上没有再出现殴打后留下的痕迹。我们上回给他们带去的烟卷还剩下不少。他和老高一边在吸烟，一边在低声交谈着什么，看上去神情不错。

那个孙大头见我们进来，恶狠狠朝我们扭过头来盯一眼，可我们装作什么也没看见走到老高和乔力的床边坐下了。另外两个人也规矩了许多，各自躺在自己的床上。

"哈，原来你们老警也会坐牢啊？"孙大头怪声怪气地嘲弄了一句。

"别装着威风，现在还不是和我们一样得待在这里闻臭味、尿味。"他趿拉着一双布鞋、拖着一副脚镣"哗啦、哗啦"走到便桶前，当着我们的面褪下裤子，接着是一阵"扑哧、扑哧"的稀屎声，一股恶臭味弥漫开来，我们不由得捏住了鼻子。而他则蹲在那里暗笑着，他是故意这么做的。

乔力对林宝臣还心存疑虑，林宝臣带我们进来时，他总是把脸扭向别处。他心里还在记恨着林宝臣那次给他的处分。从谈话中了解到林宝臣曾经利用职务之便，给他和老高弄过管教吃的饭菜，但乔力没有吃，都让老高吃了。

"你为什么不吃呢？"

"我忘不掉在警校时他给我留下的纪念。"乔力冷冷地说。如果不是因为那个处分，乔力也许不会分配到那个小镇派出所去。

"可是他现在已经不是在警校时的林教官了。"我尽量斟酌着词句说服他。

他没吭声，很冷淡地把头向窗外扭去。

窗外白雪披盖的电线杆上，有几只冻得瑟瑟发抖的麻雀站在上面，天空呈现铅灰色。处在他这种灰色的心境下，是很难让他改变想法的。我心里有点儿为他难过。

从五十六号监室走出来，我对跟在后面的林宝臣说："能不能给他俩单独调换个监号？"

"这个我恐怕做不到，这个要由上边说了才行。"他带着歉意地说。

我也知道他说了不算，就没有再说什么。

宋子健一出差回来，我就把他找到宿舍里去。向他讲述了在看守所里了解到的乔力他们的案情和他们目前关在监号里的情况。

"索林，你今晚能不能和我一起回家去一趟？"宋子健听完后这样问我。

我的心里一阵狂跳："你是说让我把知道的那把枪的情况当面告诉你父亲？"

"我正是这样想的。由你来说或许更合适。"

我点点头……

宋子健的家尽管我在警校时曾去过一次，可是这回一走进他家的门，我还是不免有一种紧张的陌生感。他父亲还没有回来，宋子健把我带进客厅里，让我坐在沙发上等着，他就走进卫生间里冲澡去了。他是刚刚下火车回到家中。那位可敬的阿姨给我沏了一杯浓茶放到桌上，又到厨房里忙活去了。

桌上的电话响了两次，我很担心是他父亲打来的，告知今晚不回来了。不过还好都不是，那位阿姨进来接的电话，说宋局长还没回家。宋子健冲完澡出来，和我一起坐在沙发上等了起来。

一直等到晚上十点多，他父亲才回来。宋局长一推开家门，我不由得从沙发上站了起来。他先打量了我一眼，宋子健赶紧给他介绍：

"这是我的警校同学王索林，就是'9·12'特大抢劫杀害出租车司机案荣立二等功的那个刑警。"

"嗯，我知道你。"他犀利的目光移去了。

我心稍稍镇定了一下。

"找我有事？"

"他是来提供那两个太阳升派出所民警伤人案的一个重要线索。"

"嗯?"

宋局长在紧靠我的沙发桌前坐了下来,他威严的脸上不经意地掠过一丝不易察觉的神色,但还是被我捕捉到了。看来只有当一个人把某件事琢磨透了,才会这样敏感。他果然迫不及待地直视着我,我觉出了这种目光的分量。

我尽量克制自己的激动,把在看守所里高所长向我讲述过的情况又向这位市公安局长复述了一遍。中间结巴了两次。说到那把枪时,宋局长打断了我的话:

"你是说那把枪有问题?"

"是的,我曾经在他们那里用过那把枪打过野鸭子,它的膛线偏离了两毫米。"

屋里沉默了片刻,寂静得能听到心跳声,他在沉思着想什么。过了一会儿,他睁了一下眼皮看了我一眼说:"这件事你先不要向任何人讲。"

"是。"我拘谨地点点头,不知是不是该向他告辞了。

"父亲,他们还要在里面关多久?他们现在每天和杀人犯、盗窃犯关在一起。索林,你把你去看守所看到的情况向我父亲讲一下。"

我扼要地把我两次探监见到的情况向他讲了,请求宋局长能不能给他俩调一下房间。

宋局长听了,脸色渐渐阴沉下来。随后他抬手拿起了桌上的电话筒:"喂,看守所刘所长吗?我是宋铁民,请给那两个民警单独调个监号……"

我坐得离电话挨得挺近，听到里面传来那个刘所长小心翼翼的声音："这个……这个，是周副局长安排的……"

不等他说完，宋局长就火了："看守所是姓宋的还是姓周的，只要我还是这个公安局长，你就照我的话去做，出了事我负责，（电话里传来了小声应答声）你给我听着：一、给他们单独安排个房间，我不想让这两个民警和杀人犯、强奸犯关在一起。二、准许那个所长家属去探视。三、伙食要好一些，并可以在监舍内自由走动。"

那边只有唯唯诺诺应承的份了： "是、是，我照您说的去做。"

宋局长放下电话，我稍稍松了一口气。他的脸还气愤地红着。

我想我该走了。

宋子健出来送我，我对他感激地看了一眼，说："看来今晚他俩可以睡个好觉了。"

28

元旦这天，我、宋子健、冯炳义又去市第一看守所看乔力。他们果然给调到了单间号里。这个房间面朝南，通风干燥，阳光停留在屋子里的时间很长。

在这里，我们遇上了老高的妻子。这个小学教师是不久才知道老高关在这里头的，因此神情哭凄凄地抱怨老高为什么过了这么久才告诉她，难道打算瞒她一辈子吗？老高就笑着安慰她，说："告诉你有什么用呢，除了眼泪你也帮不上什么忙。"

这样一说，女人的眼泪流得更欢了，嘴里说："这么长时间接不到你的来信，我还以为上回走时惹你不高兴了呢……"

听得我们几个心底里都有点儿酸酸的。

"谢谢你，班长。"乔力冲宋子健说，我看得出来他们刚进来时对宋子健还有所戒备的。

老高也听明白了我们的谈话，郑重其事地对宋子健说："请代我谢谢你的父亲宋局长。"

"我想你不会怪他吧。"

老高摇摇头："这种事情是省里的大人物在施加压力，他也是无能为力的。"

"你这样想就最好了。"宋子健神色黯然地说。

屋里的气氛又一下子沉闷了下来，我岔开了话题，开玩笑地对乔力说："乔力，发生了这样的事你出去后还想当警察吗？"

"想，怎么会不想呢？我并不是因为给这身警服抹了黑才进来的，为什么不干警察呢？我还要干刑警呢，到时并不会做得比你们差。你说是吧，老高？"

"我也正是这样想的。"老高冲他女人笑着说。

"你们会判刑吗？刑期会很重吗？"那个女人突然显得紧张地问。

老高拍拍她的肩膀，安慰着她说："不会的，你放心吧，我们会没事的。"

这是此刻我们都不愿接触的话题。那女人显然是听信了老高的话，她像一只母羊一样安静下来。她从带来的帆布兜子里往外掏东西给我们吃，有香蕉、苹果和自己做的黏豆包。我们摇摇头谢绝了。

离开时，在走廊里我们遇上了孙大头。他在做最后一次生前法医验身，他的死刑核准书已经下来了，明天就要拉出去执行枪决。他拖着沉重的脚镣由三名看守押着"哗啦、哗啦"从里面的监号里走出来，看见我们停住了脚。

他扫了我们一眼道："你们不会跟一个要上路的人计较吧？"我们厌恶地盯着他。"给我一支烟好吗？"他强打精神镇定地说，他的腿在打战。冯炳义掏出一支烟给他点上了，递给他。他苦笑了一下："我真不明白这个世界上还有警察陪我一起坐牢的，到了那边我不会恨警察的。"他跛拉跛拉地走过去了……

在回来的路上，天下起了小雪，地面上已覆上了一层薄薄的新雪，摩托车辗出了一道清晰的辙印……

快到了分局门前，我忍不住问："他们会判刑吗？"

"是的，索林，不瞒你说，省里那个大人物是要他们坐牢的，那人伤得很重，现在还躺在医院里，那个司机至今还没有找到下落，我想是被他们那伙人收买了不知躲到什么地方去了，这一切都对乔力他俩很不利。不过，你提供的线索很重要，至少可以帮助他们减少刑期。"宋子健摇摇头也一脸晦色地说。

　　傍晚，我独自一人走到外边去。雪花落进了衣领里，让我觉得脖颈子发凉。我有些不敢相信眼前这个事实，刚刚做了两个月警察的乔力，就要成为阶下囚。我不知该怎样告诉家里发生的这一切。上次我去看他，问他用不用我代他给他家里写封信。他摇摇头说不用。我知道他是想等案件调查结束后，亲自给家里写封信。当然最好是无罪释放了。但这个想法已是不可能的了，从宋子健嘴里我们才知道，市里面对这个案子也催得很紧，要尽快结案。

　　据说为了这个案子，宋子健的父亲和负责调查处理这个案子的周副局长已经吵翻了。这个周副局长一直在觊觎着公安局长的位置，他有市政法委李书记做后台。这位政法委李书记就是当年宋子健父亲当刑警队队长时那位据说会点轻功的原市公安局副局长，他当然忘不了那回出现场在宋铁民面前露的"怯"……这些年来，他一直碍于宋局长的办案能力和在全局上上下下的威信，才不能把他的亲信周副局长安排到正局长的位置上来……借着省里催办的这个案子，他是有意再给宋局长施加压力。知晓了这里的内幕以后，我对这起案子感到绝望起来。

　　唉，倒霉的乔力！

　　新年这天，我又收到了那个叫张英的小姑娘来信，她在信中祝我新年快乐，并告诉我他们已经进行完了期末考试，她在班级考了第七名，马上就要放寒假了……回到屋子里，我给那个小姑娘写了复信，又给家里复了一封信。

前两天收到了大妹一封来信。大妹在信中问我今年能不能回去过春节了，家里现在一切都很好，母亲的身体照以前已有了好转；久林分配回去后，先是在苗圃里当农林技术员，后来又调到技工学校去做团总支书记，现在提拔到区团委工作，已是区团委副书记了。这并没叫我感到意外，我只是为他不再做技术员感到稍稍有点儿惋惜。当然现在这个社会，一个团委副书记会比一个农林技师更有用处。

我在信中告诉他们今年春节我不能回去了，道理很简单，我现在是一个警察了，警察可是从来不休节假日的。让我稍稍感到意外和吃惊的是，大妹在来信中告诉我，乔力的哥哥乔铁要和宋海英结婚了。这真是我没有想到的事情，看来这位女政治教师至今还对乔铁仰慕着呢。这不由得让我有点儿佩服起她的勇气来，这个老姑娘可比她的学生彭国艳要强，她可并不仅仅是为了赶时髦。不知道彭国艳现在怎么样了，或许已成了城里的贵妇人了。

一想到这里，我又为乔力感到悲凉。他真是不走运。

元旦过后很快到春节了，大街上已闻到了一股浓浓的年味。卖鞭炮、卖春联、卖各种年货的小摊，一下子在街头上增多了起来。我们连续搞了几天夜查，谢天谢地，春节前的这些天总算没有什么大案子发生，用"董大胡子"的话讲，我们可以"安心"过年了。

腊月二十九这天下午，宋子健走进我们屋里来，我和冯炳义刚刚在床上打个盹儿。他悄声对我俩说：

"乔力他们的案子结了。"

"情况怎么样？"我俩一下子从床上爬起来。

"有好消息，也有坏消息……"

"坏消息是什么？"

"他俩都被判了有期徒刑，乔力因防卫过当判一缓一，那个高所长判了六个月。"

"好消息是什么？"

"我父亲为他们争取到了监外执行，刑满还留在公安局当警察。"

我俩都怔怔地望着宋子健，品味着这个喜忧参半的消息，一时不知该说点什么。

"他们什么时候走？"

"三五天以后。"

"这就是说，我们可以和他们在看守所里吃年三十团圆饭了。"冯炳义冲我挤挤眼睛，他本来是想年三十那天下午骑摩托车赶回去和母亲吃团圆饭的，当晚再赶回队里来，他已经跟大胡子队长通融好了。

"一点儿没错。"宋子健说。

"这是个好消息，索林。"宋子健走后，冯炳义对我说。他看我有点儿郁郁不乐。

我点点头表示赞同。不管怎样，这已经是最好的结果了。我的确不知道是该为乔力感到高兴还是该为他难过。一年的刑期，在监外很快就会过去的，之后他就又会穿上警服，戴上大盖帽了。如果没有宋子健的父亲，这恐怕是难以想象的事情。

大年三十的晚上，我们早早去了看守所。当班的管教是林宝臣，他悄悄跟我们说："你们想待多久就待多久。"

那个小学教师已经先我们一步来到了。她除了带来饺子外，还带来了四样炒菜：辣子炒鸡块、红烧鲫鱼、酱猪蹄、炒口蘑。但她没带酒来，看守所里不准许喝酒。这点遗憾由冯炳义给补上了，他从怀里摸出一瓶半斤装的德惠大曲来。他俩眼睛一亮！"当然，酒是少了点，可是这地方也不是喝酒的地方呀。"

"谢谢你大力士，这就足够了。"乔力说。

除了那个女人，我们几个轮流转着酒瓶喝起来，转到我跟前时，我只是沾了沾嘴皮，我想他俩也会和我一样做的。这工夫即使有看守员进来，也看不出酒在我们谁的嘴里喝。宋子健也事先带来了他家阿姨包的饺子，他说是他父亲特意告诉他送来的。饺子是海鲜虾肉馅的，味道鲜美极了。宋子健还告诉我们，饺子里还被那个阿姨放了一枚二分钱硬币，依照习俗谁吃到了年夜饺子的硬币会给谁一年当中带来好运的。结果被乔力吃到了，硌疼了他的牙齿。我们轻笑起来，祝福地望着他。他已经知道了案件审理的结果，看来他还满意。脸上始终挂着一种轻松的笑容，一扫几个月来脸上郁闷、悲哀之色。

监号里那只三十瓦的灯泡照着我们几个渐渐红润起来的面孔。外面传来稀稀落落的鞭炮声……如果不是偶尔从那个女人眼里掠过一丝不安，谁会想到这是在戒备森严的看守所里吃年夜饭呢。

吃喝完毕，那个女人利索地将桌上的盘碗筷子收拾干净了，将剩菜倒进便桶里。老高坐在床上不错眼珠地盯着自己的女人看。

"我说老高，你是不是还有什么事情没有做呢？"冯炳义挤眉弄眼说了一句。

老高听了脸红了，慌忙移下了目光去。有我们在他俩一直没有机会说话。

"为什么不呢？这可是大年团圆夜呀。"宋子健也说了一句。

那女人听懂了我们的话，顿时脸上飞上了红云。

"你们想不想跟我去给我们的林教官拜个年呀。"宋子健冲我们说了一句。

"我也想该去谢谢他。"我说。

"你不想听听收录机吗，今晚可有联欢节目。"冯炳义从兜里掏出一个小收音机来，并把两个耳塞也塞到乔力手里，亏他想得周到，乔力背身坐到门口上。

我们三人走出了二〇二监室，铁门在我们身后关上了。

林宝臣对我们的到来显得有些惊慌，他正一个人待在值班室里。"我正想过去看看你们。"他没有说"他们"，而是说"你们"。他很懂得自己的身份哩。与在警校比起来，他现在变得可爱得多了。

"他还不肯原谅你吗？"宋子健问他。

"嗯，不过这没关系。"他有点儿难为情地说，看得出来他为此有点儿难过。

"出了这种事情待在里面他心情差，他慢慢会原谅你的。"

"但愿如此。我也清楚这个案子他们是冤枉的，不过还好……他们获得了最短的刑期，并且出来后还可以当警察。"他瞅了宋子健一眼道。

"我得回家去看看了。每年的年夜都只有阿姨和我妹妹两个人在家，我得回去陪陪她们。"

"那你快回去吧。"冯炳义催促他。

我们和他一起从林管教屋里走出来，林管教送他到大院门口。

"请代我们向你的家人问好，祝她们大年夜快乐！"我和冯炳义一起对他说。

他重重地点点头，走出了那道黑大门旁边的小门，从夜幕中消失了。门被站岗的战士关上了，外面远处传来"噼噼啪啪"的爆竹声……

十几分钟后，林管教又带我们回到了二〇二号监室里。乔力还在对着门伏案写着信。里面那两个人已说完了悄悄话，正坐在铺上。他俩的脸还红润润的呢。看到我们进来，女教师不好意思挪开了一下身子，她脸上有亲吻过的痕迹。

快到半夜的时候，林宝臣走进来了。他来给监号分发年夜饭，并特意给乔力、高所长带来了他留下的分给管教的香蕉和苹果。

乔力又把脸扭到一边去。老高接了过来，并把自己女人带来的饺子拿给他吃，他捡了两个吞进嘴里尝了尝，赞叹道："嗯，你媳妇的手艺不错。"

我冲乔力的腰眼捅了捅，他这才接过来一只香蕉，咬了一口说："谢谢你。"

林宝臣听了，嘴咧了咧笑了，表情有点儿难为情。

看到他们和解我心里暗暗为他们高兴。

离开看守所时已是下半夜了，城中传来不断的鞭炮声，可我们一点儿睡意也没有。

正月初五这天一早，我和冯炳义匆匆赶到看守所去，要为他们送行。他俩今天要押到大同当地去服刑。林宝臣一见到我们就

214

说他们已经走了。

"走啦，什么时候？"

"就在一小时之前，他俩没有和这些犯人一起走。"

院子里正有一批犯人在往囚车里押送，他们也是被宣判完刑期的，要往各监狱里送。院子里刚刚下过一场白雪的地上，踩出一些杂乱的脚印。

这些人都光着剃得精光的头，如果他俩夹在他们中间一定会令他俩十分难堪的。我明白了有人这么做一定是在为他们着想。

"知道谁来为他俩送的行吗？"林宝臣神神秘秘贴近我俩的身边悄声说。

"谁？"

"宋局长，在他们的囚车要开走时，宋局长坐车赶到了。他是特意赶来为他们送行的。"

我心里一热，问道："他来说了什么没有？"

"他对那个乱献殷勤让他到屋里去坐的刘所长什么也没说，下了车一直走到他俩面前，紧紧握住他俩的手，说：'让你们受委屈了……我等着你们回来，只要我宋铁民还当这个公安局长，我就一定等你们刑满了再接你们回到公安局来。'"

"啧啧，我在这里当看守员快二十年了，还是头一次看到一位公安局长给两个服刑犯人送行。"

"不，是公安局长在给两个民警送行。"我纠正他。

"对，对，他们很快就会出来的，出来后还做警察，这可是连想也不敢想的事。"

"他俩会在那个小镇上待得很舒服的。"冯炳义最后说了一句。

29

春节过后，我们接到一项任务，到乡下去抓捕一名逃犯。

要抓的逃犯叫黄平，原是城里一名工厂里的工人，因盗窃工厂里的东西而坐过牢。出来后为报复工厂里的保干，将保干砍成了重伤，并夺下保干的枪逃走了。根据掌握的线索他有个舅舅在乡下，他有可能逃到那里去了。董队长就派宋子健带着我和冯炳义到乡下抓捕去了。要去的这个乡下正是冯炳义老家所在的县，接到任务他显得很激动。

我们三个人化装成农民，坐上了开往乡下去的长途汽车。晌午到达了县城又中转了要去的那个乡的汽车。这种笨重陈旧的乡间大客车摇摇晃晃颠簸着，再加上乡间土路坎坷不平，暴土飞扬，一路上颠得我和宋子健都要昏昏欲睡了，身上落满了尘土。而冯炳义却眼睛睁得大大的朝外张望着什么，嘴里还不住地叨咕着。他这种陶醉的样子很像一个出远门很久才回来的庄稼汉。

窗外是一片还没有完全化去积雪的庄稼地。车里的农民并不多，可他们携带的大包小包却将车厢里塞得满满的。

冯炳义和那几个农民一样卷着纸烟，问我要不要，我摇摇头。

日头偏西，我们到了要去的这个乡里。下了车我们先找到乡派出所。没想到在这里稍感意外地见到了黄立春。原来他就在这个派出所里，这冯炳义应该知道的。我们拿眼去瞅他，他诡秘地笑了笑。原来他是要给我们一个惊喜。黄立春也一愣，他长胖了，嘴里喃喃道："难道今天太阳打西边出来了吗？"

"没错，太阳正是打西边出来的，'臭虫'。"冯炳义这才接口道。

黄立春把我们拉进屋里去，冲炕上一个盘腿坐着的年近五十岁的老警察给我们介绍："这是我们的所长。"他和善地冲我们微笑了笑。

"你不是要到村子里去做警察吗？"坐下后我问他。

"没错，我正是包村的民警。这里不比城里，用不着天天往村子里跑。"

说着，他向那个老所长挤了一下眼睛，说所长已给他在乡里找了一处房子，他打算过一阵子就把父母也接过来住。

"'臭虫'，看来你要走运了。"大力士说。

老所长挪腿下了炕，张罗着要杀鸡炖蘑菇给我们吃。鸡是他从隔院一个农民家里借来的。

吃饭中，黄立春向我们问起了城里一些警校同班同学的情况。宋子健指着我说："索林荣立了一次个人二等功。"黄立春眼里流露出羡慕的目光，瞧着我连声说："想不到，想不到啊。"

"那个周培林你还记得吧？"

"这个坏蛋，怎么会不记得。"

"他是我们这届警校生里第一个被开除公安队伍的人……"

听冯炳义说完他的"丑事"，黄立春"呸"地吐了一块鸡骨头道："这个无赖，我早看出来了，他应该得到这么个下场。"

说到乔力，大家有些沉默下来。黄立春听完叹息了一口气，说道："唉，倒霉的乔力，这么不走运。"

那个老所长一直在默默地听着我们的谈话，他最多劝我们多喝一点儿酒，解解乏。看看叙旧的话题差不多了，宋子健转入了正题，说明了来意。真奇怪，到了永乐乡一顿饭工夫了，黄立春竟还没问我们到这里干什么来了。好像我们真的是专门来看他似的。我们都有些微醉了，除了宋子健和那个老所长。

听完宋子健介绍的情况，说出那个人在乡下的舅舅的名字后，老所长一指黄立春："这个人正是他管的一个村子里的村长。"

一听说是村长，我们心里想这回可难办了。可谁想黄立春晃了一下他的脑袋，满不在乎地说："我现在就可以带你们去他家里。"

宋子健制止了他："不要打草惊蛇，那人手里有枪，先摸一下情况再说。"

"这几天你去过他家吗？"冯炳义问。

"昨天下午我还有事去过他家。"

"看见过他家里有生人来了吗，比如春节前后来他家里串门的外地亲戚？"

黄立春想了想，摇了摇头："这段日子来他家串门的八竿子打不着的亲戚倒是不少，可是好像还没有这么个外地亲戚。"

"你再好好想一想，村长家里有什么地方可以藏身？"宋子健机警地问。

黄立春想了想说："这地方村子里家家户户后院都有贮藏土豆、白菜的菜窖，村长家里也不例外。对啦，他家的大狼狗最近一些日子也让村长拴在了后院，我曾经无心地问过村长一句：为什么把狗拴在后院里了，他对我说：省得它在前院乱咬人。我一想也是。"

"咬人，咬什么人？"

"咬送礼的人呀，过年正是村长家收礼最忙的时候。你说是不是大力士？"黄立春冲冯炳义诡秘地眨巴眨巴眼睛，冯炳义回他一句，"天下村长一般黑。"

我们听了就明白了。

我想我们今晚喝的这瓶古井贡酒，包括黄立春从柜子里为我们拿出的好烟，也都可能是某个村长巴结他的。

过了一会儿，冯炳义又问道："村长家院子外面四周有没有可以藏身观察到他家的地方，比如树呀，麦秸垛呀？"

"他家后院院外有个苞米秸垛。"

"村长家里都有什么人？"

"他老婆，还有一个读初中的女儿。不过他女儿这段日子没在家，放寒假年后到她姥姥家住去了。"

"那我们今晚就摸进村去，先观察一下村长家的情况再说。"宋子健说。

吃完饭，天就差不多黑了，黄立春带我们向那个村子里走去。从乡里到我们要去的村子有十五里路。在路上黄立春告诉我们，他妹妹就嫁在那个村子里，我们白天可以隐蔽在他妹妹家里。

"你妹妹现在过得怎么样？"冯炳义听到了后关心地问。

"还能怎么样，嫁鸡随鸡、嫁狗随狗呗……"他似乎不愿多谈下去。而对于他家里现在的生活状况他倒是很满意的，他说他很快就会给两位老人落上城镇户口了，他们再也不是农民了。

"那你让他们做什么呢？"大力士问。

"做什么也比种地强。"

冯炳义摇摇头："你让他们离开土地他们会觉得不舒服的。"

快进村子时，黄立春竖起了一根手指头"嘘"了声，他在前边拉开我们两步远的距离在头里走去。村子里的狗听出了他的脚步声，不再叫唤了。

村长家在村西头，后院土泥墙外果然有一大垛苞米秸垛。我们依次爬了上去，这是一个没有月亮的夜晚，天很黑。

后院的菜园子里，有一只黑乎乎的东西卧在那里。在我们爬上去时，稍稍惊动了一下它。黄立春早有准备，他扔去了两块鸡肉块，它就不动了。不知是不是听到这声狗叫，从屋前走过来一个黑影。黄立春贴近我们耳根悄声说："他是村长。"我们赶紧埋下了头。他站在那里撒了一泡尿，又走回去了。我们松了一口气。

等了一会儿不见什么动静，我们就悄悄撤回来了。是春寒不能让我们在那里待得太久。

白天过晌，黄立春把我们带到他妹妹家。这个被我们想象过无数遍的姑娘果然是一副勤劳、纯朴、秀气的模样。她初见到我们很惊慌，怀里正奶着孩子。她放下了孩子，叫自己的丈夫打酒去。那个老实木讷的农民，张着两手不知做什么好。

"别说家里来了外人，有人问起就说孩子他大舅来了。"黄立春向他这个比自己大八九岁的妹夫叮嘱道。

冯炳义的眼睛一直落在这个惊慌忙碌的女人身上，黄立春格外地给她介绍了冯炳义，她羞涩地很感激地看了他一眼，圆圆的脸蛋旋着两个酒窝，想说点什么又不知怎么开口，大概想起了他以前对她家的帮助。

早春的日头很短，庄稼人都吃两顿饭，吃过下晌饭天就差不多黑了。黄立春出去了一趟，回来后他又揣了两个饺子在兜里，带我们三个人悄悄出去了。

我们爬上了苞米秸垛。黄立春先在下边往菜园子里扔了两个饺子。狼狗吞吃了后不久就躺在那里一动不动了。"它会睡个好觉的。"原来他下午去找到赤脚医生那里要了几片安眠药放进饺子里了。

等到天完全黑下来，我们终于发现了可疑的迹象，一个人影走到菜窖跟前去，那是村长的女人，她手里提着一个饭盒，来到了后菜园子里，向四周左右看了一下，就掀开菜窖盖钻了进去。

我们心中一阵暗喜。就在半小时之前还有些担心，那会儿听到前院大门响了一下，宋子健叫道："不好，有人出去了。"黄立春小声说了一句："是村长。""他这么晚出去干什么？""是出去打野食。"我们听明白了，都会心地笑了。

"他还真有闲心。"冯炳义说了一句。

"村长嘛，狗日的，这个村子有点儿模样的娘儿们差不多都让他干遍了。"黄立春咬牙切齿地说。

等到那个女人上来，我们悄悄撤离了那里，回去了。

证实了黄平就躲藏在村长家的菜窖里，白天我们留下黄立春在村子里监视，我们回到乡派出所里研究实施抓捕的方案。黄平在暗处枪不离身，我们在明处，硬往地窖里闯肯定要被击伤，最好是把他引出地窖来，可怎么才能让他爬出来呢……村长家白天我们也无法接近。

想了一整天也没想出好的法子来，傍晚我们又先潜伏到黄立春妹妹家。吃晚饭时，那个老实的农民从菜窖里拿上来两棵白菜抱怨说："白菜这个季节都在菜窖里冻坏了。"

宋子健听了眼睛一亮："你是说菜窖里冬暖春寒？"

"正是这样的，打春以后寒气就往地下转了。"

"对呀，"冯炳义一拍大腿道，"我们怎么没想到，他不可能二十四小时都待在里面呢。如果烤炭火，地窖空气不流通时间长了也会毒死人的。"

"看来我们撤回来早了。"宋子健思索着什么说。

当晚，我们在那里潜伏到午夜时分，果然又看到那女人走到后院里来，四下望了望，然后在菜窖口上敲了一下砖头。

一个人影从里面悄悄钻出来，跟她走回到前屋里睡觉去了。

我们制定了抓捕方案，就是在后半夜黄平在村长家里躺下睡觉时抓住他。黄立春画了一张村长家屋子草图。村长家有东西屋两大间屋子，村长和他老婆睡在东屋里，村长的女儿睡在西屋里，现在村长的女儿不在家，他很可能睡在西屋里。

等着晚上的时间到来，我们议论起村长和他的女人来。黄立春告诉我们，村长的这个女人是他娶的第二房老婆，比村长小十岁，颇有几分姿色。村长的第一个老婆给他留下一个女儿后就得病死了。这第二房老婆娶回五年多了，一直没有生育就被村长瞧不起了，村长出去跟别的女人乱扯，她也不敢声张，忍气吞声受下了。"我想村长的那东西也不行了。"冯炳义说。"为什么？"我问了一句。"你想呀，男人那宝贝怎么抗他这么造害呀。"我们听了都笑了，连那个老实的农民也跟着笑了起来。

夜里潜伏在那儿，没等到半夜，那个黑影就从菜窖里钻上来，溜到前屋去了。村长又出去了。那条狼狗又被黄立春喂了"饺子"，睡得像条死狗一样。我们从苞米垛上下来，跳进院子里去。

悄悄靠近西屋房后，在墙根儿底下蹲下了。可是蹲下听了半天，并没有听到屋里一丝动静。我和宋子健慢慢抬起头来向挂着窗帘的窗缝里偷望去，下意识地一惊，西屋的炕上并没有睡着人，该不会是从前院跑了吧？我们迅速转移到东屋墙窗户下，我们很快就镇定了下来。因为听到了屋里传出的小声说话声：

"他呢？"

"又出去了……"窗里传出女人小声嘤嘤的哭泣声。

"他又打你了……你愿意跟我走吗？"

"我、我害怕……那个畜生会杀了我的。"

"别怕，有我呢。"

接下来，我们听到了一阵男人"呼哧呼哧"的喘息声，并伴着那女人越来越大的呻吟声……"我的心肝，我的宝贝，别害怕，那个死鬼今晚不会回来了，我问过他……哎哟哟，我受不了啦……"

"你俩守在这里，我和黄立春绕到屋子前边去。"宋子健向我俩说了一句，就和黄立春向前屋院子里绕过去。

就在这时，情况发生了突变，屋门被一下子踢开了，接着传来了一声断喝："你这个臭婊子，好啊……竟敢背着我偷男人！"紧接着里面屋子里传来"啊——妈呀！"一声女人的惊叫。

我和冯炳义不约而同地抬起头来向窗帘缝里看去。炕上惊起两条白光光的身子，女人跳荡的乳房还露在被子外面，她大睁的眼睛里充满了惊惧。

村长一把揪着女人的头发将她从炕上扯下来，把她的头向炕沿子上撞去，"你这个臭婊子，我叫你勾引我的外甥。"女人发出一阵痛疼的喊叫。

"你放开她！不然我打死你。"

身后传来一声冷冰冰的低喝，黄平已把手枪掂在了手里，枪口对准了村长后背。村长一惊，回过头来，手下意识地松开了女人的头发："你——大平？"

"不许动！"这时房门突然被踢开了，宋子健和黄立春同时闪了进来。

村长看清了来人，"扑通！"一声跪在了地上，嘴里失声说："这不关我的事，这不关我的事……"

说时迟，那时快。炕上的那人刚要举枪，冯炳义一脚踢开了窗户，飞身进屋滚到炕上扑住了他。我也跳进去顺势夺下了他被踩在下面手里的枪。

在带他和村长走出院子时，那条狼狗药劲过去醒过来了，从后院蹿了过来，扑到冯炳义身上。

冯炳义的手枪失落在地上，我照准它的脑壳就是一枪，狼狗呜咽了一声扑倒在地上。

冯炳义刚要弯腰拾起地上的手枪，那个女人发疯地从屋子里冲出来。她手里挥舞着菜刀砍过来，黄立春从背后扑过去，抱住了她的胳膊。后来把她也捆起来，一同押到了派出所里去。

离开村长家时，黄立春当着村长的面踢了地上的那条狼狗一脚："你这个臭狗屎。"村长的脸色青了下来。

第二天我们押黄平返城了，村长和他的女人因包庇罪交由当地派出所处理了。

我们离开时，到黄立春妹妹家去告别，宋子健拿出五十元钱，说是我们这几天的伙食费。

黄立春的妹妹说什么也不要。但走时我还是看见冯炳义偷偷把钱给塞到小孩儿被子底下了。

黄立春一直跟着我们把我们送到乡大路口挺远，还在不停地嘟囔说："不知什么时候你们还会到乡下来，等你们再来时我请你们吃烤鹅。"

"等你当了派出所所长时我们再来吃你的烤鹅。"冯炳义开了一句玩笑。

"我想这不会太远的。"他站下了，寻思着什么说。

一群白鹅"呱呱"叫着摇晃着走上了公路，和黄立春的身影远远地混在一起了，看上去像一幅浓郁的乡村风景画，这让我们觉着亲切。

汽车开到了县城时，冯炳义转车回家了。我们叫他在家多待两天，回去我们会和董队长说的。

30

城里街道上的残雪一点一点化开了，变成了一摊地沟里黑稀稀的雪水。街道两旁的柳树条变软了，抽出了嫩嫩的细芽儿。尽管一早一晚还有寒意，可春天毕竟还是温吞吞地光临了这个城市。

傍晚，吃过晚饭，我和冯炳义还喜欢溜达到天桥上去。

"你母亲还好吧？"坐在天桥上我问了他一句，他前天刚从家里回来。

"还好。"他神色恍惚地答了一句。

"你好像有什么心事，大力士？"

"我母亲想抱孙子了，这次回去她还张罗着叫我去相亲呢。"

"你去相亲了吗？"

"没有……"他摇摇头。

"她老人家担心你在城里找不到可心的姑娘呢。"

"我想她差不多是这样想的。"

天桥墩下，一辆内燃机车开过，鸣叫了一声，一股白烟蹿上来，湿漉漉的水汽扑了我俩一身一脸。我俩站起身离开了那里。

沿街的酒店、歌舞厅、桑拿浴窗口的霓虹灯一闪一闪地在眨动。门口站着的小姐过早地穿上了花裙子，她们的脸上流溢着和这街景、和这春天的夜晚交相辉映的顾盼，仿佛空气中都透着一种迷人的诱惑。

在一个酒店门口，有几个年轻人喝醉了，打了起来。旁边饭店一个小老板见我们走过来（不知他是怎么认识我们的），小声说了一句："警察来啦！"

那几个年轻人听了，慌忙住了手，在夜幕中作鸟兽散了。

我们走过去，看见打架的这家酒店老板，正在用一块餐巾手绢包扎住拉架时被酒瓶划破的手指。

我说了一句："这种人，你最好还是让他们打个痛快。"

他听了怔怔地看了我一眼，闪身走进酒店里去。

我无声地笑了。

认识张虹正是在这家酒店里，后来我记住了这家酒店的名字叫麒麟大酒店，也知道了那个瘦瘦的很精明的老板姓吴，他是个广东人，三十六七岁，开始只是一个人到东北来做生意，后来酒店生意做大了，就把老婆、儿子接了过来。他酒店的厨师都是从广东请来的。再加上他这里的海鲜龙虾都是从广东空运过来的，因此每天来他这里吃饭的顾客特别多。

一般来讲，生意红火的人最怕闹事，我也知道这是后来那个吴老板之所以愿意和我、冯炳义交朋友的原因。南方人会来事，与他们生意上的成功有很大关系。

现在该让我说说我们怎么认识张虹和她的同伴姜美兰的了。那个周末的晚上，本来没有我和冯炳义什么事了。白天我们刚刚搞了一个盗窃案子，审讯完后，队长和宋子健他们照例出去吃饭去了，要我和冯炳义看着那两个人。这工夫，治安科的小张慌慌张张跑来了，说刚接到一个报案，有一伙人在酒店里闹事，他怕一个人过去应付不了，请我们去一人协助他过去处理。

我俩本来不想去管这个闲事，可架不住这会儿肚子饿了。冯炳义就瞅了他一眼道："正好我俩还没吃晚饭呢，你给我们看着点人，我俩过去。"

"好。"小张正巴不得哩，很痛快地答应了。

治安科大多都是一群废物，往往一两个人出去制止这类打架斗殴的事件，回来不是叫人打得鼻青脸肿，就是大盖帽也不知滚丢到哪儿去了。他们唯一可以挽回面子的做法就是狠狠处罚当事人，明明是够行政拘留的，也非要报劳动教养。理由是：殴打警察。我们人人心里明白他们这是在公报私仇，却装出一副很同情他们的样子当面对他们说："竟敢殴打警察，一定是狗胆包天了，医药费也该叫他们出！"他们不知深浅还跟着"嘿嘿"傻笑哩。等他们一走过去，我们骂道："笨蛋、熊包，警察的脸都让你们给丢尽了。"治安科的人多数都是走后门招进来当警察的，他们以为当警察就是抖抖威风呢。

那天晚上的事情是这样的，一伙像是生意场上的人聚在麒麟酒店里喝酒，喝着喝着，两个家伙起了歹意，眯着眼睛瞄上了两个腼腆的服务员小姐，要她俩陪着一起喝一杯酒。

老板好说歹说，让一个服务员小姐陪着喝了一杯酒后，那两个家伙还扯着两个服务员小姐的手不放，还要喝。两个小姐不干了，那两个喝红眼的家伙就动手动脚往小姐身上乱摸。

有一个服务员小姐挣脱出来，跑到里间给中区分局治安科打了电话报警……

我们赶到那里时，一个家伙正在把一个小姐往怀里拉，小姐扭着身子挣扎着，老板一个劲地在一旁说好话。而这个家伙酒气熏天地从兜里掏出一叠钱来，摔在老板的脸上，扬言要把她带出去玩玩儿。

"住手!"我俩走进屋去,冯炳义喝道。那桌坐着的一圈人回头瞅了瞅我俩,见我俩穿着便衣根本没把我俩放在眼里,齐声嚷着为那个家伙助威。店里别的桌上的客人见状都贴着墙边悄悄溜走了。

"看来我俩得练练啦,当是复习功课了。"冯炳义活动活动手腕,冲我轻笑着说了一句。

"上!"我俩不由分说轻跳着扑了上去,顿时,一阵"噼噼啪啪"酒瓶子、盘子碗乱飞。开始还能听到他们虚张声势的喊叫,里面夹杂着老板带着哭腔的劝架声:"别打了,别打啦。"可是没有谁在听他的了。最后他也吓得抱头躲到吧台底下去了。

不一会儿,那五个家伙全被我们打趴下了,那个搂着小姐的家伙胳膊已被冯炳义掰骨折了,他倒在地上呻吟,被两个伤轻的家伙搀扶着向门口撤去。临离开前,他嘴里还悻悻地说:"你们等着……"我要追过去,冯炳义挡住了我:

"他们得去医院了,我们可不想掏这笔医药费。"就看着他们灰溜溜地走了。"好啦,没事啦。"冯炳义冲那个惊魂未定的老板耸耸肩,而老板脸上并没有轻松下来,哭丧着脸坐在桌子旁。我不知道他是不是在心疼这桌打飞的酒钱。

"看来我们得找个别的地方去吃碗面条了。"冯炳义冲我眨眨眼睛。

"我想也是。"

我们走了出来。老板并没有跟出来送我们,倒是那两个女孩出来送我们,脸上带着一脸的歉意,仿佛有些对不住我们似的,至少该让我们喝杯茶呀。

站在门口,她俩感激地对我们说:"谢谢你们,大哥。"这样

229

我们就知道了她俩的名字。那个高个子年龄稍大一点儿的姑娘叫姜美兰，那个年龄稍小一点儿鹅蛋形脸的姑娘叫张虹。我们叫她们有什么事去找我们，就招招手告辞了。

我们拐进了胡同口上一家没挂幌的小酒馆，老板一见我们就迎了出来。这家小饭馆我们常来。我们每人要了比平日多的两份面条，狼吞虎咽吃起来。这一仗打得我们真是饿极了。

吃过两碗面条之后，冯炳义就开始抱怨起那个南方老板真不开事。

我开玩笑对他说："你让他损失了几百块钱的酒席，还指望他会请你的客吗？"

他就轻轻嘿笑起来，说："好久没这么痛快过了。"

姜美兰和张虹是在第二天上午找到我们分局来的。她俩各自拎着一个很大的黄帆布旅行兜。这种兜子只有乡下女孩子才用。因此推断她俩是从乡下进城来打工的女孩子，而且从她俩不谙事理的情况看，她俩进城来不会太久。

"怎么，你们不打算在饭店里干了吗？"见到她俩，我和大力士一惊。

姜美兰向我和冯炳义哭诉起来，说老板把她俩给辞退了……

我俩同时想到，这可能是因为我俩昨天晚上的杰作。

我们一同赶到麒麟大酒店里，看到酒店里仍是一片狼藉，吧台里的东西是早上过来人给砸的。吴老板正哭丧着脸指挥店里的人在收拾残局。

见到我们，吴老板想要躲到后屋里去。

冯炳义叫住了他："你这会儿叫她两个到哪里去呀？你以为

230

这样做你的酒店就不会被人砸了吗？如果你不收下她俩，你的酒店还会被人砸的。"吴老板这才站下了脚步，大概是冯炳义的话起到了威慑作用。他看了我一眼，无可奈何地叫她俩先把拎包放到后屋里去了。

"我不想再惹事的啦，你们东北人我都惹不起的啦。"

言语之中，听吴老板说，早上刚一开店门就进来两个穿黑夹克衫的男青年，进来二话没说就砸东西，砸完就走人了。

我们一想肯定是和昨晚那伙人一起的人干的。我们也知道吴老板这话是说给我们听的。

冯炳义拾起一个摔碎的墨绿色写着洋文的酒瓶子问吴老板："这瓶酒要多少钱？"

吴老板心痛地皱了一下眉头："这是人头马呀，要两千多块钱的啦。"

"可惜了。"冯炳义摇摇头，随手把半截酒瓶扔进了一个伙计的垃圾撮子里。

我俩走出来，姜美兰和张虹又悄没声息地跟了出来："大哥……"她俩欲言又止。我们知道她俩还在担心吴老板过了今天还会把她俩辞掉。冯炳义听到了回过头来，站下了，"放心吧，他不会再辞退你们的，这里会没事的。"看着姜美兰仍是半信半疑的样子，他就走过去拍了拍她的肩，"回去吧，没事了。"那个样子很像一个大哥哥在安慰一个小妹妹，令我感动。

她们相信了他说的话，走回去了。

坐进摩托车挎斗里拐过街口，冯炳义对我说："看来今天我们得找点事情做了。"

我懂他的意思，听凭他把摩托车调转了弯。我们跑了几家医院，下午才在一家市内医院里找到我们要找的那几个人。昨晚被我们在酒店里打伤的那个留一撮小胡子的家伙，正躺在一个单间里吊着一只胳膊在床上打盹，看见我们进来，他警觉地睁开了眼皮，露出惊恐的目光。他对面的床上正坐着两个穿黑夹克衫的青年人，不用问就是他俩早上去砸了酒店，他俩机警地从床上站起身，刚要闪到我们身后。

我迅速摸出枪来在下边逼住了他俩："别动！坐下！"

冯炳义把证件掏了出来，在他们眼前晃了一下，那两人脸唰地白了。"知道我们是干什么的了吧，还想练练吗?"床上的一撮小胡子哆嗦着嘴唇说话了："不敢，不敢……大哥，高抬贵手。""那好，让我来说说这事该怎么办，"他大模大样在一撮小胡子床边坐下了，"一、把酒店的损失包赔了；二、凡是参与酒店闹事的人这两天都到分局治安科走一趟，态度好一点儿的呢，交点儿治安罚款就完事了，态度不好的呢，想吃黑面窝头也行，包括这两位兄弟。"冯炳义扫了一眼那两个穿黑夹克的青年，他俩这会儿已经蔫了，耷拉下脑袋去。"是，是，我们一定照两位大哥吩咐的做。"躺在床上的一撮小胡子赶紧点头应"是"。我们走了出来。

回来的路上，我问冯炳义："他会听你的吗?"

冯炳义眨了眨眼，"放心吧，跑了和尚跑不了庙，我问过酒店里的一个伙计了，一撮小胡子叫孙百发，是一家夜总会的老板，只要他不想损失更大，我想他是会照着我的话去做的。"

果然第二天上午，治安科小张就等来了参与酒店里闹事的那几个孙百发的手下，看着小张狐假虎威对着那几个人吆五喝六的样子，我们在走廊上憋不住嘴乐。

中午，我俩过麒麟酒店去看看，吴老板见到我们像见到了救星，拱着手走过来，一脸歉意地笑："好啦，多亏了二位老弟啦，别怪我有眼不识泰山啦。"

他告诉我们，上午孙百发已经打发人送来了包赔酒店的损失六千块钱。据他所知这个孙百发还从来没向什么人低过头，这样一来他的酒店今后就不会再有事啦。

他一个劲笑着点头哈腰，让我们坐到里间去吃饭。冯炳义扫了一眼大厅，大厅里已有几桌客人在用餐了，冯炳义矜持地故意瞅了我一眼说："我们不是刚吃过饭吗？"我点点头。"如果没什么事，我们就走了。"尽管我肚子饿得咕咕叫，还是跟他走了出来，将一脸讪笑的吴老板晾在了门口上。

出来，我就抱怨开了："为什么不吃他的饭？不吃白不吃。"

"我想他会再来请我们的。"冯炳义说了一句打头里走开了。

到了晚上，吴老板果然特意打发姜美兰和张虹来分局找我俩过去，她俩显然已把我俩当成了恩人，说老板还要给她俩加薪水呢。这样我们就不能不去了。

到了酒店里一看，大厅里没有别人，吴老板只在大厅里摆了一桌酒席，除了家人，还叫上姜美兰和张虹作陪。看来他是诚心诚意要谢谢我们哩。冯炳义大模大样坐在了正席上，冲我使了个眼色说："我们再不吃就是不想和群众搞好关系了，你说是不是？"我连连点头："是，是。"就一个劲动筷往龙虾、螃蟹上使劲了。其实我的碟子里已叫坐在身旁的张虹默默把龙虾夹满了。张虹是个不愿意多说话的女孩，这一点叫我觉得很舒服。

席间，吴老板拉他的夫人站起来端起酒杯来敬酒道："如果二位老弟不嫌弃，我很愿意和二位老弟交个朋友啦。"冯炳义见状也努着嘴端起酒杯来，他嘴里已叫龙虾塞满了，"嗯、嗯"了半天也"嗯"不出声音来。他这个样子差点儿把姜美兰逗笑了。她替他把酒喝了去。"好啦，英雄救美人，美人救英雄啦。"

吴老板开了一句玩笑，桌上的气氛活跃随和起来。那两个姑娘也不再低头偷偷朝我们瞧了。

从酒店回来在宿舍里躺下，我和冯炳义都有些醉了，更主要的是生猛海鲜搅得我们肚子里有些难受。

结果一晚上我俩起夜去走廊里的厕所四五次。到了天亮时，我俩一起蹲在了厕所里，听冯炳义嘟囔了一句："可惜了吴老板的这顿海鲜了，不过那两个小女子倒还不错，有句成语叫什么来着，秀色……什么餐的了，作家？"

我听了忍不住"扑哧"一声笑出声来，"是秀色可餐。"

"对、对，秀色可餐，哎哟，我的肚子……"下边的声音就不雅观了。

31

春天的时光总是短暂和令人愉快的。当我们前几天还刚刚看到街上的柳树、杨树冒出的绿芽，不知不觉在一个阳光明媚的早上起来，我们就会发觉树冠上的树叶已有铜钱般大小了，绿油油一片。麻雀很可爱地叽叽喳喳落在里面藏身了。

麒麟酒家我和冯炳义还常去。有时是打街上走过，吴老板见了拉我们进去喝一杯茶；有时是晚上搞案子晚了，别的饭店打烊了，我们就去他那里敲开门吃一碗夜宵面。吴老板特意嘱咐厨师叫他多给我们放些虾仁。付钱时吴老板总是要跟我们撕扯一番，不过钱我们是照付的。自从我们常来麒麟酒家后，来店里闹事的人少了。吃夜宵时，吴老板就会坐在我们身边，同我们唠些家常。开始得知冯炳义家是乡下的，吴老板就指着美兰和张虹说道："美兰和张虹家也是乡下的啦，乡下人朴实的啦。"一问姜美兰家就在冯炳义家镇子不远的邻县时，他俩竟相称起老乡来，弄得我莫名其妙地生出一丝嫉妒。

"那两个酒店姑娘好像和你们很熟？"

宋子健同我们去吃了两回夜宵，回来后盯着我们说。

我赶紧正色道："我们可是在执行公务中与她们认识的。"

"可我听治安科的人讲你俩在多管'闲事'。"

"是他们请我们帮忙处理治安案件，我们才去的呢。"冯炳义反讥道。

"再有这种事情，你们应该叫他们去找大胡子队长请示。"

"你说得对，下回我们知道该怎么做了。不过那确实是两个很朴实的乡下姑娘。"冯炳义岔开了话题，问他，"你觉得她们两个哪个更漂亮些呢？"

宋子健认真地想了一下说："我看那个圆脸的姑娘更漂亮一些。"他指的是张虹。

"不，不，你看走眼了，还是那个高个子的姑娘更好看些。你说呢，索林？"

我没有参加他们的讨论。我坐在桌前复一封信，又是那个叫张英的小姑娘写来的，她在信中管我要一张我这个"警民叔叔"的照片。这是不可以的，我在心里反复对自己说。

自从宋子健说过那句开玩笑的话后，我开始回避不去麒麟酒店里吃夜宵面了。倒不是为了什么，我只是不想再招致人们的议论。可是冯炳义却满不在乎，他还照去不误。有时夜查架不住他的生拉硬拽，又跟他去过两回。有一回去时，吴老板坐在他身边，悄悄对着他的耳根说了一句什么，他脸红了，偷偷地望了那两个姑娘一眼。我看见姜美兰像听到什么，脸也红了。而另一个姑娘还像从前一样不声不响地抹着桌子。

我发现姜美兰和张虹这回见到我们都有些躲躲闪闪起来，张虹在给我端茶水过来时，手还不慎被开水烫了一下，脸立刻像着了火一样红了起来。

"这是怎么一回事呀？"从酒店出来，我心里好生奇怪。

"农村女孩子就是这样，你越是和她们熟悉，她越是不好意思。她以为你要娶她呢。"冯炳义冲我眨眨眼睛诡秘地说。

冯炳义的话叫我暗暗一惊！

老实地说，我还从来没有想过和她们当中的其中一位姑娘交"朋友"，尽管她们很漂亮，水汪汪黑葡萄似的圆眼睛，微微一笑露出的两个深深的酒窝……可是她们毕竟是个农村姑娘。

我会找一个农村姑娘做未婚妻吗？我摇摇头，家里是不会同意我这么做的。我想起以前在饭桌上听到过父亲对农民种种偏见的那些话来，父亲显然忘记了他自己的父亲也是山东老家乡下的农民……不管怎样，我还是少和冯炳义去她们那里的好。

事情发展出乎我的意料，是在端午节我感冒生病那次。

头天夜里夜查挺晚，回去睡下时我就觉得有点儿浑身发冷。一大清早，姜美兰和张虹一起来到我们的宿舍里，我们还没有起床，颇有些慌乱地穿上了裤子。拉开门见她俩站在门外，她俩给我们送来了粽子，说是吴老板叫她们给我俩送粽子来的。可我们知道那是她俩亲手为我们包的。每个粽子里都多放了我俩喜欢吃的甜红枣。她俩还把自己做的红红绿绿的纸葫芦挂在了我们的门框上，树枝也是她俩刚刚路过马路边时顺手折的。

"我们为什么不去郊外踏青去呢？"冯炳义眯着还有些没睡醒的眼睛瞧着树枝上的葫芦说。

姜美兰立刻赞同道："好主意，走，我们一起去吧。"

我摇摇头："我有些头疼，你们去吧。"

"他昨天夜里搞夜查着凉感冒了。"他向那两个姑娘摊着手解释，又为我难过地摇摇头，"我可不想大过节把你一个人丢在宿舍里。"

我没想到张虹会留下来，这是一个心地善良的姑娘："我也正好不想去呢，你们去吧……"

"那谢谢你了张虹，替我照看他一下。"冯炳义冲我挤挤眼睛，这个家伙是巴不得和姜美兰单独出去呢。早知这样我不如和他们一块儿出去了。

屋子里就剩下我们两个人了，她叫我倚躺在被子上。为我额头上搭了块湿毛巾，发烧使我的脸看上去微微发红。我不好意思盯着她看，也不知道此刻该说点什么。

"你吃药了吗？你这里有感冒药吗？"

我摇摇头："药在抽屉里，可是我不想吃。"

"你吃两片药吧，吃了药会好得更快些。"

她站起身来，给我到地桌前抽屉里去找药。找着了那包阿司匹林，又给我倒了一杯开水，用嘴吹着把水吹凉了，然后把两片药和水杯一起递给我。我仰头吞了下去，嘴里残留的一丝阿司匹林苦味，叫我稍稍皱了一下眉头，她很快给我剥一个粽子扒出一个甜枣来，给我放进嘴里，苦味解去了。

"谢谢。"我说。

她将那包药重新放进抽屉里时，手却意外地停住了，她睁大了眼睛盯看着抽屉里面。

"这个抽屉里的信都是寄给你的吗？"她回过头来像不认识地看着我。

"是的，怎么啦？"我不明白她为什么这样问，在床上张望着她。

"这封信也是给你的吗？"她迅速回身从抽屉里拿出一封信来，举到我面前。她这个举动让我吃惊！这可不是一个好女孩子应该有的举动。她完全没有觉察到我脸上掠过的一丝不快，仍然固执地盯着我的眼睛问：

"这是给你的来信吗？"

我点点头。

"你就是那个'警民'？"

她圆圆的眼睛里莫名其妙地变幻着一些捉摸不定的东西：惊奇、猜疑、欣喜、窘迫……让我一时头脑有些迷乱，不过我也似乎觉察到一点儿什么了，心里微微颤动了一下。可是已不允许我再多想什么了，她那双火辣辣的眼睛一直在盯着我，我无法掩饰地点点头。

"是的……"

"你知道这个小姑娘是谁吗？"

我本能地大睁着眼睛看着她，不明白地摇摇头。

"她就是我的妹妹！"她叫了一声，眼里已有泪花在闪动了。

"啊——"这回轮到我吃惊了，呆呆地望着她，额头上已有透明的汗珠流出来，大概是那两片阿司匹林也发挥了作用。

她找来毛巾为我擦去了汗珠，坐在了我的身边。她再也不是那个一开口说话就脸红的姑娘了，她像换了一个人似的，脸上红光焕发，眼睛里流溢着兴奋惊喜的神色，两只柔软发热的手掌紧紧攥着我的手心，嘴里有些语无伦次地喃喃道：

"真没想到，怎么会想到呢，你就是警民，你就是我妹妹也是我们家的恩人哪。你给我妹妹寄来的学费让她重新上学后，我们全家人一直在念叨着你，我们全家人让妹妹写信向记者打听你，可是那个记者也没告诉我们你的真实姓名，说是你不让告诉。这是为什么呢？你难道是做好事不想留姓名吗（我摇摇头，默默地看着她）？你简直想不到，今年春节过后我出来打工，我们全家人还一再叮嘱我一定要找到你，要好好谢谢你。就在前两

239

天，我妹妹还来信问过我找到你了吗，她怎么会想到，在这大城市里找一个人简直像大海捞针一样呢。可真是老天有眼，让我做梦也不会想到，要找的那个好心人就在眼前。你看我高兴得眼泪都快掉出来了，大哥，你不会笑话我吧。在家时母亲就一直在念叨，我们家上辈子一定是积德了，让我们遇到了好人……大哥，你不会嫌弃我们家吧？"

她把我的手都捏疼了，可她还浑然不觉。

我一直默默地在听她说，此刻我还能说什么呢？她眼里流露出羊羔一样温柔的眼神告诉我，她很幸福，有一个虽然很贫穷、但很和睦的家庭。她很爱她的家，爱她的那个妹妹……

一个早上的时光就这么快被打发掉了。我们都忘记了时间。明亮的阳光透过窗玻璃照到我们的身上。冯炳义和姜美兰回来时，她还在拉着我的手。

"索林，我们给你采回来艾蒿了，你用艾蒿泡水洗了脸后，会保佑你一年不会再生病了。这是我们乡下人过端午节的习惯。"

冯炳义兴冲冲推开门走进屋来，他一下子怔住了。看看我，又看看张虹，再回过头去看看美兰。

张虹这才迅速抽开了手，身子也往旁边挪了挪，脸不知不觉红开了。

"索林，你好点了吗？"冯炳义干巴巴地问道。

"我想我的感冒已经好了。"

刚才出透一身汗，身子轻松多了，头也不再疼了。

姜美兰和张虹要赶回店里去做事了，就同我们告辞了。

"这是怎么一回事呀？"在她们走后，冯炳义迫不及待地盯着我问。

我没有理他，喃喃自言自语地说："难道世界上真有这么巧的事情吗？"

"你在说什么索林，你是不是还在发烧？"冯炳义莫名其妙地摸了我一下额头。

我向他诉说了刚才发生的一切……

"真有这么巧的事？"冯炳义听了呆呆地愣住了，"索林，你相不相信命运，看来这是老天爷有意安排的。"

我不置可否地看着他。

宋子健来上班后，他又告诉了宋子健这件事。

宋子健瞅了瞅我道："那个姑娘不错，索林，看来你要交桃花运了。"

我听了宋子健的话，脸发烧一样地红了起来。

当晚张虹又自己来了，她给我带了她亲手用红糖熬的姜汤。

"美兰呢？"冯炳义瞪着眼睛问她。

"她在店里忙着哪，走不开。"

冯炳义在屋子里转了一圈就借故走开了。我知道他是想让她和我单独待一会儿。

剩下我们两个人的时候，她一遍一遍地说："家里要知道这个消息不定多高兴呢！我上午就给家里写信了……"

"说说你妹妹的情况吧，我除了知道她是一个用功的好学生外，对她的情况一无所知。"我也好奇地盯着她问。

我以为不会再和那个小姑娘有什么联系了。

32

自从我知道了张虹的身世后，我们便正式交往了起来。这当然是因为她妹妹的缘故。但我还明白了一个这样的事实，一个小伙子的矜持是挡不住一个情窦初开的姑娘热情的，何况还是一个这样纯朴漂亮的姑娘。她那双清澈透明的眸子时时在提醒你，它是容不得任何杂质的。那里面没有城里人对乡下人的偏见，没有乞怜与赠予，有的只是温存与善良、爱……当然那双像小鹿一样温顺善良的眼睛有时会惊慌地从我身上闪过，我知道它是经不起任何伤害的。

有时我也在想，如果家庭条件允许，她也会读完中学，也许会上大学的，那样的话她也会做个堂堂正正的城里人，获得一份体面的工作。可惜，老天爷赐给了她一副那么好的美貌身材，却让她生在那么偏僻贫穷的乡下……这是不是造物主的不公正呢？但愿她的妹妹会像她所说的那样一定会考上大学，这是她们全家人的希望。她出来打工，一半是为了家里生活的需要，一半是为给妹妹将来考上大学积攒学费。这个我要她不要担心，到时候自然会有办法的。

她听了我的话，看了看我，好像没听懂我话里面的意思。当然我也没有去明说。

事情就这样顺理成章地往前发展。傍晚，我们和冯炳义、姜美兰一样，一同走出去散步，或到天桥上坐一坐。有时还到铁西电影院去看场电影。如果她们酒店里不是很忙的话，吴老板都会通情达理地看着我们成双结对地走出去。他一定没想到我们会这么快搭成了两对"朋友"。

星期天，姜美兰和张虹到宿舍里来给我们拆洗被子、洗衣服。

自从交了女朋友，我俩再也不用动手亲自做这些事情了。衣服有一点儿脏灰都会被她们强迫脱下来放到盆子里去的，而以前我俩总是穿出味来才去洗。冯炳义还振振有词地说，这样才符合"便衣"的身份。现在弄得宋子健都有些嫉妒我们了。干净的衣服穿在身上倒叫我们觉得有些别扭。冯炳义唇上的胡子本来想学董队长留起来的，可是现在他两天就要动一回剃须刀了。那把黑杆剃须刀还是美兰送给他的礼物。

两个姑娘蹲在地上洗衣服，宿舍的窗子敞开着。窗外凉爽的清风吹进来，屋子里飘荡着一股肥皂香味。

我倚在床头上在读一本小说。冯炳义一会儿走过去给她们帮忙，把她们洗好的衣服拿出去晾在院子里的铁丝上；一会儿又挂着头半躺在床上，看着她们蹲在地上搓着衣服，似乎在想着什么。

她们端着盆出去倒水，他回头看了我一眼说："这是两个多么能干的姑娘呀，还等什么呢？"

我抬起头来看了他一眼，也许他脑子里早就在想，能娶到这样一位姑娘做媳妇真是一种福气，或许他的脑中已幻化出这样一幅温馨的图景来：每个星期天他都能这样躺在床上，看着那个能干的媳妇为他做这做那，这无疑是个十分温馨的星期天，可是我们能有多少个这样的星期天呢？就是此刻，我们的耳朵还在注意听着隔壁值班室那部电话机。我们谁都不希望此刻有任何事情来打搅。

那天晚上，冯炳义突然跟我说，他已把美兰和他的事情写信告诉了家里，他母亲得知他有了未婚妻非常高兴，还惦记着什么时候要他把这个姑娘领回家去看看哩。

"你呢，索林，你写信告诉家里了吗？"

"还没有，我想再等等。"

"你也应该写信把这件事通知家里。"

我并没有这么去做，我只想再等等。我一时也说不清为什么，是担心家里不同意呢，还是在想着别的……

日子过得真快，不知不觉几个月就过去了。

吴老板和他夫人、孩子去广东那段日子，有一天我们夜查去了麒麟酒店。那天晚上全城在搜捕两个持枪连续入室抢劫的在逃犯。我们是夜里十点多钟到她们店里的，店里除了那个厨师就只有她们两人在，别的伙计和服务员小姐都请假回家去了。她俩和那个厨师听完我们说的情况后，顿时紧张了起来。因为那两个抢劫犯都是在夜里选择闯入酒店作案的，装作进来吃饭的样子，敲开饭店的门，然后用枪逼住店里的人，叫老板把饭店当天没来得及存入银行的现金都交给他们。

"夜里关好门，谁来叫门也不要给开。"我俩叮嘱她俩和那个胖厨师。

就在我们刚要转身离开时，张虹的手突然紧紧拉住了姜美兰的胳膊说："美兰姐，我害怕。"

冯炳义听到了，停下了脚步，回头看了看她俩，又回过头来看了看我说："看来我们得留下来，也许那个家伙今晚真的会闯到这里来。"

我点点头："天知道那两个家伙在我们转身离去时，会不会尾随着跟进来。"

一听我们这样讲，那个厨师吓得腿直打战了，他翻着白眼球说："你、你们别走了，求你们看在吴老板的面子上留下来吧。"

冯炳义巴不得他这样请求我们呢。他脱去了头盔，将摩托车推到了后院里。重新坐到前堂来，那个厨师已殷勤地为我们下了两大碗面条，里面放的虾仁比平时还要多。他站在旁边看我们吃起来，不大一会儿就哈欠连天起了困意。

"你去睡吧，这里有我们呢。"美兰支开了他。

两个姑娘像两只猫咪分别依偎到我们身旁，看着我们吃完，随后又给我们去倒了茶水。也许是我们身上的这身装束叫她们紧张，她们很少看到我们穿警服。

"姑娘们，我们这样坐一宿可不行。你们也要去睡觉的。"冯炳义冲我眨眨眼睛说。

我懂他的意思。我们可不想这时候队长和宋子健他们闯进来，看到我们在和两个姑娘闲聊，喝茶。

"那你们跟我们到后屋去吧，那里有床，你们困了也可以躺一会儿。"姜美兰说着拉灭了大厅里的灯，大厅里顿时一片黑暗。

姜美兰点亮了一支蜡烛，我们跟着她向后屋阁楼上走去。木质的楼梯发出轻微的响动。张虹走在我身后，她的手紧紧地挽着我的手。

她们这间窄小的宿舍摆放着两架上下铺双人铁床，住着四个人。隔壁用木板间壁起来的另一间屋子也住着四个服务生。除了她俩，别的服务生都是家在本市的，老板不在家，也都给别的服务生放假回家了。

我俩分别在她俩的床上坐了下来，姜美兰把蜡烛插到蜡烛台里放到一个小柜子上，她挨着冯炳义身边坐了下来。屋子里能闻到一股廉价的香水味。张虹从柜子里找出一包白瓜子给我们嗑，美兰也从柜子里找出了几块巧克力来。可我们谁都不想吃任何东西了。

"你俩可以到上铺去睡觉，有我们在你们不用担心什么。"我说。

"我们一点儿也不困。"

"那我们就唠唠嗑吧，难得有这么个安静的夜晚。"冯炳义拍拍自己的床边，姜美兰又依偎着坐了过去。

他俩唠了起来，开始我和张虹只是在听，她脸上透着红晕，还有些羞涩，偶尔偷偷溜我一眼，很快又低下头去。

柜子上的蜡烛渐渐烧短了，"噼噼剥剥"爆出一些轻微的火花来，蜡烛捻子在烛台里倒了下去，熄灭了，我们谁也没有去管它。小屋里顿时黑了下来，张虹慢慢贴近了我的身边，她的手攥住了我的手，我没有动。

黑暗中还能听到那边床上的喃喃细语声，后来这种声音就一点一点小了下去。我的头开始点了起来，朦胧中感觉张虹把一只枕头垫在了我的头下，我就头歪倒在她床上迷迷糊糊睡着了。搜了一天，实在太困了。不知过了多久，我醒来了，张虹还坐在床头，头一动不动地在看着我呢。

"我睡着了吗？"

她在黑暗中点点头。

我坐直了身，去寻找那边床上的说话声，可是一点儿声音也没有。大概已是下半夜了，我模模糊糊感觉到那张床上已经没有人了。

　　"他们呢？"

　　她没有回答我，好像背过头去，她的脸在发烧。寂静中我听到了一阵轻轻的让人耳热心跳的响动，是从隔壁传来的。我明白了。

　　"你睡会吧。"我掩饰着什么说，要走到对面那张床上去。

　　张虹制止了我，她的手轻轻把我拉住了。"别动，我不困。你再在这里睡会儿吧。"她怕惊动了什么似的用手指竖在嘴边说。

　　"要不，你也躺下来吧。"我在她耳边说。

　　她顺从了我的话，挨着我身边躺下来。她身上隔着裙子透着那股姑娘身上特有的芳香味，让我一阵心荡迷离。可是我很快就听见她小声说话了：

　　"索林，你知道吗，我上回给家里写信说我找到你了，别提他们有多高兴啦！他们让我好好感谢你哩。"

　　"那你打算怎么感谢我呢？"我动了一下，手不慎碰到了她的胸部，她那两只坚挺的乳房像两个小馒头，让我的手触电了一样缩回了。

　　"你坏。"她羞涩地退了一下身子。

　　我的手拿开了，我们似乎都怔了一下。后来她背过身子去，很快睡着了。从她的鼻孔里发出均匀的呼吸气息，透着一股淡淡的清香。

　　我还在怔怔地发愣着，在黑暗中睁大着眼睛，想弄清楚这是怎么一回事情……

我完全陷入了一种不能自拔的模模糊糊的冲动之中，我奇怪的是我这会儿的欲望和思想怎么会像个怪曾一样混合在了一起。黑暗中，我回忆起了在警校那次在玉米地泡子边上第一次见到女人乳房的情景……我的眼前有些发晕，呼吸困难，似乎有什么东西扼住了我的咽喉，我抬起头来，头向那边歪去……"索林，索林……"她的头转过来，在睡梦中叫起了我的名字。我顿时怔怔地僵硬在那里，平躺在床上，一动不敢动，寂静重新从黑暗中流淌过来……弥漫了整个小屋。

　　朦胧中，细听到隔壁那头传来了轻轻的说话声：

　　"……美兰，你怎么了？"

　　"没，没怎么。"

　　"那你怎么哭了？"

　　"我是高兴，我是高兴才流泪的，我太幸福了……"

　　"美兰，我一定叫你幸福，我一定娶你做我的老婆，到秋天我们就结婚。"

　　"炳义哥，你真是我的心肝……"

　　她还在熟睡着，天就要亮了。

　　我似睡非睡蒙蒙眬眬跌进了一个似曾熟悉的梦乡里，一个面带忧郁的少年远远地向我走来，那是我上中学时的影子，每当做完功课，我总喜欢一个人跑到大河边上去，心里在默默想着一个暗恋着的女同学。面对平静的河水，思考一些人生呀，爱情呀……这些乱七八糟的东西。是不是真有命运这种东西？如今我再也不是那个迷茫困惑的少年了，我想到那个班主任女政治老师就要和她心目中的英雄结婚了，他们或许会生活得很幸福。而眼前这个乡下的朴实善良的姑娘，显然也是把我当成英雄一样看待，我能给她带来幸福吗……我不想再去想这些令我捉摸不定的事情了，我睁开了眼睛就想快点儿离开这里了，因为天就要亮了。

早晨起来，姜美兰和张虹从后门把我俩送出来。那两个姑娘都像换了一个人似的，脸上透着一种迷人的红晕。

"晚上还过来吧。"美兰恋恋不舍地说。

"噢，这可不行，我的宝贝。"冯炳义趁我没看见，吻了她额头一下。

我也冲张虹挥了挥手，坐在了摩托车挎斗里，一阵发动机引擎声响，我们一溜烟地跑走了。

"喂，你昨晚睡得怎么样？"

"很好。"我闷闷地答了一句。

"你在和我装糊涂，看看你的眼睛就知道了。"

这个家伙，他还以为我跟他一样呢。

可我已无法去戳穿他了，任他去想吧。凉爽的清风从我们面额上掠过……

33

自从那天晚上以后，冯炳义和姜美兰更喜欢单独在一起了。

日子久了，吴老板也看出了端倪，每次去吃夜宵，他都像什么也不知道地给我们留了后门。可每次从后门走过，冯炳义都跟我说他有一种不太舒服的感觉。有空时，他就打电话约她出来，然后一起到外面去散步。

"你是在和她交朋友吗？"有两回晚上被宋子健碰上了，等他送她回来，宋子健这样问道。

"是的，我打算和她结婚啦。"冯炳义眼里闪着幸福的亮光说。

"可是你了解她吗？"宋子健似乎想说什么，他好像对这个高个子姑娘有偏见。

"我只知道她父亲也是个庄稼汉就足够了。"冯炳义脸色沉下来说。

宋子健就不再说什么了。过后他叫我劝劝冯炳义，并悄悄告诉我，他好像看见过那个姑娘曾经在一家夜总会里做过小姐。我知道了这件事后也略感惊讶。

就在他说过后的一天晚上，我跟冯炳义含含蓄蓄说了这件事。

"哦——我知道。"冯炳义听了后并不觉得奇怪，他说美兰告诉过他这件事情，还告诉了他她家里一些别的情况，她乡下的家里有三个姐姐、一个弟弟；姐姐都出嫁了，嫁给了附近村子里的农民。她不想过她们那种日子，就在初中毕业时出来了到城里来找事情做。她先是和同乡的两个姐妹在城里一家夜总会当小姐，后来没干多久就离开了那种乌七八糟的地方。"对于她在夜总会里做事情我并不觉得奇怪，"他神色沉思着说，"倒是她身上时常流露出的那种乡村女孩子的纯朴味道叫我暗暗称奇，想想看，她十七岁就从那个贫穷的村子走进城里来的时候还是个孩子，可城市并没有改变她什么……"

"她还是一个处女。"冯炳义最后默默向我说道。

这是很合适的一对儿，与他们比起来我有些惭愧。至今张虹问起我的家庭来我还有些遮遮掩掩，我没告诉她我家里人的情况。我怕父亲不同意我们相处，所以至今我也没有把这件事写信告诉家里。

"你好像有些心神不定……别叫那个姑娘失望。"冯炳义看出了我的心思说。

"也许我是该给家里写封信了。"我对他说。

我不能再回避这件事情了，她已觉察到了我的惊慌和不安。那天她借口说她妹妹管我要一张照片，她和美兰一起来到了我这里。我只好把一张刚上警校时照的二寸照片拿给她。我知道她会把这张照片放到她的小镜子后面的，在我们不见面时她会偷偷拿出来看的。

她这些日子一定想我想得有些发疯，见到她时，看她眼圈有些发青，这是因为没有睡好觉的缘故……

我在耐心等待着家里的来信，我有些忐忑不安。我实在是为那个姑娘的命运担起心来。我在信里也夹了一张她的照片，是冯炳义叫我这么做的。同张虹说了后她主动把这张彩色照片送过来了。她忘记了一个姑娘该有的矜持，或许她觉得这是应该做的。冯炳义告诉我农村都是这么相亲的。可是谁会相信照片上的这个漂亮姑娘一年前还是从没走出过家门的乡下女孩子呢？我在信里只简要地介绍了一下她家里的情况，说我们是在城里认识的，她在城里"工作"……

家里终于来信了，是父亲亲自写来的信。信封上的字体让我一下子辨认出来，我有些紧张地打开了信，看了两行心才稍稍安定下来。

父亲在信中说：

　　索林吾儿，你要娶的姑娘虽然家在乡下，可她本人在城里工作。这就好比买猪羔，怎么会去考虑连猪圈一起买呢？这个姑娘人长得模样不错，看上去也很腼腆懂事，是个本分的孩子，我和你母亲都比较满意。你不要有什么顾虑了，你也老大不小了，该为自己的婚姻大事着想了……

"你家里来信怎么说？"冯炳义问我。

我把信拿给他看。

"你父亲真是一个会算计的老头儿。"

"一点儿没错，他是一个会计。"

我轻轻地舒了口气。他会很快把这个信息传递给那个姑娘的。我把这封信收了起来，藏在了箱子底里。我不想再把它拿出来。

张虹果然第二天傍晚和美兰一同来到了宿舍里。在冯炳义和美兰他们两个走出去后,她脸上挂着一种期待的羞涩望着我。

　　"这个、这个……我得向你介绍一下我家里的情况。"我脸红着说。

　　她挨在我身边坐下来,仰着头专注地听我讲。她对我说到的每一个细节都很感兴趣,包括那个在青年点里已找不到活计干的弟弟。她专注的样子很像一只温顺的羊羔……夏夜的燠热,使她鼻尖渗出了微微的细汗。

　　"你妹妹她还好吧?"说完,我转过头来问她道。

　　"她很好,她每次来信都让我说你的情况……让我代她问你好。"

　　"她们快放暑假了吧?"

　　"是的,快放暑假了,她很希望……"

　　"她希望什么?"

　　她脸微微一红,说:"她希望你能到我家去做、做客……让她能见到你,还说、还说我父母也是这样想的。"

　　我明白了。

　　周末的时候,如果没有什么事,宿舍里的聚会就成了我们的节日。冯炳义会早早把电话打过去。

　　她俩过来了,先是把我们塞在床下要洗的衣服洗了,然后又从她们带来的塑料袋里拿出她们委托厨师给我们做好的鸡腿、猪头肉,又掏出大米来给我们做饭。炊具早让我们买好了,星期天我们是用不着上食堂去吃饭的。偶尔她们还会带几瓶啤酒来。通常她们是一点儿也不让我们插手的,让我们老老实实待在床上。吃着她们蒸出来的香喷喷的米饭和带来的熟食,我们格外有胃口。我们也让她们喝上一点儿啤酒，她俩抿上了几口脸就红了，盈盈的红晕在眼前晃动，多么令人感动的时光啊！我们都尽量慢慢品尝着……

可是往往吃过饭，收拾好碗筷就要到夜里十点钟了。我们得送她们回去。她们明天还要起早上班。冯炳义默默地转着身不知该做什么好，他想挽留她们再待一小会儿，可是时候已经不早了。我和冯炳义差不多都在心里这样想着：不知道下个周末会不会有这样的幸运了。因为除了怕发生案子外，还可能轮到我俩到外地出差办案。这对刑警来说也是家常便饭，什么时候再能同她们这样聚餐也说不定。而她们似乎还没有觉察到这一点，很快活地擦着额头上的热汗，口气带着不容置疑的嗔声说：

"小伙子们，该送我们回去啦。"

于是，我们只好缓缓起身送她们回去了。

34

有时候我常常在想，假如没有警察这个职业，这个世界该是什么样子呢……暴力、凶杀、抢劫、强奸各种各样的犯罪是不是随处可见？就像大街上没有交警的十字路口，闯红灯的人会随处都是。一切是不是全乱套了呢？

那天我读到一篇挺荒诞的外国小说，说有一个城市的居民要求市长取消交通规则，给居民以最大限度的自由。市长先生就遵从了市民的意愿取消了交通规则，结果这个城市的街道上车辆和车辆之间，行人和行人之间逆行相撞了起来，许多人惨死在车轮底下，没过几天市民们就吓得人人不敢出门上街了……啊，自由这个怪物，当你拱手给他时，他却不敢要了。用我们队长的话说，"警察是人人讨厌而又人人离不开的"。虽然我们以前在中学政治教科书里学到的是将会有一个没有国家、没有暴力、没有贫富、人人平等自由的社会。可是眼下我们却十分清楚这个社会越来越需要警察了。这从每天公安简报通报发生的大量刑事案件中可以看得出来，这可比我们上警校时坐在课堂里料想的要多。有时一天要连续出三起杀人现场，我们甚至连停下来想一想这是为什么的时间都没有。被枪击的男尸、强奸后毁容的女尸、夫妻反目的凶杀现场……这些活生生、血淋淋的场面远比在警校时看到幻灯录像生动骇人得多。久而久之，我们已失去了刚搞案子时的激动，变得厌烦、麻木了起来，对死者亲属的哭诉引不起我们半点儿同情了，鼻孔里充满了来苏水儿味、石粉味。他们背地里骂我们是冷血动物。不错，可是是谁把我们变成冷血动物的呢？

真得感谢那位对我们充满了同情的区长，他在一次"严打"总结表彰会上，说出了这样一组数字：全国每年公安干警因公死亡的人数是四百零九人，就是说全国每天平均要有超过一名警察在执行公务中死去。另据我在某报上看到的人口寿命统计，全国人均寿命最短的职业是警察，五十八岁左右。想想看，别的职业在和平年代里有这样的指数吗？而对越来越增多的杀人案件，我们也困惑不解，我们也弄不清楚他们的想法。连续审理了几起杀人案，让我们吃惊的是，我们竟听到了一模一样的供词：抢把枪，抢大钱，抢完大钱活半年。听听，这是多么可怕的想法呀？他们这不是疯了吗？还是这个变化得越来越快的社会疯了？面对这样疯狂的对手，我们不得不让自己变得冷酷下来。我们已不是刚刚分配来爱激动的警校生了。

我们也期望平安无事的日子，这样我们就能和姜美兰、张虹待在一起了，和她们待在一起，让我们体验到了这个世界温馨的一面。它是由姑娘和啤酒组成的，令人陶醉。可是这样的日子越来越少了，我们刑警队成立了追捕分队，任务是抓捕一些潜逃在外的重大杀人、抢劫案犯。宋子健做了我们分队的队长。他现在越来越能干了，曾经抓过两名杀人逃犯——他们可都是杀红了眼的亡命徒，想想就会让人不寒而栗的！

"我比他们还红眼，想想他们无缘无故把人杀了，仅仅是为了抢到三十块钱，我就会气炸肺的。"宋子健说。

红蜡烛夜总会案件是我们引以为自豪的"杰作"。在这个重大团伙案犯抓捕行动中，我们三人都立了功。宋子健后来被提拔为刑警大队副大队长，冯炳义被任命为追捕分队分队长，我呢，被任命为阵地分队队长。

在这次抓捕枪战中，共击毙公安部通缉的在逃犯三名，抓获省公安厅通缉的在逃犯两名。在他们五人当中，有两人是本市人。其中这两个人就是初夏那次我们全城搜捕行动中没有抓获的那两名抢劫杀害饭店老板的在逃犯。他们一个叫王杰，一个外号叫于大头。这两人逃到外地后，又连续作案多起，结识了另外三名通缉在案的在逃犯，组成了一个亡命徒团伙。他们手里都有枪，在这之前，他们已击杀了追捕他们的公安干警三人。

那天夜里采取行动之前，董队长神情严肃地传达了省厅、市局的行动命令，为了不再发生伤亡，一发现他们就可以当场击毙。

我们都戴上了钢盔，穿上防弹背心，冯炳义和另外一名队员身上还背上了微型冲锋枪。

出发前队列里鸦雀无声，从呼吸中可以感觉到大家都有点儿紧张。

这个夜晚漆黑无比，没有一丝风，白天有一场大雨没有下来，憋闷得让人透不过气来。我们静悄悄踏着夜幕出发了。

我后来始终在想，王杰为什么在外逃几个月后又潜回到本市来？对于耳目提供的线索开始我还有所怀疑，后来才知道王杰有一个女朋友在红蜡烛夜总会。人为财死，鸟为食亡。感情冰冷麻木的王杰是为红颜而死的。那天夜里，红蜡烛屋里发出盈盈蜡烛光对王杰对我们来说都是一种美丽的致命诱惑……

我们是夜里十二点前悄悄摸到红蜡烛夜总会屋子周围的。红蜡烛夜总会在东城区一条僻静的胡同口上，四周都是平房区，这家夜总会是租用两间临街平房装修的。墙外和门脸是用白桦圆柱垒的墙壁，看上去十分迷人。门脸上沿着白桦皮门柱挂着一串彩色微型灯泡，一明一灭地闪烁，像一串鬼火在深夜里眨动。

黑沉沉的长方形屋子里面也是静悄悄的，侧耳细听，方能听到里面幽幽传出来的古筝曲声，若隐若现，如梦如幻。我们在屋外四周包围了起来，埋伏了有一个小时，不见屋里有任何人出来。董队长就命令我们几个悄悄从正门贴进去。

"把枪机打开，一定要小心。"

冯炳义后来躺在医院里向我问道当时里面放的什么曲子，我告诉他是《十面埋伏》，是一支中国古代名曲。他自言自语地说："王杰为什么喜欢听这支曲子？"我说我也不知道。不过我给他讲了这支曲子的来历，讲了项羽、刘邦的故事。他似懂非懂地点点头。

这支曲子在这个漆黑的深夜里像个幽灵在牵引着我们的脚步，我们悄悄推开了门。令我们大惊失色的是，里面并没有别的客人，只有他们和坐在他们腿上的小姐。屋里黑暗一片，有两只红蜡烛在他们背对着的列车厢式的包厢里摇忽不定，将几个人影阴森森晃到墙面上。于大头最先看到了从外面进来的人，他略显惊讶地瞅着我们。

我们这才感觉到门两边隐藏着站立的两个高个子黑影，他俩手里各自拿着一支手枪。

"啪！"一颗子弹擦着宋子健的耳边飞过。红蜡烛被吹灭了。

"快趴下！"他喊了一声。我们立即退倒在门槛外，举枪向两边射击，"啪！啪！"屋里顿时传出了小姐乱作一团的惊叫声：

"妈呀!"

门两侧的一个家伙被击中了,他叫了一声倒下去,另外那个家伙一边向后退着,一边继续向我们开枪射击,坐在里面包厢椅上的人这时也拔出枪来射击,屋内顿时枪声大作了起来……

我、宋子健、冯炳义就地一滚,滚到门边列车厢式座椅里,借着椅背的掩护举枪射击。麻烦的是,那几个家伙和小姐混在了一起,让我们没有办法射击,怕伤着小姐。而他们则趴在椅背和吓瘫了的小姐身后,肆无忌惮地朝我们射击。

"你们已经被包围了,我们是警察,快缴枪投降!"这时董队长也冲进门口喊道。

回答他的是一串枪声,董队长就地滚到我们身边来,那几个家伙开始往后屋里移动撤退。

"掩护我们,我们冲过去!"宋子健冲董队长喊了一声,一挥手,我们几个紧随在他身后猫着腰往里摸索着蹿进去。

"啊!"黑暗中听到宋子健传来一声叫,他大概被里面射出的子弹击中了胳膊,身子一弯卧倒在了地上。

"子健,你怎么样啦?"我和冯炳义紧张地问。

"小心!"黑暗中听宋子健忍痛传来一声。

我和冯炳义摸索着冲进后屋里,刚推开一个包厢门,就见黑暗中一个大脑袋的家伙猛地抱住了一个小姐,冲我们喊道:"别过来,不然我就打死她!"

"不要,不要!"那个小姐惊慌地冲我们摆手。

冯炳义和我猛地站下了,愣愣地望着他,那个小姐还在惊恐地哭叫:"你们不要过来……"

"放开她!"

时间瞬间凝固住了，我们都有些发愣。

外屋门口上不断听到有我们的人涌进来，后屋包房里枪声还不断在黑暗处响着，躲在后屋里一个家伙已喊"饶命了"。可是枪声还在那间包房里响着……

"你跑不了啦，你们已经被完全包围了。"冯炳义镇定地向里面喊话道。

"住嘴，把枪放下，不然我就打死她！"里面一个黑影凶狠地叫着用枪点着小姐的头，小姐一哆嗦，腿在打战，已叫不出声来了。

冯炳义回头迅速向我使了个眼神，慢慢把手里的枪蹲身放到了地下。

"你，还有你，快把枪扔掉！"

我犹豫着要不要把枪放下，慢慢弯下腰去，刚要往地上放下枪，于大头突然推开了小姐，随手从背在后面的手上扔过来一颗自制的手雷。

我突身飞起一枪举起朝他射击——"啪！"

他的脑门顿时绽开了一朵血花，怔怔地看着我。

地上那颗手雷还在"哧哧"地冒着白烟，小姐吓成了一团瘫在地上。

我不知是去拿开那颗手雷，还是去拉起小姐。愣怔的工夫，就听冯炳义喊道：

"索林快闪开！"冯炳义一个鲤鱼打挺跃起，飞起一脚将那颗手雷踢开，扑过来将我和那个呆住的小姐拉倒压在身下。

"轰！"的一声，那颗手雷在屋内窗前爆炸了，一件东西重重地压在了我的身上……

我一阵眩晕，便什么也不知道了。

35

我是在医院里苏醒过来的。

朦朦胧胧的视线里，我看到了一张张熟悉的面孔：董队长、宋子健、张虹……"我这是在……哪里？"我懵懵懂懂地发问。"你是在医院里。"董队长眼睛看着我说。"我怎么会在这里？"我努力回想着，可是什么也记不起来了。我看到宋子健胳膊上也包扎吊着一条白绷带。

过了一会儿，进来两个穿白大褂的医生，他们把队长叫到走廊上去。

我耳朵里隐隐约约听到从走廊里传来说话声……"他情况怎么样？""他问题不大。""我们那个人情况怎么样？""他的情况很严重，他的肾脏被炸穿了，我们正要为他实施手术，谁是他的家人？是那个哭晕过去的姑娘吗？""不，他们还没结婚，她是他的女朋友。""手术需要他的家人签字，要尽快通知他的家人到场。"那个医生显得很着急。"让我来吧……他会有生命危险吗？""目前还不能确定，我们正在做最大的努力。""求求您大夫，一定要救活他……"走廊上的脚步声渐渐远去了。

"冯炳义？冯炳义在哪里？"我忽地从床上坐起来，要走下地去。

几只手同时按住了我，"索林，你安静些，索林你安静些。"

"不，我要去找冯炳义，他在哪里？"我扭动着胳膊，吊瓶的针头让我碰掉了，从针孔处流出鲜红的血来。我挣扎着要离开病床，一阵剧疼从头顶上绷带缠着的伤口里渗出，我不得不双手抱住了脑袋；一阵眩晕叫我眼前发黑又栽倒在床上。

"索林，索林，你怎么啦？你不要吓唬我，大夫，大夫快来……"是张虹带着哭腔的喊声。

医生很快被找来了，他叫护士给我打了一针安定之类的药物。我安静了下来，重新平躺在床上，胳膊上又被人扎上了针头。头昏昏沉沉躺在枕头上，眼皮想睁也睁不开，身子发沉得像跌入到了一个黑沉沉深不见底的山洞里，冰冷、阴暗、恐惧。我的身子有些发抖。

"他在发烧吗大夫？"

"是的，那颗自制的手雷是用废弃的易拉罐做的外壳，我们给他取出的残片感染上了病菌。"

我明白了这是在医院里，我断断续续想起了昨天夜里发生的一些事情：红蜡烛夜总会、于大头、自制的手雷爆炸、那个妖艳的夜总会小姐。她怎么样啦，她伤没伤着？她发出的那一声尖厉骇人的尖叫，至今还回响在我耳边。她仰脸朝天被压在我的身下，她只穿了一件裸露着胸背的紧身薄纱裙，两只暄软的乳房被我压在了胸下，她抹得血红的嘴唇也抵在了我的下巴颏下，一定将口红也印在了我的下巴上……可惜这不是在这里跳舞，我还从来没单独去过那种地方，跳舞我也不会。红蜡烛夜总会，多么有情调的名字，我会一辈子记住这个地方的！

我以为必死无疑了，那个冒着烟的手雷就落在我的脚下……随着一声巨响，我就什么也不知道了。这么说是冯炳义救了我，也救了她。他的整个身躯都将我们盖住了。这个大个子，体重有九十五公斤……他现在怎么样啦？他会不会死？我的头痛得要命，我想挣扎着再坐起来，可是这已不可能了，浑身一点儿力气都没有了，身子麻酥酥的，像小时候出水痘子，躺在炕头上再也不想起来了。

我渐渐地困了，迷迷糊糊睡了过去。

这一觉醒来是第二天早晨六点钟了。除了那个护士外，张虹还在。她一夜没睡，一直在看着我。

见我醒过来了，脸上露出一丝惊喜："你醒啦？你吓死我了。"她揪着胸口上的一颗纽扣紧张地说。

我用眼睛朝她点点头，高烧已经退去，使我大脑清醒了许多。

"冯炳义呢？他现在怎么样？"这是我醒来向她问的第一句话。

"感谢老天爷，他的手术很成功，大夫说他已脱离了生命危险。"

我轻轻吐出了一口气，这个早晨里的一切都是让我觉得那样美好。我挥挥手叫那个胖护士可以离开我一会儿了。

"他在哪里？我要去见见他。"

"你现在还不能去见他，他现在留在重症监护室里观察，医生不允许任何人进去看他。"

张虹按住了我，轻轻地说。

过了一会儿，姜美兰走进病房来，我又向她询问了冯炳义的情况。她告诉了我和张虹说的一样的情况，看来她并没有骗我。不过姜美兰两眼红肿肿的，像挂着两个红杏。

我就安慰起她来："别担心，他会好起来的，老天爷会保佑

263

他没事的。"

她点点头，偷偷背过脸去，用毛巾抹了一下眼睛。

到了下午，我有了点胃口，能够吃东西了。张虹就回店里特意去给我熬了鸡汤送来，并带来了几个熟鸡蛋和小米饭。

我躺在床上，张虹喂我我没有拒绝。

姜美兰坐在一边看着我，她心里一定在想，那个饭量很大的冯炳义什么时候才能像我一样吃饭呢。

队长和宋子健他们又来了，"董大胡子"告诉我局里正在给我俩报请一等功。

我听了默默地把头转开了。

"索林，你是不是还在担心大力士？"宋子健关切地问我。

我点点头，并问他胳膊上的伤怎么样了。宋子健说，他只是子弹擦伤了一块皮，不碍事的。

"我问过医生了，到晚上就允许我们进去探视了，别担心。"

他们一直待到晚上，我们一起去了特护病房。特护病房护士只允许董队长、美兰和我进去，他们就只好等在门口上了。从门上的小窗口可以看见里面。

一走进去，我突然有一种紧张的悚然感觉，特护病房里只有一张病床。那个躺在病床上的人身上插满了氧气管、输液管、导尿管。他的头部脸部都包着绷带，只露着两只眼睛和鼻孔。

姜美兰先前已进来过一次，她显得很平静，坐在床头上，对着冯炳义耳根说了一句什么，他慢慢睁开眼睛来，寻找着我们。

我伏过身去拉住他的手，眼睛里已控制不住泪水了。

"你救了我的命，大力士。"

他眼睛定定地看着我，并没有什么神色变化。

"那些歹徒都抓到了？"他用眼睛在询问。

"一个也不少。"董队长说。

"……"他的眼睛里流露出一种欣喜。

从特护病房走出来，我神情有些忧郁。那个躺在这里的人应该是我。

分局局长、市公安局宋局长也都到医院里来看望我们了。我们一夜之间成了英雄。

最讨厌的是我们不愿见到的佟立群又和我们见面了，这个家伙像个嗜血的苍蝇一样盯上了我们，他一遍一遍问我们："你当时想到了什么？你们谁冲在最前面？董队长为什么没有负伤……"我真想问问他：你怎么没有负伤呢？这个家伙一年来待在机关上面养尊处优，身子已有些发福，已露出双下巴颏。跟他来的有一个记者倒是很有意思地问了我和冯炳义这样一个问题："你们在警校里就是一个优秀的学生吗？"我一指佟立群说："这个你倒要去问问他。"佟立群的脸立刻红了起来，我们叫他感到了难堪。

接下来团市委、市青联也纷纷来人到医院带着鲜花来看我们了……

好在冯炳义的病情已经有所好转，已从特护病房转到了普通病房，否则的话我还真担心他们会把病菌带给他哩。

更没想到的是市长也来看我们了。这个我们见过的市长在宋局长的陪同下来到了病房里，他握着我和冯炳义的手一遍一遍地说："小伙子们，好样的，你们是全市人民的骄傲，全市人民都应该向你们学习。"接着，就有跟来的记者在旁边分别给我们和市长照了相。我相信这张照片明天就会登在市里的日报、晚报上。我们真成了了不起的英雄了！

更多的时候冯炳义是在睡觉，手术后他身体还比较虚弱，需要休息。市长来探视我们的消息登出后，许多我们不认识的人也跑到医院里来看望我们了。多数情况下他们会遭到医生、护士的挡驾，他们就委托护士们把鲜花送到我们的床头来。这里面还有一些女中学生。她们会要我们在她们的日记本上签名。这可多少有点儿叫我们难为情。我的字写得本来就不好，一紧张连钢笔都握不住了。

"外面有位小姐，她说她想见见你，可以吗？"这天那个胖护士推门进来对我说。

我想又是哪个社会女青年慕名而来，这些日子来我已觉察出张虹的稍稍不安了，她为护理我已消瘦了许多。我不想让她有什么担心。所以就对那个护士说：

"请你转告她，我现在要睡觉了。"

护士奇怪地看了我一眼，其实我刚刚睡过午觉醒来。

她出去了，过了一小会儿又走进来：

"她说非要见见你，不然她不会离开的。"

"那你就请她进来吧。"我无可奈何地对张虹摇摇头。她坐到一边去。

护士一带她进来，我立刻认出她来！她就是那天夜里我们在夜总会里救下的那个姑娘。她叫叶红，我已从宋子健那里知道了她的名字。

266

她"扑通"一声跪在了我的床头，她手里还拿着一束鲜花，身上的衣服却有些透明："你是我的救命恩人哪……"她泪水涟涟地说。

"不、不，不光是我，还有他，是他救了你……你、你请起来吧。"我慌乱得有些语无伦次，往那边床上一指，冯炳义还在那边床上睡觉。张虹走过来将她扶了起来，接过她手上的鲜花，并递给她一只方凳给她坐，可她并没有去坐。

"好人哪。"她又走过去看了看冯炳义，拉着坐在床头的姜美兰的手说，"大嫂，我谢谢你们，大哥是为我才伤成这样的。"她又涌出了泪。

这一声"大嫂"叫得姜美兰脸红着流出泪来，使她有点儿不知所措地看看我，我也没有去纠正。

她又坐到我床前的方凳上来，问了我的伤恢复情况。我叫她不必为我们担心，那天晚上救她是我们应该做的，无论是哪个警察遇到那种情况都会这么去做的。她身上散发着浓浓的香水味，目光大胆而热烈地直视着我……那花是她用心挑选的，黄色菊花和蓝色康乃馨中间插着几朵红玫瑰。

她一直坐了很久才离开，走时她要去了我的通信地址。她说她还会再来看我的。

张虹起身去送她，我想她会叫她明白她的身份的，刚才一直在听她絮絮叨叨不停地说话，容不得我为她们做介绍。

"英雄救美人，索林，看来你遇上麻烦啦。"那边床上幽幽传来一句，我和姜美兰都吓了一跳。原来冯炳义一直躺在那里装睡，这会儿却睁开眼睛来，冲我古怪地挤弄了一下眼睛。

入院这么多日子来，我还是头一次看见他又像以前那样露出喜欢捉弄人的表情。这才是那个爱开玩笑的大力士呀。难怪美兰又要抹眼泪了，这个可怜的姑娘！

"不会的，大力士，我绝对不会再爱上别的姑娘了。你的精神看上去不错。"我故意大声说，因为我听到张虹已推开了病房的门。

36

冯炳义的健康一点一点恢复了过来，当然他摘去了一个肾，一百九十斤的体重已降到了一百五十斤。他还要在床上用胶管导尿，做这些事情开始都由护士来做，美兰抢着要为他做，他不干。

我知道这是为什么，我为他有点儿难过。他小解的次数很频，这是因为他只有一个肾了，肚子里存不住水。他想少喝水，可是医生护士不允许，说这样会导致尿路感染的，再则人体内每天也需要足够的进水。

这个手脚麻利的小胖护士，是今年才从卫校毕业的。她做这些事情一点儿也不觉得难为情，当然这是她的职业。不过她活泼可爱的样子倒叫我们每个人都挺喜欢她。"五号床，你该导尿了。"即使在半夜，她也会揉着惺忪的眼睛推门走进来。

"你为什么不叫你的未婚妻帮助你一下呢?"有一天夜里，她实在困极了，打了个盹儿睡过去。等她进来，冯炳义脸都憋得发青了，她足足接了半痰盂。

冯炳义听了，脸惊慌地移到一边去，红了。

"哦，我明白了，你们这些大男人都喜欢在女人面前当'英雄'哩，瞧瞧你害羞的样子，是想保留新婚的初夜权吧。"小护士越说越露骨了，冯炳义已脸红得抬不起头来了。

"你应该告诉她，你们已经做过爱了。"等她离开后，屋里也

269

没有那两个女人后，我这样跟冯炳义说。

"别……"他显然把我的话当了真，惊慌地摆了一下手。

后来的事情有了"爆炸"性的变化。那两天姜美兰脸色发黄，不想吃东西，有两次她偷偷跑到厕所去吐了起来。被张虹看到了，告诉了我们。我们都以为她累病了，冯炳义就委托小胖护士带她到二楼妇科去找医生看看。小胖护士自然是很热情地不由分说带她去了。

不过回来时，小胖护士脸上却有了五颜六色的变化，她目光直直地盯视着冯炳义，弄得我们心里直发毛。

"她怎么样？"我小心翼翼地问。

小胖护士半天没说话，后来走到我床边来，悄悄贴在我的耳根说："她怀孕了。"她一定以为我听到这个消息后会吓得半死，可是我却笑了。

再回头去看冯炳义，他脸上激动无比地变幻着。那个悄无声跟随小胖护士跟进来的女人，已将这个消息悄悄告诉了他。

小胖护士莫名其妙地看看我，又扭过头去看看那两个人，他们正羞涩地偷偷冲她抿嘴乐呢。

"谢谢你的帮忙。"

她明白了，猛地摔门跑了出去……

屋内爆发出我们压抑的笑声，很快美兰脸就羞成了一块大红布。

这天晚上，冯炳义很久也没睡着。美兰都趴在他的床边睡着了，他还睁着眼睛望着天棚。

"索林，我太高兴了。我还以为我不会有孩子了呢。那个给我做手术的医生对我说过了，一只肾的人精子存活率很少。他叫我有这个心理准备。老实说这一阵子我正在为这事发愁呢，你想我家里老母亲就我这一个儿子，她盼孙子都要盼疯了，这回好啦。"

我理解地点点头："恭喜你大力士，你有儿子了。"

"是的，我有儿子了，我太高兴了……"

"那你打算怎么办呢？"

"我一出院就结婚。"

我想美兰的肚子也不会让他们拖得太久的。

"不过你现在还得为我保密。"

"你放心吧，大力士，谁都会为你们这个消息感到高兴的。"

他睡了过去，居然打起了呼噜……

这件事情以后，小胖护士不再过来给他导尿了。这种事情自然由美兰来做了。大力士也不再害羞了。他时常望着美兰，眼里流露出一种傻笑。

宋子健又来到医院看我们，他给我们带来了两个好消息。一个是我们的一等功臣上边已经批下来了；再一个是乔力被提前释放了，重新回到那个派出所工作。他还给我们带来了两封信，一封是乔力写给我的，一封是黄立春写给冯炳义的。

自从乔力服刑后，他还没有给我来过信。他在信中告诉我，他已经被提前释放了，原因是那个失踪的卡车司机出于良心的发现，在前不久找到大同法院去，法院重新审理他们的这个案子。他们被提前释放了。

"我跟父亲说了，打算把乔力调到大同分局刑警队去。父亲已同他们刑警队打过了招呼。"宋子健告诉我们。

271

我看了看这封信的日期，这封信是半个月前写来的，乔力显然还不知道这个消息。

"这要感谢那个司机的良心发现。"冯炳义说了一句。

"不，是胡万的舅舅从省人大副主任的位置上退下来了。"宋子健说。

我明白了，这都是因为那位省人大副主任退休的缘故。

冯炳义扬了扬他手里的信纸对我们说："你们大概想不到吧，'臭虫'已当上他们那里的派出所副所长了。他们的那个老所长明年就退休了。

"这个家伙，没想到他混得倒不赖。"

总之，这是两个让我们高兴的消息，我们谈论了很久。姜美兰削了个苹果递给宋子健。宋子健已对这个姑娘有了好感，临走时他对她说了一句："谢谢你对大力士的照顾。"

麒麟酒店的吴老板也到医院里来看过我们两次，并说他已给姜美兰和张虹放了长假，叫她们在医院里照顾我们。这很令我们感动。他还说等我们出院后，还要给我们操办集体婚礼哩。我听后脸红了，说我和张虹年龄还小，再等等。冯炳义和姜美兰听了则眼睛里流露出一种幸福期待的目光。他俩看来是有些等不及了。

冯炳义曾偷偷问过给他主刀的那个主治医生，他什么时候可以出院，医生告诉他：他至少还得住三个月的院。冯炳义听了，脸色暗下来。我虽有些替他着急却不得不这样安慰他：

"别担心，大力士，你的儿子不会叫你太为难的。"

我想三四个月的孕妇还不会太显怀。

老实说，医院里我也已经待够了，来苏水味、青霉素药水味……每天都充斥着我的鼻孔。医生告诉我，一周后我就可以出院了。我是为了不让冯炳义着急，才装出脸上很平静的样子。每天一早起来，美兰推着他的轮椅陪他一起到外边去散步，晚上再给他念上一段报纸。他以前曾经说过一辈子也不想来这里，可是他现在不得不和医生、护士打交道。他果然身体恢复得很慢，上下床时还不得不由姜美兰搀扶。

随着出院日期的临近，张虹倒是显得有些激动不安。她曾经当着宋子健的面请求过我，等我出院后她要带我回到她乡下的家里去一趟。她的家里人早就想见一见我了。

我听了后嗫嚅地说："不知道队里会不会请下假来。"

宋子健在一旁听了接口道："这个我会去向董队长说的，我想他会批准的。"

我便无话可说了。

张虹连声向宋子健道谢，而他正笑眯眯看着我的托词被戳穿呢。

我有点儿害怕去见她的妹妹，那个小姑娘一直把我当成个了不起的英雄。她姐姐已把我立功的消息也告诉了她，那封她的来信张虹拿给我看过了，她在信里说她未来的姐夫还是个十分了不起的刑警呢！

剩下的时间过得飞快，连那个小胖护士都感觉到了。她送给我一支钢笔，说我有一天当作家时会用得着的。作为留念礼物，我送给她一个精美的日记本，并在扉页上郑重写上这样几个字：尽管我很不愿躺在这里，可是我还是十分愿意见到你。署名签上：一个现在令你讨厌、将来也许会当上作家的家伙。

她来给我打针时，我故意弄出一副龇牙咧嘴的怪相。害得她

273

一遍一遍问我："疼吗？"其实她打针时连蚊子叮一下的感觉都没有。她一定和那些来看我们的社会女青年一样，心中藏着对我的崇拜，这个我看得出来。

临出院的前一天晚上，张虹回酒店里收拾东西去了。

我打算向小胖护士做个告别，因为明天一早她就会下夜班回家了。

我起身走过护士站里，没有看见她的身影，就向和她一个班的护士打听，她告诉我说她在休息室里。

我走到休息室里去找她，轻敲了两下门，就听她在里面应道："请进来吧，门没锁。"我推门走了进去。

屋里只有她一个人在，她好像坐在床上呆呆地想着什么。

"我知道你会来向我告别，你明天就要走了吗？"

"是的，明天我就出院了，谢谢你这么多日子来对我的照顾。"我本想开句玩笑，可却不知不觉变得郑重起来。

"你坐下吧。"

她指了指床边，屋里没有椅子，我只好在她对面床边坐了下来。

屋里突然沉默了下来，叫我有一丝惴惴不安。

她是个爱说爱笑的姑娘，冷不丁沉默下来叫我有点儿陌生……她的脸在微微发红。我也不知道再说什么好。

窗外传来雷声，几道电光闪过，接着就噼噼啪啪下起雨来。雨点打在窗玻璃上，慢慢流淌下来。

"你爱她吗？"

"谁？"

"你的未婚妻。"

我一时结巴："……爱，我明天就要跟她回到她乡下家中看看了。"

　　"当然，她是一位好姑娘，很温柔也很能干，你应该爱她……"她直视着我，她好像什么都听说了。

　　屋里又沉默下来，雨还在窗外下着，我有些不明白地看着她，不知道她为什么要说这些，我想我该走了。刚刚站起身来，她却先站起身来，"等等……"

　　她走过来，站到我面前双眼看着我的眼睛说："祝福你们！希望你对她好点，你好像对乡下人有点儿偏见，我也是一个乡下姑娘……"

　　我怔怔地看着她，少顷，转身离开护士休息室时，窗外面雷雨声大作，走廊却静悄悄的，白炽日光灯发出细微的响声。

　　第二天早上我收拾好东西，张虹就赶到了。

　　"祝你们好运！"冯炳义拉着我的手说了一句，笑眯眯地看着我们。

　　姜美兰把我们送到楼下去。

　　"到了乡下，请代我向你的爸妈还有你的妹妹问好。"

　　张虹嘴里也说着对他们祝福的话，点点头。

37

　　我和张虹坐上了去往明水县乡下的长途汽车。

　　中午到了一个镇子上，张虹说去她家那个村子还要再倒一次车。我们就坐在那个脏兮兮一间房的汽车站里等起来。虽然是个镇子汽车站，等车的人倒也不少。还没到秋收的时候，多是些走亲戚和进城去办事的农民，他们衣服上落满了尘土，像是总也洗不干净的脸上看不出什么表情。男人守着身前的大包小裹，女人则随意敞着怀奶着怀里的孩子。男人女人嘴里也不闲着，男人吸着劣质的黑杆烟，时而吐出一口黑痰射到地上；女人则嗑着葵花子儿，哗哗剥剥的瓜子皮吐得满地都是。招来众多的苍蝇也跟着来凑热闹，或许这里压根就是它们的领地，它们黑乎乎地悠闲地落在地上、椅背上、包裹上、女人的胸襟上，吮吸着地上的西瓜皮和女人洇在胸襟上的奶渍。

　　屋子里的嗡嗡声……听不出是人声还是苍蝇声，只有那售票小窗口长时间地沉默着，被一块挡板无奈地挡着。龌龊的阳光照在一张张疲倦的没精神的脸上，张虹也已靠在我的肩头睡着了。

　　她这些日子在医院里护理我实在太累了。我也把头倚靠在椅背上，想借此休息一下，也梳理一下乱糟糟的大脑。

　　时令又进入了九月，我想起刚上警校之初那年也是九月，一晃已经三年过去了。这三年来发生了这么多事情，生活教会我懂得了许多。我想起了死去的苏克，被开除公安队伍的周培林，因防卫过当被判刑的乔力，已经当上派出所副所长的黄立春，刚刚被提拔为刑警大队副大队长的宋子健，还有此刻躺在医院里的冯炳义……这些人的影子像过电影一样，慢慢从我脑子里一一闪过。

而我自己呢，如果不是冯炳义一脚踢开那自制的易拉罐炸弹，也许我早就没命了，或许继续留在医院里的那个人是我。警察这种职业就是时刻充满了危险性，这是我们上警校之前根本无法预料到的。那个一心一意想干好铁匠的大力士绝没有想到自己会当一名刑警，绝没有想到在医院里一躺就是四五个月。他绝对认为当警察就是威风凛凛地在街上闲逛……否则的话他也不会和小镇上那个派出所所长赌气考了警校。他那个铁匠铺子不赖，到了镇子才知道乡下人对手艺人是十分尊敬的。有机会该跟他回到他家那个镇上去看看。

我呢，小时候连杀只鸡都不敢看，怎么会想到未来的职业会和罪犯打交道呢？我想起去年秋天在那片玉米庄稼地里打死的那个罪犯，一枪正中他的脑门开花……还有两个月前发生在红蜡烛夜总会里的枪战，这些听起来像天方夜谭的事，谁会相信是我这个身体瘦弱、文质彬彬一心想当作家的家伙干的呢？昨天夜里我跟小胖护士讲述这些时，她听了吃惊地睁大了眼睛。她说外科手术室里医生才是些"杀人不眨眼"的人……也许我不该令她失望。这是一个大胆有个性的姑娘。

我偷偷打量了一眼张虹，她还在甜甜地熟睡着，窗外温吞吞照射进来的阳光落在她的脸上，还有一只苍蝇围着她脸庞嗡嗡叫着……我替她挥手赶开了。

我从没想过会和一位乡下姑娘走在一起，会跟她一起去她乡下的家里相亲。也许这就是生活，生活就是这么实实在在的，就像脚下这片庄稼地，得付出勤劳和努力才能得到回报。眼前这么一位朴实而又善良的姑娘，我为什么不能去爱她呢？我又把目光移向窗外去……

窗外的庄稼地在我眼里变得一点一点开阔起来，附近的村子都淹没在成熟的庄稼地里了……

不知过了多久，听一个等车的农民说，去光荣村的那趟不定时的班车，因为昨天夜里下了一场雨土路打滑不通车了，这是常有的事。说话的农民一副见怪不怪的样子。

张虹听到了，一个激灵醒了过来。

"那我们怎么办呀？"她懵懂地问我。

"你们家村子离这里有多远？"

"五十多里路呢。"

我想走着去，看来这是不可能的了。只好在这个镇子上找家小旅店住下了。

"坐毛驴车去吧。"

在我俩将要拎着提包走出小镇候车室时，那个农民又说了一句。

这不经意的一句话，叫我俩露出了惊喜，这总比困在镇子上过夜强啊。

"哪里有毛驴车？"

"汽车站外面就有。"

我们走出来，感觉外面的阳光透明了许多，空气也清爽了许多，尽管空气中还夹杂着一股牛屎马尿味，可也比那间候车室里的空气让人舒服得多。

走不多远，果然看见路边上站着几辆毛驴车。一见我们过来，就有人抱着鞭子把我们围上了：

"去哪里？"

"光荣村。"

"那好吧，坐我的车去吧……"有两个车把式把张虹扯住了，扯到了一边去。

真奇怪，并没有人过来问我。看来我这身装束并没有人把我当成当地人。

张虹站在那里跟那两个农民讲价，后来那个年纪大一点儿的农民跟着张虹走了过来。

离开了镇子，驴车摇摇晃晃上了一条土路，赶车的农民同我们搭起话来，看得出这是一个喜欢搭讪的农民，他年纪有四十岁左右，一张黑瘦的脸，皱纹间夹杂着尘土，一说话露出两颗黄板牙。

"你们是从城里来的？"

我点点头，他显然在这时也把张虹当成了城里人。

"走亲戚？"他看了张虹一眼，张虹也不作答。随着离家越来越近，她已经变得不愿说话了，两眼一直朝前方望着。

"大兄弟，你在城里做什么工作？"

"你猜猜？"

他又回头瞅了瞅我说：

"看你像个教书的……"

我笑了，不想再捉弄他，说："我是警察。"

他听了一愣。

不知是"警察"吓住了他，还是别的什么原因，他不再搭言了。

驴车在高低不平的土路上吱吱扭扭地走着，果然是昨夜下了雨，道路很泥泞，遇到水坑就从车轱辘下溅出一片水花来。狭窄的土道两旁是一大片望不到尽头的苞米地，从苞米地的缝隙里偶尔露出的几间低矮土房的影子，那是一个模糊的村落。半天也听不到一两声狗叫，仿佛那是个没有人居住的村子。

也许是太寂寞了，他又开口了：

"前一阵子我还拉过一个警察进村里。"

"他也是到村子里走亲戚？"我问。

"不，他是到村子里来办案，是来解救一个从外地拐骗来的一户人家的儿媳妇……"

"后来呢？"我发生了兴趣。

"他死啦。"

"死啦？"我吃了一惊！

这回连张虹也吃惊地回过头来看他。

"是的，我把他送到村子里去，他告诉我下午再去接他。可是等到下午我去接他时，他被那户人家的几个兄弟打死了……村里许多人都围在那里看，村长和几个年轻人把他弄上车叫我把他拉到医院去，到了乡卫生院里他就死了。在路上听村长说，他被人打倒的时候他手里还拿着枪，可是他一枪也没有放就……"

这回轮到我沉默了，车老板又继续往前赶着他的驴车。

张虹莫名其妙地轻叹了一声，又转过头去朝前方看去。

"唉，唉，都是因为这个地方太穷了……很多人家娶不上媳妇，就托人到外地去买个媳妇回来，可谁想人贩子给买来的也是人家的媳妇，不是黄花闺女，人家的男人、孩子当然要来找了。

真可惜，那个警察家里也是有妻室儿女的，唉，唉……"

车老板连连叹息了两声。

一个村庄渐渐地近了，村口有一棵秃了树头的老柳树，不大的村子里，横七竖八挨着几座黄泥巴房。

正是傍晚时分，村子里很宁静，只有几缕炊烟从草房顶的烟囱飘升起来，缥缥缈缈的。

张虹引着驴车向村东头一户黄泥巴房的院落走去。

那院子里种着许多向日葵，头一排排朝西面奔拉去。太阳已慢慢从西边沉落下去，村外是一大片红高粱地，被红彤彤的夕阳染红了。

还没等走近，就看见一个十四五岁的女孩子正站在院子里遮手向村外张望着，红酥酥的夕阳余晖洒落在她的脸上、身上和身旁的向日葵上，像一幅油画，尽管这是一个十分破落贫穷的小村子。

"姐姐？姐姐！"

她吃惊地叫了一声，车轮轱辘声也惊动了院子里的一条黄狗，它跟着她从院子里起身跑了出来。

我想，这个小姑娘一定是张虹的妹妹张英了……

1997 年一稿

2014 年修改稿

图书在版编目（CIP）数据

警校生／王鸿达著． — 北京：中国文史出版社，
2019.3

（中国专业作家小说典藏文库·王鸿达卷）

ISBN 978 - 7 - 5205 - 0892 - 6

Ⅰ．①警… Ⅱ．①王… Ⅲ．①长篇小说 - 中国 - 当代
Ⅳ．①I247.5

中国版本图书馆 CIP 数据核字（2018）第 270316 号

责任编辑：马合省　薛未未

出版发行：**中国文史出版社**

社　　址：北京市海淀区西八里庄 69 号院　　邮编：100142
电　　话：010 - 81136606　81136602　81136603（发行部）
传　　真：010 - 81136655
印　　装：廊坊市海涛印刷有限公司
经　　销：全国新华书店
开　　本：720×1020　1/16
印　　张：18　　　　字数：210 千字
版　　次：2019 年 3 月第 1 版
印　　次：2019 年 3 月第 1 次印刷
定　　价：68.00 元